LUPIN

- Bertrand Puard -

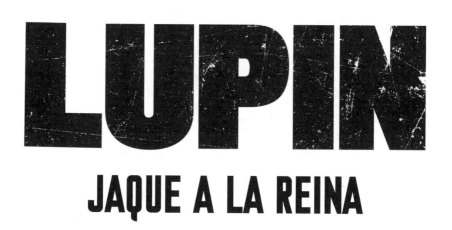

LUPIN

JAQUE A LA REINA

Título original: *Lupin. Échec à la reine*

1.ª edición: abril 2023

© Netflix Inc., 2023
Publicado por Hachette Livre, 2023
© De la ilustración de cubierta: Julien Rico, 2023
© De la traducción: Sara Bueno Carrero, 2023
© Grupo Anaya, S. A., 2023
C/ Valentín Beato, 21. 28037 Madrid
www.anayainfantilyjuvenil.es

ISBN: 978-84-143-3399-0
Depósito legal: M-5249-2023
Impreso en España - Printed in Spain

PAPEL DE FIBRA
CERTIFICADA

—Entonces, ¿quién es usted?
—Un aventurero, nada más. Un aficionado a la aventura.
La vida solo merece la pena vivirla en los momentos de aventura,
ya sean de los demás o propios.

Príncipe Serge Rénine, *alias* Arsène Lupin
Maurice Leblanc, *Las ocho campanadas del reloj*

Los Ángeles (Estados Unidos), julio de 1910

Se sabía en los albores de un extraño viaje.

Recibió la noticia a primera hora de la tarde. Archibald Winter había dejado que sus socios concluyesen la reunión del consejo de administración de su grupo editorial sin él tras haber recibido una llamada de su cirujano, Morphy, del Hospital Cedars of Lebanon, donde estaban tratándolo por unas migrañas espantosas.

El facultativo lo había recibido en un amplio y luminoso despacho situado en la última planta del edificio. A través del ventanal de orientación norte, se divisaba la cuadrícula de tierra y vegetación del parque Griffith. Winter se había percatado de las arrugas en la frente de Morphy y lo había comprendido todo al momento. Ni siquiera se había atrevido a mirar la confusa radiografía de su cráneo que le presentaba quien, con el paso de las consultas, había acabado convirtiéndose en su amigo.

—¿Ves la masa de la derecha, Archie?

El mandamás se levantó. Por mucho que uno sea uno de los hombres más ricos y respetados de Estados Unidos, así como uno de los jugadores de ajedrez con más talento de su generación, no por ello es menos capaz la enfermedad de hacerle jaque mate en unos pocos movimientos.

—Es un tumor invasivo. Lo lamento.

Winter contemplaba el parque, a lo lejos, cubierto de magnífico oro por la luz del sol.

—¿Existe algún tratamiento que podamos plantearnos? —preguntó sin volverse.

—El tumor está en una fase avanzada y me parece ver metástasis en la base del cuello.

Sin duda tenía ante él, en las pendientes del parque, lo que habría sido el emplazamiento perfecto para erigir un observatorio desde el que contemplar el cielo.

—¿Cuánto tiempo de vida me queda? —continuó Winter.

—No lo sé, Archie. Lo siento.

—¿Cuánto?

—Por experiencia, un año como mucho.

El enfermo levantó la mano para que el cirujano no lo castigase una vez más con otra fórmula de cortesía. Salió primero del despacho y luego del hospital, sabiendo que no regresaría.

El chófer lo condujo hasta su mansión de Monte Nido, situada al norte de Malibú, en la montaña. Allí se encerró en la biblioteca tras haberle dado dos instrucciones a Raoul, su fiel mayordomo francés. La primera, que deseaba ver de inmediato a Kennedy, su procurador, confidente y consejero. La segunda, que, con la excepción de Kennedy, no quería ver ni oír a nadie más.

Archibald Winter se situó frente al inmenso cuadro de dieciséis pies por nueve que decoraba la pared de ladrillo de la preciosa biblioteca. Nunca se cansaba de contemplar el retrato gigante de su chihuahua Danican, firmado por

Rosa Bonheur, la brillante artista francesa a la que había conocido en otros tiempos y a la que admiraba por la forma tan particular y sensible que tenía de pintar a los animales y de reproducir su energía primitiva, su vivacidad y su inteligencia: todo aquello que la mayoría de sus opresores, es decir, los humanos, les negaban.

Mientras esperaba a su hombre de confianza, se deleitó con el lienzo hasta la saciedad, con el goce adicional de poder acariciar y abrazar a Danican, el modelo, que había acudido a tenderse, lleno de vida y amor, sobre sus raquíticas rodillas.

Media hora después llegaba Kennedy, sudoroso y falto de aliento.

—Me queda menos de un año de vida —le dijo Winter a modo de introducción.

El rostro de la eminencia se tornó aún más gris, y el gigante irlandés se tambaleó, sollozó y vaciló antes de agarrarse *in extremis* al reposabrazos del sillón en el que estaba sentado su jefe y amigo.

Danican ladró.

—Pero… ¿Cómo…? —balbuceó.

Archibald le resumió la información necesaria.

—Vas a luchar —le dijo su interlocutor—. Aún te quedan unos cuantos movimientos.

—No, ya me han hecho jaque mate, amigo. El rey ha caído. No serviría de nada.

—Al menos deberías organizar la herencia para que tus tres hijos…

—¡No! —bramó Winter.

Parecía como si se le hubiese incendiado la cabellera blanca.

—John, Paul y Winston…

El chihuahua ladró una vez más cuando Kennedy pronunció el nombre de sus tres hijos.

—No —dijo Winter—. Esos presumidos van a quedarse sin nada. Ya me has oído, Arthur: nada. Ni una pizca de los millones de arpendes de terreno que poseo ni un centavo de los miles que tengo en el banco. Ni siquiera un pedazo de mi tabaco ya mascado. Los tres son unos canallas que han sacado todo de su madre y nada de mí. Sabes bien que nunca quisieron aprender a jugar al ajedrez, todo por desafiarme, por estúpida rebeldía. Conoces mejor que nadie la afrenta de la que se vanaglorian de punta a punta del país. Pues, bien, que sigan bailando, atiborrándose, disfrutando de burlarse de mí con las rentas que les da su madre desde que nos divorciamos. Pero, una vez que el tumor me haya consumido toda la materia gris, Arthur, se van a quedar sin nada. ¡Voy a venderlo todo! Cuando me muera, no me va a quedar ni un centavo; ni siquiera seré el dueño de la cama en la que yacerá mi cadáver. Voy a vender la mansión, las empresas... ¡Todo! Ya me has oído, Kenny: ¡todo! Y esconderé en alguna parte el fruto de esa venta. Será mi tesoro, pase lo que pase.

Su procurador asintió. El tono que empleaba Archibald Winter no contemplaba ninguna posibilidad de debate.

—Pero ¿vas a esconder el tesoro de modo que se pueda encontrar?

—Sí —respondió con firmeza Winter—. Pertenecerá a quien sea el primero en echarle el guante. Te dejaré instrucciones escritas al respecto. En un caso de semejante importancia, no voy a conformarme con un testamento ológrafo. No te preocupes, Arthur: ya tengo algunas ideas sobre la cuestión. Solo queda darle algo de vida a esta búsqueda del tesoro y definir las reglas. Cuando llegue el momento, lo pondrás todo en marcha.

—Lo más tarde posible, espero.

Winter le pidió entonces a su interlocutor que se retirase. Sin embargo, mientras que este último titubeaba camino a la puerta, lo retuvo con un grito:

—¡Arthur!

—Dime, Archibald.

—Pensándolo bien, sí que me gustaría dejarles algo a los inútiles donnadies de mis hijos.

—Te escucho, Archibald.

—Este cuadro —dijo Winter señalándole la obra de Rosa Bonheur—, pues detestan a Danican tanto como yo lo adoro. Y con la obligación de mantenerlo en la familia. En cuanto a Danican, te ocuparás tú de él. Estoy seguro de que a tus nueve hijos les va a encantar jugar con él en la playa de Malibú, Arthur.

—No me cabe ninguna duda, Archibald.

Ya a solas con Danican, el magnate no volvió a situarse ante el lienzo de Rosa Bonheur, sino que se dejó caer en su sillón de lectura favorito. En una mesa baja, a su derecha, había un libro grueso emplazado junto a un tablero de ajedrez de madera. En la cubierta se dibujaba una silueta negra de bigote fino, muy elegante, con sombrero de copa y un bastón en la mano.

—*The Extraordinary Adventures of Arsene Lupin, gentleman burglar* —leyó Winter con voz apasionada.

Era la traducción de una antología de relatos que había descubierto en París el año anterior durante un torneo de ajedrez, y que acababa de traducir y publicar M. A. Donohue & Co., una editorial de Chicago. Justo a tiempo. Le había encantado leer los relatos en francés, pero estaba seguro de que su cuestionable dominio de la lengua de Maurice Leblanc lo había privado de captar numerosos matices.

Así pues, se embarcó con avidez y, cuando terminó la lectura del quinto relato de la antología, volvió a dejar la obra sobre la mesita.

—Una sana lectura, mi querido Danican —dijo entonces—. Y, para serte sincero, una estimulante inspiración.

Acababa de encontrar la solución para el tesoro, iba a resolver la cuestión de su herencia con la desenvoltura que lo caracterizaba y que tenía en común con el héroe francés cuyas aventuras, a través de terceros, acababa de vivir.

Se arrellanó en el sillón sin dejar de acariciar a su chihuahua.

Y, a pesar de la información tan espantosa que acababa de recibir, sabiendo que tenía contados los meses, las semanas, los minutos, las partidas de ajedrez y las lecturas por culpa de la masa inmunda que le crecía en el interior de su preciado cerebro, Archibald Winter sonreía como nunca antes había sonreído.

CAPÍTULO 1

París, julio de 2004

Édith aguzó el oído. Acababa de apagar la lámpara de noche tras sus diez páginas de lectura diaria; ni una más ni una menos. Pasaba de página cinco veces y cerraba el libro. Era su ritual nocturno. Sin embargo, su marido, Jules, tenía por norma no parar de leer en mitad de un capítulo. No obstante, ese no era el motivo por el que dormían en habitaciones separadas. En cuanto a su hijo, Benjamin… Édith prefería no pensar. A su único hijo nunca le había gustado leer: uno de los mayores pesares de su madre. En la familia, cada uno tenía sus costumbres, y eso era lo que permitía que todos se llevasen bien, o, mejor dicho, que se soportasen.

Así pues, acababa de pulsar el interruptor de la lámpara y, junto con el chasquido habitual, le había parecido oír otro ruido desconocido, como un eco: una especie de clic ahogado procedente de la planta baja de la casa.

Édith se incorporó sobre la almohada. Quizá a Jules se le hubiese caído algo al suelo del despacho o se hubiese golpeado contra algún mueble, dado su estado. Cuando se despidió de su marido, que se negaba a acostarse a pesar de lo tarde que era, habría podido, con tan solo respirar su aliento, deducir la cantidad de *whisky* puro de malta que había engullido durante la reunión de amigos.

Demasiado, la verdad fuera dicha.

Se oyó un nuevo ruido, una especie de grito muy breve. Édith se dio cuenta entonces de que no había cerrado las contraventanas. El dormitorio estaba sumido en la oscuridad, pero un rayo de luna iluminaba la cubierta de la novela policiaca, *Réquiem por una fiera,* en la que se observaba a la célebre *Mujer con sombrero* de Matisse atravesada por múltiples puñaladas. La hoja del arma, clavada en una pluma escarlata, brillaba burlonamente bajo el haz de plata.

Édith tanteó en busca del interruptor de la lámpara de noche, pero, al no oír más ruidos, se echó atrás. ¿Y si procedían del jardín? El despertador indicaba que era pasada la medianoche. Se le antojaba muy tarde para que los hijos de los vecinos, los Anfredi, estuviesen jugando en el jardín contiguo al de su casa. Édith negó con la cabeza; no, estaba claro que no. Los Anfredi eran gente decente en todos los sentidos: él, presidente de la filial francesa de una gran petrolífera italiana; ella, clienta fiel de las tiendas de antigüedades Férel, de las que eran propietarios Édith y su marido. Así pues, eran demasiado educados como para dejar a sus dos muchachos retozar en el césped a esas horas. Las noches eran cálidas a principios de verano, pero ni por esas.

Para asegurarse, se levantó y se acercó hasta la ventana. El jardín vecino estaba, al igual que el suyo, sumido en la oscuridad. Solo se distinguía lo alto de un tipi, una heterogénea mezcla de madera y paja que el padre había instalado la semana anterior, con la ayuda de Jules y Benjamin, por el cumpleaños de Alessio, el hijo pequeño.

Édith regresó hacia la cama, pero no se volvió a acostar. Los ruidos, tan breves como curiosos, la habían desvelado, así que se puso la bata de seda y se dirigió hacia el baño.

Tenía la garganta seca; demasiado seca. Necesitaba un vaso de agua fresca.

En la planta baja, se cerró una puerta con estrépito. Édith se asustó y, en un acto reflejo, se agazapó en un rincón oscuro de la entreplanta. Abajo había una luz encendida, probablemente la del pasillito que llevaba al despacho de Jules.

Notaba que el corazón iba a salírsele del pecho. Semejante alboroto a esas horas no era propio de su marido. Dudó en si llamarlo. Al fin y al cabo, si era él quien… Pero, de repente, oyó un «¡basta!» espetado con una voz muy animada y aguda que no era la de Jules.

¿Habría recibido visita? No, la habría informado de la presencia de un visitante nocturno.

Volvió a sobresaltarse, esta vez con un ruido de cristales rotos, muy claro y particular, procedente del despacho de su marido.

La anticuaria trató de controlar la angustia que le comprimía el pecho. Algo estaba pasando abajo; algo grave. ¿Debía llamar a la policía? Se había dejado el móvil en la cocina, así que solo le quedaba el fijo del dormitorio. Pero se echó atrás: quizá solo se tratase de una simple discusión entre su marido y un proveedor o un cliente nocturno. No sería la primera vez que Jules recibía a alguien en secreto en su oficina, en medio de la noche, para solucionar un asunto que exigía discreción. «Una transacción sospechosa», como solía llamarlas en broma Benjamin, pensó Édith. Se habría pasado de lista abriéndole la puerta a la policía, que no dudaría en hacer inventario de la casa, lo que incomodaría sobremanera sus negocios. El oficio de anticuario y marchante de arte a veces exige actuar en los márgenes de la legalidad: una norma implícita del medio, que las autoridades juzgarían de forma implacable.

En la planta baja, continuaba la discusión, acallada.

Édith regresó a la habitación y cerró la puerta con la mayor delicadeza posible. Tenía la garganta tan áspera que tragar era un suplicio. Sabía que Jules guardaba en su mesita de noche una pistola de bolsillo. Siempre le repetía que el arma estaba cargada y que bastaba con quitarle el seguro para utilizarla.

A tientas, encontró la culata de la pistola, que notó helada. Édith se hizo con el arma mientras, abajo, crecían las voces.

—¡La segunda! —oyó claramente.

No era el timbre de voz de Jules, así que se decidió a bajar.

Édith se abrió camino en la oscuridad, negándose a encender ninguna luz, por pequeña que fuese. Por suerte, sabía con cuántos peldaños contaba la escalera que llevaba a la planta baja, y su cerebro había memorizado desde hacía mucho su altura. Cambió la alfombra por el mármol, y el frío contacto con la piedra surtió en ella el mismo efecto que una descarga eléctrica. Cuando pasó ante la puerta doble del comedor, con la espalda pegada a la pared y el dedo en el gatillo, le tranquilizó el olor dulzón del papel de Armenia que había quemado Anémone según sus instrucciones.

Édith apenas se encontraba a unos pasos de la puerta del despacho. Entonces, se frenó en seco.

—¡Ahora, Férel! —se alzó la voz.

La frase retumbó. Édith, desconcertada, dio un desafortunado paso atrás y se tropezó con un pequeño velador que estaba decorado con un jarrón de la dinastía Ming del siglo XVII, blanco y azul, con diseño floral. El preciado objeto, desestabilizado, siguió brevemente el balanceo de Édith antes de ir a parar al mármol y romperse.

Todo sucedió de golpe.

Hubo una breve tregua al otro lado de la puerta del despacho, seguida del ruido de un mueble al desplazarse y de una caída.

Édith corrió hacia la puerta y, como arrastrada por una voluntad a la que esperaba que no la acompañase la inconsciencia, la abrió de par en par.

El batiente golpeó la pared y Édith oyó un primer disparo.

Pero no había sido ella, cuyo dedo tembloroso aún se hallaba sobre el gatillo.

Édith distinguió una silueta negra a la derecha que se disponía a salir.

—¡Jules! —gritó.

Pero ¿era solo él?

No hubo respuesta. Entonces, se apagó la luz. El ventanal estaba abierto y dos sombras huían por el jardín. Luego llegó el turno del hombre al que se había enfrentado. No era Jules, sino un ladrón.

Édith apuntó hacia él y la pistola escupió dos balas, una tras otra, en un estruendo ensordecedor. No supo si había alcanzado al fugitivo o si las balas se habían perdido, pero soltó el arma, retrocedió tres pasos y se hundió en el sillón de su marido. Ni veía ni oía nada.

Era inútil llamar a Jules: estaba sola en el despacho. Su marido había desaparecido.

Instantes después, una vez que Édith se hubo recompuesto en parte, encendió la lámpara halógena y se dio cuenta de que el despacho de su marido estaba totalmente en orden, y la puerta de la caja fuerte, perfectamente cerrada.

¿Dónde estaba Anémone, la cocinera? ¿Y Joseph, el mayordomo? Los dos empleados dormían en sus respectivos dormitorios de la planta baja, en el otro extremo de la casa, es verdad, pero los dos disparos habían despertado al vecindario. Por el ventanal del despacho, Édith vio iluminarse las ventanas de las distintas viviendas, unas tras otras, formando en torno al parque de Montsouris una especie de damero blanco y negro. A dos jardines de allí, Dufy, el pastor alemán de una vecina, ladraba con furia.

Con la mano temblorosa, Édith tomó la botella de *whisky* de su marido y se sirvió un vaso hasta arriba, que se bebió de una sentada. Le daba la impresión de que el alcohol la hacía pedazos, pero sintió que volvía a recuperar el control de su cuerpo. Iba a necesitar mucho valor en las próximas horas o incluso días.

Édith descolgó el teléfono fijo, pero no oyó el tono. Miró de reojo hacia la pared: habían arrancado el cable. Por suerte, tenía el móvil de Jules al alcance de la mano, así que lo cogió. ¿Debía llamar a la policía? Estaba claro que no. Aún era pronto. O ya era tarde. Tenía que ir a ver a Benjamin; a lo mejor él sí estaba al corriente de la cita nocturna. Padre e hijo aún se hablaban.

Con un pulso ya más firme, trató de marcar los seis dígitos que le permitirían desbloquear el dispositivo, pero, en su estado, no se acordaba de la contraseña.

Se concentró y recordó las tres últimas cifras.

813.

Pero nada más.

CAPÍTULO 2

Benjamin Férel se subió sobre la prominente nariz las gafitas redondas, que tenían la molesta costumbre de resbalársele. Pensó: «La montura pesa mucho. El carey tiene su rollo para tratar con los clientes de la tienda, pero, delante de la pantalla, es una lata. Me vendría mejor una montura de titanio, más ligera, con lentes antirreflejos».

Mientras reflexionaba, tecleaba a toda velocidad. Hizo una pausa, durante la que dejó suspendidas las dos manos sobre el teclado, resopló y cogió un portaminas para escribir en una libretita de tapa negra una sola palabra: «óptica».

En ese instante empezó a vibrarle el móvil. Benjamin no miró la pantalla. Las primeras notas de una de las sonatas de Chopin —en un sintetizador— llenaron el espacio de su pequeña habitación.

—No —susurró mientras sus diez dedos retomaban su particular zarabanda sobre el teclado—. No, Assane, no te lo voy a coger. No, se acabó. Me hago a un lado. Incluso tomo un desvío. Seremos amigos de siempre, pero no vuelvas a contar conmigo para tus dudosas juergas.

Volvió a subirse las gafas y tecleó en el nuevo buscador estadounidense de curioso nombre, Google, que se le antojaba revolucionario. Estaba convencido de que iba a cambiarle la vida. Precisamente por eso había instalado internet de alta velocidad en la tienda de sus padres, en la calle

Verneuil —apenas a cien metros del Museo d'Orsay—, que administraba y en cuya primera planta residía.

El móvil dejó de sonar, pero al instante retomó la vibración. Férel hijo ojeó brevemente el marco rococó que se encontraba a la derecha de la pantalla y que contenía una foto suya, rodeado de sus dos mejores amigos: Assane y Claire. Se conocían desde que eran adolescentes. Eran inseparables.

—¡La una de la madrugada! Esto no pinta bien —espetó Benjamin, a quien le gustaba hablar solo—. Vas a tener que esperar a mañana, mi querido Assane.

Lo cierto es que esta breve escena sintetizaba bastante bien la personalidad de Benjamin: vivaz, dividida entre el afecto por lo antiguo —su oficio de anticuario— y el amor por las nuevas tecnologías —su verdadera pasión—.

Sin embargo, puesto que la persona que quería hablar con él seguía insistiendo, acabó dándole la vuelta al móvil.

No eran ni Assane ni Claire.

Un extraño «papá» se dibujaba en la pantalla en gruesos píxeles poco definidos. Pulsó el botón verde, con el ceño fruncido. A esas horas, tenía que ser urgente.

—¿Papá?

—¡Ah, por fin me lo coges!

Reconoció la voz de su madre y torció el gesto.

—Benjamin, ¿con quién había quedado tu padre esta noche?

—No sé a qué te refieres.

Hablaba con un tono cortante. Oyó a Édith beber haciendo ruido antes de responder.

—¿Tu padre iba a recibir a clientes esta noche? ¿Estabas al corriente? He oído gritos procedentes del despacho, seguidos de un disparo. ¿Me escuchas? Un disparo. Y, luego, ni rastro de Jules.

—No entiendo nada de lo que me dices. ¿No está papá contigo? ¿No teníais invitados?

—Estaba en su despacho. Se oía mucho barullo. Entonces, han sonado disparos y he acabado disparando yo también.

Benjamin se llevó una mano a la cara. La voz pausada, tranquila y fría —como era habitual—, de su madre contrastaba de forma flagrante con sus palabras inconexas.

—¿Has disparado? Pero ¿a quién? ¿Y por qué?

—No lo sé. ¿Lo sabes tú?

—No. No conozco hora por hora la agenda de papá. ¿Por qué has disparado?

—Porque tenía miedo. He oído gritos, voces amenazantes…

—¿Crees que ha podido ser un robo?

—No lo sé —respondió la madre—. El despacho de Jules está en orden.

—Pero él no está.

—No.

—¿Y la caja fuerte?

—Cerrada.

Benjamin suspiró. ¿Acaso sus padres se habían pasado bebiendo y se les había acabado torciendo una de sus lamentables discusiones? ¿Qué iba a hacer? Ya era tarde y empezaba a notarse cansado. ¿Se veía con fuerzas para ir en bicicleta hasta casa de sus padres para, muy probablemente, asistir a una nueva pelea doméstica?

De pronto se le ocurrió una idea.

—Pásame a Joseph, anda.

Quería hablar con el mayordomo. Benjamin lo conocía desde que era niño y sabía que era un hombre con una sensatez infalible.

—Por fin ha salido de su cuchitril —bufó Édith—. Igual que Anémone.

Gritó el nombre del mayordomo, lo que desató la ira del perro de los vecinos.

—Está viniendo del jardín.

—Pásamelo.

Como única respuesta, Benjamin oyó a su madre emitir un grito estridente.

De repente, se cortó la comunicación.

CAPÍTULO 3

Férel hijo permaneció inmóvil mientras aún le resonaba en el oído el grito de su madre. Volvió a marcar; los dedos le derrapaban sobre el teclado. Fue Joseph quien descolgó.

—¿Benjamin? —jadeó el mayordomo.

—¿Qué está pasando, Joseph? ¿Por qué ha gritado Édith?

—Acabo de venir del jardín —explicó el empleado con la voz temblorosa—. He encontrado un pañuelo del señor junto a los aligustres, al fondo. Un pañuelo… —Benjamin lo oyó tragar saliva— manchado de sangre.

A Férel hijo le dio un vuelco el corazón. Ahora sí que tenía que acudir a casa de sus padres. Se había derramado sangre.

—Voy para allá. Pásame a mi madre.

Édith cogió el teléfono, jadeante.

—Hay que llamar a la policía —le dijo a su madre.

Con la mano libre, movía el ratón para apagar el ordenador.

—No, primero ven.

—Tardo veinte minutos.

Colgó y ojeó la mesa de trabajo. A la izquierda del teclado se amontonaban fajos de billetes de cien euros, junto con varias placas bases y demás componentes informáticos. En la estantería se observaba un dibujo de Léon Spilliaert, un paisaje de Ostende que había adquirido Benjamin por treinta y cinco mil euros esa misma tarde. Lo guardó todo en la caja fuerte blindada que se encontraba a la derecha de su adusto catre.

A continuación, bajó a toda prisa la escalera de caracol de madera hasta la tienda, que estaba sumida en la oscuridad. Salió por la puerta lateral y se subió a la bicicleta de manillar cromado, aparcada en el fondo del patio. Por París, Benjamin solo se desplazaba en bicicleta.

Recorrió la calle Verneuil y atajó junto a la parada de metro de Rue de Bac. Para llegar a casa de sus padres, situada en la calle Georges Braque, junto al parque de Montsouris, tenía que subir por el bulevar Raspail hasta la plaza Denfert-Rocherau. Tenía un poco de pendiente, pero Benjamin estaba en buena forma.

«Vamos a ver —pensó mientras atravesaba a toda velocidad el bulevar de Montparnasse, en el que aún se amontonaban unos cuantos turistas delante de la fachada de los restaurantes—, papá se ha marchado de casa sin decirle nada a mamá. Tampoco es la primera vez. Pero eso de los disparos, el pañuelo manchado de sangre…».

Pasó delante del famoso *León de Belfort* y rodeó la entrada de las catacumbas —que le recordaron a algunos momentos en compañía de Assane— antes de adentrarse en la avenida René-Coty. Había pedaleado a toda velocidad y empezaban a cargársele las pantorrillas. Delante de la verja cerrada del parque, giró a la derecha y tomó la calle Georges Braque para detenerse ante el número 8, donde estaba aparcada una enorme furgoneta blanca. El empedrado zarandeó con vehemencia la bicicleta y también a él, pero ya estaba acostumbrado. Se había pasado la infancia en esa casa y se conocía de memoria ese pedacito de campo en París.

Estaban encendidas las luces de todas las plantas de la casa, pero también de las acaudaladas viviendas vecinas.

—¿Va todo bien, señor Férel? —preguntó una voz masculina que Benjamin no reconoció y que provenía de la casa de enfrente—. Hemos oído disparos y...

Benjamin, mientras dejaba la bicicleta en el jardín, tranquilizó a los vecinos.

—Sí. No hay ningún problema; se lo aseguro.

No dijo más y se adentró en el vestíbulo de la casa. Su madre seguía en el despacho de Jules. En cuanto vio a su hijo, dejó escapar un grito de sorpresa.

—¡Esa barba!

—¿Crees que no tienes nada mejor que hacer que comentar sobre mi vello facial? —espetó Benjamin.

Édith se encogió de hombros. Anémone y Joseph, sus dos empleados domésticos, se encontraban uno a cada lado de ella. Benjamin los saludó antes de preguntar.

—¿Y el pañuelo?

Joseph señaló el velador situado junto al ventanal. Benjamin se inclinó sobre la tela con las iniciales de su padre bordadas. Así era: la «F» estaba teñida de un rojo muy intenso, con el brillo de la sangre aún fresca. No se atrevió a tocar el objeto. ¿Sería la sangre de su padre? Probablemente. Y eso no auguraba nada bueno.

—¿Has probado a llamar a papá al móvil? —preguntó.

—Se lo ha dejado en casa.

—Sabes de sobra que tiene dos. ¿Has probado a llamar al otro número?

—Sí, pero me salta el contestador.

Benjamin negaba con la cabeza mientras que Édith le narraba en detalle lo acontecido: la inquietud, la entrada en el despacho, el miedo y los dos disparos. De vez en cuando lanzaba una mirada intranquila a la pistola de bolsillo que todavía se hallaba en el despacho.

—¿Has tocado algo?

Su madre balbuceó que no lo sabía. Solo había disparado.

—No parece un robo —concluyó Benjamin—. Está todo en orden.

Inspeccionó brevemente las inmediaciones y encontró en el despacho una bolsa de lona con casi cincuenta mil euros en billetes pequeños.

—¿Papá se había traído trabajo a casa?

Se trataba de una especie de broma entre ellos. Llevarse el trabajo a casa, para los marchantes de arte, consistía no en traerse uno o dos informes que estudiar, sino obras que a menudo valían una fortuna.

—Sí —respondió Édith—. Me había hablado de un Watteau que tenía que peritar. También un pequeño Philippe de Champaigne. Y algunas joyas.

Se volvió hacia una librería cuyos estantes cedían bajo el peso de los libros de arte.

—Pero fíjate: ahí está el Watteau.

Benjamin se acercó y descubrió un pequeño cuadro que mostraba a una mujer tocando la mandolina.

—Y la caja fuerte está cerrada.

—Parece intacta —añadió Benjamin.

—Tú conoces la clave —le espetó Édith a su hijo.

Sin decir nada, Benjamin se puso de cuclillas para introducirla. Entonces, se abrió la puerta: allí estaba el Philippe de Champaigne, además de tres joyas de perlas.

Así pues, no podía tratarse de un robo. O quizá los ladrones apuntasen a un objeto en concreto, pero, en tal caso, ¿por qué ni siquiera se llevaron los billetes?

—¡Han secuestrado a tu padre! —dijo Édith—. Eso es lo que yo creo. ¡Lo han secuestrado! Intentó oponerse y le dispararon. Ese fue el primer ruido que oí.

—Creo que vamos a tener que llamar a la policía —propuso Benjamin.

La cocinera y el mayordomo, que observaban los tejemanejes de su jefa y su hijo, lo aprobaron asintiendo tímidamente con la cabeza.

Llamaron a la puerta principal. Benjamin miró a los ojos primero a su madre y luego a Joseph.

—Es todo el rato así, señor Férel —suspiró el mayordomo.

Benjamin se acercó a abrir. Era el señor Anfredi, en vaqueros y camisa, sin su sempiterna corbata, que había venido a pedir explicaciones.

—Hemos oído disparos —dijo con su acento cantarín—. Espero que no haya pasado nada grave.

Benjamin lo tranquilizó, obligándose a sonreír.

—Mi padre se ha traído a artistas para una *performance;* ya sabe lo que le gustan estas cosas. No se preocupe, señor Anfredi; va todo bien.

Al italiano le habría encantado entrar —ojeaba con insistencia el vestíbulo—, pero Benjamin cerró la puerta y volvió con su madre.

—Podrías haberte buscado una explicación menos rebuscada que esa tontería del arte contemporáneo —lo amonestó Édith.

Benjamin no respondió, sino que salió por el gran ventanal del despacho al césped bien cuidado. Curiosamente, la noche se le antojó menos cálida que durante su trayecto en bicicleta. Dio unos cuantos pasos.

—¿En qué dirección había echado a correr el tipo cuando le disparaste?

—Hacia allí —respondió señalando el quiosco de música—, hacia la derecha, en dirección al seto de aligustres.

Benjamin dio un paso, seguido de otro, y se adentró en la zona del jardín que no llegaban a iluminar las luces domésticas. Durante un breve instante, dudó sobre si no sería más prudente ir a buscar la Walther PPS de su padre. Pero era absurdo: no se iba a topar de frente con un ladrón… ni con su padre, si este les hubiera gastado una broma de mal gusto. Dijo:

—Pídele a Joseph que encienda los focos del quiosco, anda.

De repente, una ráfaga de viento zarandeó los arbustos e hizo vibrar las flores de los macizos. Benjamin se apartó el mechón de pelo que le caía sobre la frente y se reajustó las gruesas gafas. Pensó en su mejor amigo: este era un caso para Assane. Disparos misteriosos, una desaparición… Un robo que no parecía un robo.

—¡La luz! —espetó Benjamin, que seguía en la oscuridad.

Cuando se encendieron los potentes focos, el joven se hallaba en el centro del haz, cegado. Arrugó los ojos y se concentró en estudiar los arriates a los pies de los aligustres y del muro, de aproximadamente un metro y cincuenta de altura. Detrás de él, por un lado, un caminito daba acceso a la calle Nansouty y por el otro, al parque del Institut Mutualiste Montsouris.

No hacía falta ser Sherlock Holmes —o, mejor dicho, Herlock Sholmes, para complacer a Assane— para darse cuenta de que habían pisoteado la tierra. En ella se encontraban numerosas huellas de pisadas de distintos tamaños y formas. Benjamin encendió la linterna del móvil para contarlas: había tres o incluso cuatro juegos de huellas. Vio varios arbustos destrozados: se habían apoyado en ellos para trepar el muro.

Se había producido un buen barullo en el jardín; Édith no había mentido. El pañuelo de su padre demostraba que probablemente lo habían herido sus asaltantes. ¿Entonces? ¿De verdad lo habían secuestrado?

Benjamin regresó a toda prisa al despacho. Si su padre se había citado con alguien esa noche, figuraría en su agenda. La libreta se encontraba sobre el tapete de cuero, perfectamente alineada, como de costumbre, con la caja de puros, el abrecartas y algunas obras. Solo la presencia del revólver de bolsillo que había dejado ahí su madre revelaba que aquella noche no era como ninguna otra.

Férel hijo hojeó la agenda y se detuvo en la página correspondiente a ese día. Por la noche, leyó «reunión con los Planchet». Nada más. Solo al cerrar la libreta se fijó en una muesca en el tapete. Entonces, levantó la agenda y se le cortó la respiración.

Jules Férel había grabado burdamente pequeños símbolos en el cuero negro.

Su hijo acercó la lámpara halógena para iluminarlos.

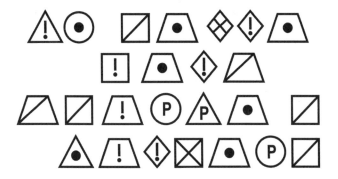

Benjamin se llevó las manos a la cabeza. ¿Cómo? ¿De verdad acababa de descubrir una serie de símbolos o su imaginación le estaba jugando una mala pasada?

CAPÍTULO 4

Verano a mediados de la década de los noventa, una casa solariega en un pueblo de Normandía.

Benjamin recibió a Assane y a Claire durante varios días en la segunda vivienda de sus padres. Édith se había marchado a París por asuntos de negocios, mientras que Jules se iba a quedar unos días más para redactar las últimas reseñas de un catálogo de subastas de manuscritos poco comunes que tendría lugar en el Hôtel Drouot en otoño. Mejor así. A Édith no le hacían mucha gracia las compañías de su hijo. Nunca había entendido cómo era posible que los padres de esos jóvenes barriobajeros tuvieran el don de gentes y los recursos económicos necesarios para escolarizarlos en el distinguido centro en el que había matriculado a Benjamin. Sin embargo, a Jules no le molestaba la presencia de los dos adolescentes. Veía que su hijo estaba feliz de poder pasar algunos días de vacaciones con ellos, y eso era lo único que le importaba. Claire era una muchacha muy simpática, educada y no precisamente tonta. Le parecía muy empática, rasgo poco habitual a su edad. Sin embargo, distintos eran los motivos por los que a Férel padre le caía bien Assane. Al huérfano le encantaba leer, sobre todo novelas policíacas o de aventuras: muy oportuno teniendo en cuenta la inmensa colección con la que contaba la biblioteca de la casa solariega. Y no era Benjamin quien las leía, pues invertía la mayor parte de su tiempo en jugar a videojuegos. Por la noche, cuando Claire y

Benjamin estaban ya en la cama, Assane se quedaba hasta tarde en la biblioteca. Ojeaba el lomo de las novelas y, cuando le llamaba la atención un título, lo sacaba para leer las primeras páginas, y más aún si le gustaban. Así pues, durante las vacaciones había descubierto las novelas de John Dickson Carr, repletas de crímenes imposibles en lugares cerrados. Pero, sobre todo, en un minúsculo libro de bolsillo de páginas arrugadas y cubierta amarilla en la que figuraba una máscara negra atravesada por una pluma del mismo color, leyó un relato fascinante: La Tour, prends garde, de David Alexander, en el que un hombre, para denunciar a su asesino, reúne en torno a él, mientras agoniza, cartas que señalarán al culpable. A Assane siempre le habían encantado los enigmas y compartía esa pasión con Claire y Benjamin, quien adoraba los videojuegos que los contenían. Sin embargo, los tres amigos no se imaginaban que a Jules Férel le gustaban tanto como a ellos.

Cuando el anticuario sorprendió a Assane —a las cuatro de la madrugada, con la vista cansada, pero aún brillante— sumido en las últimas páginas de la novela de David Alexander, se limitó a sentarse junto a él y a dibujar símbolos extraños, casi cabalísticos, en un bloc de notas.

—Si te digo que un punto vale dos cuadrados y que el nombre que tienes que descifrar es el de uno de los personajes del libro que acabas de terminar, ¿podrías resolver el enigma?

El adolescente lo intentó, pero estaba agotado; fue Claire quien lo consiguió la mañana siguiente, mientras devoraba tostadas de pan de masa madre untadas con mantequilla dulce.

—¡Thomas Pirtle!

Jules Férel estaba impresionado, así que propuso aplazar las reseñas del catálogo para el día siguiente.

—Chicos, vamos a sentarnos todos a la mesa que hay en medio de la biblioteca y vamos a poner en común nuestra astucia para crear un código secreto entre nosotros.

Assane y Claire aplaudieron. Sí, era una idea divertida. Sin embargo, Benjamin estaba menos convencido.

—Pero ¿para qué? —preguntó.

—Para nada —respondió Assane.

—Para nada de momento —añadió Jules—. Pero a lo mejor algún día…

Se rodearon de diccionarios, de distintos manuales y de decenas de hojas en las que escribieron una por una. Optaron por un código a base de figuras, triángulos, cuadrados, círculos, rombos, trapecios, puntos y cruces, con una tabla para descifrarlo: algo de apariencia misteriosa, pero muy sencillo en realidad. Para los iniciados.

Cuando Claire, Assane, Benjamin y Jules levantaron la cabeza del papel, una vez terminada su labor, ya era la hora de la cena. Estaban extenuados, pero compartían una alegría electrizante. Para festejarlo, Jules los invitó a un restaurante premiado: una bonita noche de celebración durante la que los comensales se dirigieron los unos a los otros con expresiones como «rombo con una cruz dentro» y «trapecio y exclamación», bajo la mirada atónita y hasta desaprobadora de quienes se sentaban en las mesas de alrededor.

Sí, una tarde preciosa: una de las mejores que pasó Benjamin en compañía de su padre y sus dos mejores amigos.

«Para nada de momento —había dicho Jules Férel esa mañana de verano en Normandía—. Pero a lo mejor algún día…».

Pues ese día había llegado. El descubrimiento de los símbolos que había grabado el desaparecido en el tapete, probablemente con la punta del abrecartas, lo cambiaba todo.

Ya podía deducir dos cosas, pensó. Su amigo Assane estaría orgulloso de él. La primera: si Jules había tenido tiempo de grabar los símbolos, se podía pensar que el encuentro se había iniciado sin mucha prisa, acompañado de una vaga amenaza hacia su padre, puesto que había tenido la oportunidad de hacerse con el abrecartas, potencial arma, sin que sus interlocutores se lo impidiesen. Y había tenido la mente lo bastante despejada como para acordarse del código y grabar los símbolos. Bien.

Y la segunda: al emplear ese código, Jules deseaba que su hijo fuese el único capaz de leerlo y, por lo tanto, de descubrir el secreto de su desaparición.

Benjamin sacó el teléfono para hacerle una foto al mensaje.

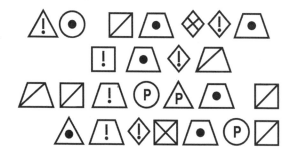

El único problema en ese instante, y no precisamente poca cosa, era que Benjamin no se acordaba del código.

Entonces, regresó Édith, que había salido del despacho para refrescarse. En un acto reflejo, Benjamin volvió a colocar en su sitio la agenda. Joseph entró justo después.

—Me he cruzado con otro vecino —dijo el mayordomo—. Es normal que todos estén preocupados. ¿No deberíamos llamar a la policía? Tenemos el pañuelo, las huellas de pisadas, las ramas rotas…

Édith lo interrumpió:

—Déjate de hacer inventario. No parece buena idea llamar a la policía a estas horas, ¿verdad?

Miró de reojo a su hijo, que ni se inmutó.

—Jules ha podido marcharse en un arrebato.

—El pañuelo, señora —se la jugó Joseph—. Está claro que el señor está herido.

Édith decidió interpretar el silencio de su hijo como un gesto de aprobación.

—Si no se ha marchado, sino que lo han secuestrado, en breve nos llegará una petición de rescate. Como somos ricos, la pagaremos. No quiero que la policía meta la nariz en nuestros asuntos.

Típico de su madre, pensó Benjamin. Un animal de sangre fría y pragmático como ningún otro, que siempre sopesaba los pros y los contras antes de actuar. ¿Por qué él no decía nada? Porque tampoco quería llamar a la policía antes de haber descifrado el código que le proporcionaría, parcial o íntegramente, la solución al enigma. Si llegaba la policía, en el fondo poco le importaba que descubriesen algún que otro negocio sospechoso, pero sí que se percatarían de la presencia del código y si Jules lo había escrito, era porque solo quería que se enterase su hijo.

Él. Además de Assane y Claire. Porque el código involucraba a los tres, ¿verdad?

—Si está herido —continuó Édith, que insistía con el tema—, no cabe duda de que los secuestradores lo van a curar, porque si le pasa algo a Jules, se habrán tomado todas estas molestias para nada. Además, aún cabe la posibilidad de que Jules se escape. Entonces, volvería a casa y juntos podríamos tomar la mejor decisión para salvaguardar nuestro negocio.

—¿Vuestro negocio? —se indignó Benjamin, volviéndose a tal velocidad que desparramó varios informes que se encontraban mal amontonados sobre el escritorio.

—Nuestro negocio también es el tuyo —replicó Édith.

Por única respuesta, su hijo dejó escapar una carcajada.

—No te hagas el inocente, Benjamin. Has tenido momentos en la vida en los que lo que menos te apetecía era cruzarte con un hombre de uniforme.

Menudo golpe bajo. Benjamin se quedó mudo.

—Dentro de un rato probaremos a volver a llamarlo a su segundo número —precisó Édith—. Si tengo novedades, te informaré. Y espero lo mismo por tu parte.

—Me hablas como si fuera uno de tus empleados, pero soy tu hijo. Y el suyo.

—Pero también eres un empleado, Benjamin. Nuestro empleado. Hemos pasado por alto muchos aspectos de tu vida, así que ahora deberías comportarte de forma irreprochable con nosotros.

A Benjamin se le endureció aún más la mirada.

—Espero que no tengas pensado repetirme tu cantinela habitual sobre Assane. Ahora. Con lo que acaba de pasar.

—Los tres llegamos a un acuerdo. No voy a repetirte los términos exactos. Decidiste poner por delante a tu supuesto amigo antes que a tus propios padres. Caíste en su trampa y lo pagaste. Y bien. Y sigues pagándolo; es normal. Esta es mi casa y soy yo la que manda.

Édith volvía a ser ella misma: una mujer autoritaria y fría.

—Vamos a ganar tiempo. Si llamamos ahora a la policía, tenemos mucho que perder. Si tu padre simplemente se ha marchado sin avisarnos por motivos que solo él conoce, no nos perdonará haber cedido al pánico.

Benjamin se levantó. El debate —si es que existía tal cosa— había terminado. Miró la hora en el reloj de cristal líquido: las dos y media de la madrugada. Debía volver a casa; tenía mucho que hacer. Se marchó tras despedirse de Joseph y Anémone, pero sin darle un beso a su madre.

Durante el trayecto de vuelta, Benjamin luchó contra la oleada de emociones que amenazaban con devorarlo. ¿Quién era él de verdad? ¿Cómo debía considerarse? ¿Como un niño de papá de veinticuatro años que se había visto obligado de algún modo a formar parte del negocio de sus padres para que se olvidasen de los contratiempos de su pasado? ¿Y así evitar lo peor? ¿Pero quien, en realidad, seguía soñando con otra vida, una vida de aventuras mucho más emocionante que la suya, que consistía en vender antigüedades de valor a viejos coleccionistas sin valores?

Junto con Assane y Claire, desde adolescentes, se habían prometido disfrutar de la vida y no dejarse atrapar por la monotonía y la tristeza del día a día. Los tres procedían de mundos distintos: el padre de Assane era un inmigrante senegalés. Después de que un empresario rico lo acusase de robo, se suicidó en la cárcel. Los padres de Claire eran gente humilde, y los de Benjamin, burgueses ricos. Pero a los tres los unía el deseo común de escapar y vivir aventuras. Assane, por ejemplo, partía del principio de que el futuro podía leerse en las novelas, sobre todo las de un tal Maurice Leblanc. ¡Pues a lo mejor sí que tenía razón!

Tras encadenar la bicicleta en el patio, Benjamin regresó a la tienda, subió al primer piso y, sin desvestirse, se metió en la cama.

Tenía que darse prisa en descifrar el mensaje. Era el momento de ayudar a su padre, de demostrar su valor y de compartir la aventura con sus amigos.

¿Eran horas de llamar a Assane? «Típico de un hijo único y malcriado», le habría dicho su madre con una voz aguda. Pero llamó.

Su mejor amigo le cogió el teléfono tras cuatro tonos.

—¿Ben? —dijo con la voz engolada.

—Assane, mi padre ha desaparecido.

Oyó un sonido de crujidos al otro lado de la línea, seguido de más ruidos, señal de que su amigo se estaba levantando.

—¿Qué me dices?

Benjamin le resumió brevemente la situación, terminando con el descubrimiento de la frase cifrada en el tapete.

—Un momento, un momento —resopló Assane—. ¿Estás diciendo que Jules ha dejado un mensaje dirigido a ti, escrito con NUESTRO código?

—Sí.

—¿Y no te ves capaz de traducirlo?

—No —reconoció Benjamin—. ¿Y tú?

—Puedes enviármelo al móvil, pero no las tengo todas conmigo. La más lista de los tres es Claire.

—Voy a llamarla también.

—Esta noche tiene guardia en el hospital.

Benjamin permaneció en silencio, y Assane continuó:

—Tío, sabes que por ti soy capaz de plantarme en la calle Verneuil enseguida, pasándome primero a recoger a Claire a la salida del hospital en cuanto acabe su turno. Además, el que ha desaparecido es tu padre. Podría estar en peligro.

—Ya lo sé, Assane. Ya lo sé. Voy a enviarte el mensaje en clave, y también a Claire.

—Estamos en contacto y nos vemos mañana por la mañana sin falta, ¿vale?

—Aquí os espero.

—Benjamin.

—Dime.

—Vamos a descifrarlo; tenlo claro. Y vamos a encontrar a tu padre, cueste lo que cueste.

Las palabras y la atención de su amigo de toda la vida tuvieron el mismo efecto que una esclusa al abrirse: el cansancio se apoderó de él. Sin embargo, Bejamin no conseguía conciliar el sueño y permaneció durante largo rato con los ojos abiertos como platos en la oscuridad. Pensaba en su padre y en lo mal que podría estar pasándolo en ese instante. Es verdad que Jules Férel a veces les jugaba malas pasadas, pero en esta ocasión…

Benjamin habría deseado que amaneciese varias horas antes; que el sol de París iluminase el montante e inundase el ático de luz y calor.

A la espera, cuando cerró los párpados, vio a hombres vestidos de negro, sin rostro, correr por un amplio jardín en una extraña coreografía casi como de *ballet*. Sus padres estaban, en un principio, en mitad del césped, bajo el quiosco de música; él, haciendo gala de una mancha roja sobre el corazón, y ella, con dos pistolas en cada mano. Sus padres reían y reían hasta desencajarse la mandíbula.

Un sueño que era casi una pesadilla que lo dejó aturdido.

CAPÍTULO 5

Poco después de las seis y media de la mañana, Benjamin oyó un *staccato* de golpes contra la puerta que daba al patio.

Se levantó de un brinco y fue a abrir.

Eran Assane y Claire. Benjamin cayó en los brazos del gigante...

—Hola, tío —dijo Assane mientras se quitaba el enorme gorro—. Cuando me llaman, yo acudo.

Y también en los brazos de Claire. La joven parecía exultante. Exhalaba a intervalos contra el flequillo rubio, acción que demostraba en ella alegría y hasta cierta indiferencia. Los ojos azules le brillaban como zafiros.

—¿Cómo estás, Benjamin? Te veo pálido.

Esa mañana, el abrazo de sus amigos era para él como un bálsamo.

—Cuánto me alegro de veros.

Claire le sonrió.

—Se ve que necesitas que te iluminemos.

—Esta vez creo que no podría arreglármelas sin vosotros... igual que en muchas otras ocasiones.

Assane comentó:

—Tú vas a ser la bombilla, Ben; Claire, el filamento, y yo, el interruptor.

—Sí, siempre se te ha dado bien eso de interrumpir —sonrió Benjamin. A continuación, le preguntó a Claire—: ¿Te ha puesto Assane al corriente?

—Sí, me ha contado lo de tu padre. Y lo del código.

—¿Te acuerdas?

—En detalle no, pero debería ser posible recomponerlo, ¿no? Intentando recordarlo. En el coche he estado mirando las cuatro líneas, porque ha conducido Assane, y no sé si es el cansancio o qué, pero no me acuerdo de nada.

—¿Acabas de salir de la guardia? —preguntó sorprendido Benjamin.

Claire asintió. Entonces, propuso a sus amigos ir a desayunar junto a los muelles para ver amanecer sobre el Sena.

Dos minutos después, tras saquear la mejor panadería del barrio, que acababa de abrir, los tres amigos se sentaron, con Claire en el centro, en el muelle situado entre el Pont Royal y la pasarela de Solferino, para degustar unos cruasanes calientes y crujientes acompañados de té y café.

—Cuéntanos qué ha pasado, amigo —preguntó el gigante.

Estaba saliendo el sol, tintando la fachada de los monumentos de una extraña luz rosa. Benjamin relató lo acontecido aquella noche sin omitir ni un solo detalle.

—¿No sabéis nada de Jules desde entonces? —preguntó la joven.

—Nada —respondió Benjamin.

Assane le posó una mano en el hombro a su compañero.

—Si no te conociera tan bien como te conozco y si no viera en tus ojos un dolor auténtico, diría que te estás riendo en mi cara, ¿sabes?

—¿Y eso por qué? —preguntó Férel hijo frunciendo el ceño.

Assane hurgó en su pequeña mochila y sacó un curioso objeto plano y rectangular, como un móvil gigante sin teclas, que solo contenía una pantalla.

Benjamin reconoció al momento el lector de libros electrónicos que había regalado a Assane por su cumpleaños. Sabía que a su amigo le encantaba leer las novelas protagonizadas por Arsène Lupin, pero prefería conservar intacto el ejemplar de *Arsène Lupin, caballero ladrón* que había heredado de su padre: en verdad, su único recuerdo físico. Por ello, Benjamin le había regalado ese dispositivo con la última tecnología, que le permitía cargar una novela y mostrarla en la pantalla gracias a un revolucionario sistema de tinta electrónica. De este modo, Assane no se separaba nunca de las aventuras de su personaje favorito y conservaba como un tesoro la reliquia paterna en la librería.

—Lo sucedido anoche en casa de tus padres —comentó el mejor amigo de Benjamin— es como comienza *La aguja hueca,* la novela de Leblanc. Atento.

Encendió el libro electrónico y procedió a leer.

—«Capítulo primero. El disparo. Raymonde aguzó el oído. De nuevo, y por dos ocasiones, se oyó el ruido, tan claro que destacaba de entre todos los confusos sonidos que componían el gran silencio nocturno, pero tan débil que no habría podido asegurar si se había originado cerca o lejos…».

—¡Para! —gritó Claire—. Es capaz de leernos la novela entera si no lo paramos desde el principio.

Assane le pasó un brazo por encima de los hombros a Claire para acercarla hacia sí.

—¡Qué mala eres! Eres la Cagliostro de Saint-Ouen.

Benjamin se fijó en el gesto de su amigo. Sabía que siempre había existido una fuerte atracción entre Assane y Claire, y que sus dos amigos habían sido pareja antes de separarse, y que luego habían vuelto a salir juntos. ¿Acaso anunciaba ese gesto una nueva contradanza de aquellos dos electrones del amor?

—En fin —continuó Assane—, os lo resumo. A Raymonde de Saint-Véran y a su prima Suzanne les despertaron unos ruidos extraños procedentes del salón del castillo de Ambrumésy, situado cerca de Ruan. Entonces, oyeron un grito de terror. Corrieron hacia el salón, un tipo las cegó con la linterna, se despidió de ellas y desapareció al momento. La sala estaba totalmente en orden; no parecía faltar nada. Sin embargo, en la habitación de al lado, las dos mujeres vieron al conde de Gesvres, el padre de Suzanne, tirado en el suelo, inconsciente. A su lado, agonizaba su fiel secretario. Con sangre fría, Raymonde se hizo con una escopeta, corrió hasta la ventana, apuntó a la silueta del hombre que huía y disparó. El individuo cayó al suelo, herido. Raymonde corrió en su búsqueda, pero no lo encontró. ¿No creéis que se parece muchísimo a lo que pasó anoche?

Benjamin negó con la cabeza mientras le daba un bocado a una tartaleta de limón con merengue.

—El principio y el final, sí. Pero te olvidas de que no hemos encontrado ningún cadáver en casa. Y mejor así, la verdad.

—Espero que tu padre no tarde demaisado en aparecer —dijo Claire—. ¿Has mirado si había preparado alguna bolsa de viaje? ¿Si se ha llevado ropa o algo de su dormitorio o del despacho?

—Todavía no —suspiró Benjamin—. Anoche estaba conmocionado y no estaba en condiciones de comprobarlo; además, mi madre me habría evitado hacer algo: la vi más brusca y mandona que nunca.

—Eso no quita —dijo Assane, que no daba el brazo a torcer— que se parezca mucho al comienzo de *La aguja hueca*, con Édith en el papel de Raymonde. ¿Estás seguro de que los intrusos no han sustituido los objetos de valor verdaderos del despacho por falsificaciones?

Benjamin intervino:

—La vida no es una novela, Assane.

Este le dirigió su mejor sonrisa.

—Porque no quieres, amigo mío. Si así fuera, sabrías dónde encontrar a tu padre e irías a buscarlo.

—¿Me lo estás reprochando?

Assane despeinó la desgreñada melena de su amigo.

—Ni que pudiera reprocharte nada. Por cierto, en *La aguja hueca* también hay un mensaje en clave.

¡El mensaje! Claire lo mostró en la pantalla de su móvil.

—Hay que darle las gracias a Jules —dijo la joven—. Tu padre siempre nos ha tenido mucho cariño a Assane y a mí.

—Sí —respondió Benjamin—. Ha grabado los símbolos para mí, para nosotros. Estoy seguro de que descifrándolo sabremos por qué ha desaparecido. A lo mejor nos desvela el nombre de quienes lo visitaron anoche.

Claire se concentró para intentar recordar aquella tarde en la casa solariega de Normandía.

—Habíamos hecho una tabla —dijo al fin—. Creo que es la combinación de la forma y el símbolo que contiene lo que lleva a la letra, ¿no?

Sus dos secuaces menearon la cabeza, dubitativos.

—A ver —dijo Claire—. Hay cinco formas distintas: el triángulo, el círculo, el cuadrado, el rombo y el trapecio. Y cinco símbolos: la exclamación, el punto, la diagonal, la bandera y la cruz. Cinco por cinco, veinticinco combinaciones, como las veinticinco letras del abecedario.

—Veintiséis —corrigió Assane, antes de morderse los labios.

—Juntamos la V y la W, o la I y la Y —dijo Claire—. ¿Tenéis papel y lápiz?

Benjamin se los ofreció y Claire dibujó la siguiente tabla:

A	B	C	D	E
F	G	H	I	J
K	L	M	N	O
P	Q	R	S	T
U	V/W	X	Y	Z

—Teniendo en cuenta que el símbolo que más aparece, cinco veces, es el trapecio con un punto y que la E es la letra más usada en francés, podemos suponer que:

					◣
•	A	B	C	D	E
	F	G	H	I	J
	K	L	M	N	O
	P	Q	R	S	T
	U	V/W	X	Y	Z

—¡Eres la caña, Claire! —exclamaron al unísono Assane y Benjamin.

Durante largo rato, trataron de rellenar las casillas restantes, pero les costaba aclararse las ideas. Claire bostezó; estaba exhausta.

—Yo tampoco voy a poder quedarme mucho más tiempo —dijo Assane.

Había encontrado trabajo de vigilante en unos grandes almacenes que vendían artículos deportivos, en Montreuil, a las afueras, no muy lejos de su casa. Y empezaba a trabajar a las ocho y media. En realidad, era un trabajo de cara a la galería: una especie de tapadera para que no sospechasen de él sus conocidos y vecinos, que desconocían su actividad principal de caballero ladrón.

—En los descansos, me pondré con la tabla —comentó el gigante.

Él también bostezó tan fuerte que la nube de palomas que había acudido a comerse las migas de los sándwiches echó a volar entre un barullo de aleteos.

¡Qué típico de Assane! Sabía llamar la atención como nadie y pasar totalmente desapercibido cuando él quería, siguiendo el ejemplo de su ídolo.

—Pues yo voy a hacer lo mismo —dijo Claire—. Voy a dormir un poco y después me pongo a darle vueltas.

—¿Te llevo, Cagliostro? —preguntó entonces Assane, guiñándole el ojo.

Los tres amigos se separaron en la esquina del Pont Royal con el muelle Anatole-France. La pareja tomó el puente en dirección al Louvre y Benjamin permaneció en la orilla izquierda para volver a la tienda.

El desayuno le había sentado de maravilla. Además, habían avanzado bastante con el código. Benjamin no se lo acababa de creer: ellos se habían olvidado, pero Jules se acordaba de él y lo había usado sin vacilar, incluso estando sometido a la presión de una visita inesperada.

Cuando llegó a la tienda, Caïssa ya lo estaba esperando junto a la puerta.

CAPÍTULO 6

—No has dormido muy allá, ¿verdad?

Caïssa, que no sonreía casi nunca, se había obligado a hacerlo esa mañana, como si sintiese la necesidad de mostrarse amable con su jefe por haberle notado la pena en el gesto.

Su afabilidad sorprendió a Benjamin, puesto que, aunque solo hacía dos semanas que conocía a la joven, ya se había formado una opinión sobre ella: la estudiante cuatro años más joven que él, poco habladora, aficionada a las obras de arte, la pintura y el dibujo, se encontraba fuera de lugar en una tienda, pues no le gustaba el trato con el público.

Pero Jules había insistido en que su hijo contratase a Caïssa durante el verano para sustituir a los numerosos empleados de las tiendas Férel que estaban de vacaciones. En una ocasión se planteó la posibilidad de que Jules hubiese contratado a Caïssa para que se enamorase de ella. Lo cierto es que era una idiotez, porque Benjamin no iba a encontrar el amor en el trabajo. Además, ¿creía siquiera en el amor? Él no era como Assane. Es verdad que Caïssa era una chica preciosa, de rasgos finos, frente alta, cabello pelirrojo rizado y grandes ojos negros. Pero de ahí a imaginarse tener algo más que una simple amistad… Que, encima, ni siquiera era el caso.

Entraron en la tienda.

—¿Hoy qué tengo que hacer? —preguntó la joven mientras dejaba la mochila blanca y negra bajo el pequeño escritorio de estilo imperio que le servía de despacho a Jules.

—Lo de siempre —refunfuñó Benjamin—. Puedes limpiar el polvo y, luego, seguir ordenando los catálogos de las piezas de la colección, en el piso de arriba.

Ese «¿hoy qué tengo que hacer?» era, invariablemente, la primera y la última palabra del día para Caïssa. La muchacha, por lo general, no hablaba. A Benjamin le parecía una chica muy rara. Se pasaba la hora de comer jugando sola al ajedrez, moviendo los peones y las demás piezas de marfil sobre un precioso tablero que estaba a la venta en la tienda. Benjamin no sabía de ningún amigo o conocido suyo en París. Nunca nadie se había pasado a buscarla para ir a comer ni por la tarde, una vez terminada la jornada. Caïssa se pasaba el tiempo libre jugando y tomando notas en una libretita de espiral que rellenaba con fórmulas incomprensibles: mezclas de minúsculas, mayúsculas y cifras que le dejaban atónito. Aunque a Jules le encantase jugar al ajedrez, Benjamin nunca se había aventurado.

Así pues, había acabado acostumbrándose a la estudiante de Arquitectura en la Universidad de Aviñón, donde residía durante el año, porque, bajo una apariencia algo hosca, trabajaba de forma ágil y eficiente, y redactaba con bastante buena letra las reseñas sobre las obras expuestas.

Caïssa, aunque carente de todo tipo de talento comercial, le servía de mucha ayuda en el mantenimiento de la tienda, de más de ciento cincuenta metros cuadrados, sin contar con los almacenes. Tenía los techos altos y pendían grandes cortinas rojas de las paredes. Benjamin no podía ocuparse él solo del mantenimiento y por ello había repartido las tareas: Caïssa se ocupaba de dejar presentables los objetos y los cuadros, mientras que él atendía a los clientes.

Las primeras horas de la mañana transcurrieron deprisa. Benjamin llamó a su madre: Édith afirmaba que seguiría esperando hasta la noche para una posible llamada.

Benjamin completó dos ventas seguidas: un lote de ejemplares del *Petit Journal,* incluido el famoso número del 10 de enero de 1985, que mostraba a un militar rompiendo el sable del capitán Dreyfus, acusado injustamente de traición, en el patio de honor de la Escuela Militar de París, y un reloj antiguo de bolsillo en oro de dieciocho quilates.

Poco después de las once, entró un cliente en la tienda en busca de un tablero de ajedrez. Fue Caïssa quien lo recibió, pues Benjamin estaba ocupado con una pareja que buscaba un grabado de una estampa del siglo XVIII, preferiblemente algo subido de tono.

—No disponemos de tableros de ajedrez en la tienda —lo informó Caïssa.

Benjamin, que había oído la mentira, se excusó ante la pareja y recordó en un tono comedido a la joven pelirroja que sí disponían de un tablero de ajedrez completo, en la planta de arriba, y que le agradecería que lo bajase para que el cliente lo viese.

Caïssa no se movió y hasta fulminó con la mirada a su jefe.

—No está a la venta, señor Férel —dijo con frialdad en la voz.

—¿Y eso por qué? Dime.

—Porque ya lo han comprado esta mañana.

—Ah, ¿sí? —preguntó Benjamin, atónito—. ¿Quién lo ha comprado?

—Yo.

Benjamin, sorprendido, se excusó ante el cliente, quien se dio media vuelta y salió de la tienda.

—Ahora hablamos —le susurró al oído a Caïssa antes de regresar con la pareja, que se distraía frente a varios cuadritos con encanto.

No era cuestión de montar una escena delante de los clientes y no pasaba nada porque Caïssa esperase un rato. Sin embargo, esta no perdió aplomo. Se sacó la cartera del bolsillo, extrajo tres billetes de cien euros y los dejó sobre el pequeño escritorio espetando:

—Se los dejo como señal.

Luego, subió para seguir ordenando los catálogos de la planta de arriba.

Aproximadamente una hora después, al sonar el cascabel de la puerta, supo que Benjamin estaba subiendo para pedirle cuentas. Oyó sus pesados pasos en la escalera de caracol.

—No he entendido nada de lo que ha pasado hace un rato delante del cliente —arremetió.

—Es que me encanta este tablero —respondió la joven encogiéndose de hombros—. Ya te he pagado trescientos euros. La otra mitad te la daré el fin de semana. Le pediré dinero a mi padre.

Benjamin descartó la respuesta con un gesto de la mano.

—Ese no es el problema; lo sabes de sobra. Pero no puedes comportarte así. Los empleados no tienen derecho preferente sobre los artículos a la venta en la tienda. ¿Lo has entendido?

—No te pongas en plan melodramático —replicó Caïssa con un tono mordaz—. Es que se parece al tablero con el que juego con mi padre y…

Benjamin la interrumpió:

—Estás obsesionada con el ajedrez.

—Sí, ¿y qué? Lo he heredado de mi padre.

—Entonces tu padre se llevaría bien con el mío.

—Pero no contigo; eso está claro —espetó Caïssa.

Su jefe negó con la cabeza.

—Yo no sé jugar y sigo haciendo vida normal, créeme.

—Pues yo, sin jugar, me muero.

Benjamin suspiró.

—Vamos a dejarlo aquí. Me trae sin cuidado, Caïssa. Pero recuerda que el jefe aquí soy yo y que espero que tu comportamiento de cara al público sea impecable. ¿Me has entendido?

Caïssa ni siquiera pudo responderle. En ese instante, sonó el teléfono; la muchacha descolgó, murmuró unas pocas palabras y le tendió el auricular.

—Es tu madre, Benjamin. La noto muy nerviosa.

CAPÍTULO 7

Veinticinco minutos después, tras haber evitado por poco media docena de accidentes durante su trayecto en bicicleta, Benjamin entró sudando en la casa de la calle Georges Braque. Édith lo había llamado en cuanto había visto por la ventana del salón que había aparcado delante de la vivienda un coche de policía. Su hijo no había dudado en ir con ella y le había cedido a Caïssa la responsabilidad de cerrar la tienda por la tarde. Para él, el lamentable episodio con el tablero de ajedrez había quedado cerrado con la suerte de explicación que le había dado Caïssa. O eso quería pensar, pues tenía la cabeza repleta de problemas y no quería añadir otro más.

Encontró a Édith en compañía de dos policías de uniforme y de un tercero que se había sentado en el enorme sofá de cuero, frente a la señora de la casa. Benjamin los saludó y se situó detrás de su madre, absteniéndose de hablar siquiera con ella.

—¿Qué ha pasado? —preguntó con toda la calma y la mesura de las que se veía capaz.

Anémone había servido algo de picoteo, y Benjamin le pidió un café. El policía de paisano se presentó:

—Soy el sargento Romain Dudouis. Venimos por una investigación rutinaria. Varios de sus vecinos han acudido a la comisaría a denunciar.

Dudouis era un hombre de gran altura, nariz chata y barba entre rubia y pelirroja, algo más corta que la de Benjamin.

—¿Sobre qué? —preguntó Férel hijo mientras mojaba los labios en el líquido ardiente.

—Sobre los presuntos disparos, Benjamin —suspiró su madre.

—Tres disparos —confirmó Dudouis—. Entre medianoche y la una de la madrugada. Todos los testigos están de acuerdo. La señora Férel habla de una muestra de arte contemporáneo organizada por su padre, pero no entiendo muy bien el concepto.

Édith se puso en pie para servirle otro vaso más de limonada al sargento.

—Reconozco que me horroriza ese arte —añadió Édith—. Es mi marido el que se ocupa de organizarlo todo, junto con mi hijo. Benjamin, ¿podrías explicárselo mejor al señor Dudouis?

El joven se contuvo para no verter la taza de café sobre la alfombra persa «de incalculable valor» que tanto atesoraba su madre; esta gozaba de la impertinencia necesaria para desentenderse de aquello que le horrorizaba. Por un momento se vio tentado a decir la verdad, reconocer los disparos y mostrarles el pañuelo y el código, pero probablemente así perjudicaría más a su padre que a su madre, y se negaba a traicionar la confianza que había depositado en él. Iba a tener que fantasear y no disponía del talento de Assane.

—Se trata de una especie de máquina de aspecto muy complejo, pero de concepto muy sencillo. Se parece a un alambique, pero emite ruidos de armas, pistolas, ametralladoras… Son grabaciones muy realistas. Pero también gritos más… íntimos, si entiende a lo que me refiero. La instalación se llama «Haz la guerra, no el amor»: un concepto neorrealista de proyecciones sonoras y artísticas.

Benjamin estaba exultante por dentro: su breve improvisación no tenía nada que envidiar a las de su enorme amigo, Assane.

Los tres policías se miraron confusos.

—Es obra de un artista que trabaja en las afueras de París —continuó Benjamin—. Mi padre la trajo anoche para hacerse una idea de su obra.

—¿Podemos verla? —preguntó Dudouis.

—Me temo que no —dijo Benjamin, acompañando el discurso de una mueca—. Ya no la tenemos en casa. Mi padre se la ha devuelto a su creador. No estaba muy convencido. Nada convencido, de hecho.

—Y, señor Férel —continuó el sargento—, ¿podríamos hablar un momento con su padre?

—Jules se ha marchado unos días por cuestiones de negocios —dijo Édith, que volvió a tomar las riendas de la conversación, sin duda por considerar que su hijo ya había hecho bastante.

Los tres policías se retiraron sin seguir insistiendo. Sin embargo, Benjamin había percibido en la mirada de Dudouis un curioso destello de duda: al policía tampoco le había convencido lo retorcido de la instalación. Le dejó su tarjeta al joven, le dijo que no dudase en llamarlo «con cualquier cosa» y remató con media sonrisa.

—Ya me dirá cuando vayan a exponer esa curiosa máquina. Así me ahorro la entrada al museo.

Cuando Benjamin se encontró a solas con su madre, se dejó caer sobre el sofá y resopló con fuerza.

—La explicación que has dado sobre la máquina ha sido lamentable —dijo Édith.

Benjamin se incorporó de un brinco para evitar el conflicto que empezaba a dibujarse y se dirigió a la cocina, donde él mismo se preparó un café solo, un *ristretto* amargo, a pesar de las protestas de Anémone, que lo mimaba como si aún fuese un niño.

Volvió a encontrarse a Édith en el salón, sumida en una revista de arte, como si nada hubiese pasado.

—¿Qué haces? —preguntó Benjamin.

—Esperar.

—Voy a hacer fotos de las huellas junto a los aligustres —la informó su hijo.

—Es idea de tu amigo Assane, ¿verdad? —dijo Édith—. No pierdas el tiempo: ya le he pedido a Joseph que lo barra todo. Era impensable que…

—¿Cómo? —gritó Benjamin. ¿Y ese disparate?—. ¿Y el pañuelo? Espero que al menos lo hayas guardado.

—No, lo he quemado yo misma. No te enfades, Benjamin. Estoy segura de que pronto sabremos algo. —Lanzó una mirada fulminante a su único hijo—. Peores jugadas me ha hecho en el pasado.

—¿A qué te refieres?

La actitud de su madre le parecía cada vez más sospechosa.

—A nada. Yo no sé nada —eludió la pregunta con un bufido. Luego, continuó con un tono casi jocoso—: Por cierto, ¿le has hablado a Caïssa de lo que pasó anoche?

—¿A quién? —balbuceó el joven.

Tardó varios segundos en darse cuenta de que su madre estaba llamando por su nombre de pila a la empleada de verano. Desconocía que su madre supiese de la existencia de la joven.

—No —terminó por responder—. Casi ni nos hablamos. ¿A qué viene esa pregunta tan rara?

En ese momento, notó que le vibraba el móvil en el bolsillo. En la pantalla se leía un nombre: Claire. Para estar a solas, subió un momento a la habitación que había ocupado hasta los dieciocho años, en la planta de arriba, y que sus padres habían convertido en una especie de sala de exposiciones en la que, por el momento, sobre todo se podían contemplar volutas de polvo y demás pelusas.

—¡Lo tengo! —espetó Claire—. He averiguado la clave para descifrarlo. Te la he enviado por mensaje.

Benjamin se separó el móvil de la oreja y en la pantalla apareció una tabla en miniatura, muy borrosa: una mezcla de formas y letras. ¡Qué alegría! Tras la visita de la policía, había llegado en el momento más oportuno.

	●	▲	■	◆	▲
•	A	B	C	D	E
	F	G	H	I	J
	K	L	M	N	O
	P	Q	R	S	T
	U	V W	X	Y	Z

—No se lee bien en la pantalla —dijo Benjamin, cuyo corazón latía a toda velocidad—. Dime, ¿qué dice el mensaje?

Édith se encontraba en el umbral, con gesto suspicaz. Benjamin no dudó un segundo en cerrarle la puerta en las narices.

—Benjamin, ¿estás ahí? —preguntó Claire.

—Sí, te escucho.

—Esto es lo que Jules grabó en el tapete.

CAPÍTULO 8

—*La reine*
ment
trouver
bonheur.[1]

A primera vista, no significaba nada.

—¿Quién es la reina? —preguntó Claire—. Benjamin, ¿sigues ahí?

Férel hijo seguía al teléfono, pero había dejado de escuchar. En su cabeza, las palabras se entrechocaban para formar una frase sin lógica, pero llena de significado para él.

«La reina»… ¡Esa era Édith! ¡Claro que sí! Así era como padre e hijo la apodaban de toda la vida. La respectiva madre y esposa ignoraba el sobrenombre, que habían inventado Benjamin y Jules para burlarse de su carácter de dictadora y su tendencia al absolutismo.

Y si la reina mentía, si Édith mentía, y su padre había encontrado la felicidad… ¿significaba que se había marchado de forma definitiva para abandonar a su mujer?

¿Había querido Jules decirle a su hijo que se marchaba del hogar sin divorciarse, a escondidas, por un tiempo o para siempre, para vivir, separado de Édith, alegre y feliz?

La idea desconcertó al joven, que se tumbó en el suelo.

---

[1] En francés: «La reina / miente / encontrar / felicidad». *(N. de la T.)*

—Gracias, Claire —masculló—. Luego te llamo.

Édith mentía. Pero ¿en qué? Si dudaba en contárselo todo a la policía, era porque las cuentas del imperio Férel debían de reflejar malversación o un nada agradable contrabando. Investigar sobre la desaparición del patriarca dirigiría, sin lugar a dudas, la inspección de las fuerzas del orden hacia las zonas grises de la sociedad. ¿Y si Jules se había marchado para no ser cómplice del enésimo chanchullo orquestado por la reina Édith?

Benjamin no lo soportó más. En esta ocasión, iba a pedirle explicaciones a su madre. Así, se dirigió al salón y, para no hacer partícipes a la cocinera y al mayordomo, le pidió a Édith que subiese con él a la planta de arriba.

—¿La reina? —sollozó cuando le reveló todo—. Entonces, tu amigo Assane... ¿también me llama así?

—Assane no tiene nada que ver con esto —la reprendió Benjamin.

El joven se notaba cada vez más furioso, pero intentaba contenerse: su madre no habría tardado en aprovechar el menor signo de debilidad o emoción para descomponerlo y hacerle perder los nervios. Benjamin había heredado de ella el control sobre sí mismo. El alumno se estaba midiendo con la maestra.

—Te repito que yo no he tenido nada que ver —protestó Édith—. Esa inscripción es una tontería. Muéstrame los signos del tapete. ¡Enséñamelos!

—Te ruego que bajes tú misma a verlos. Yo no destruyo pruebas. ¿Por qué dice aquí papá que mientes? ¿Qué le has hecho? ¿Te has vuelto a meter en un lío con tus amigos de Ginebra? ¿Otra treta en el puerto franco que no le gustaba a papá?

Édith se quedó inmóvil, lívida.

—Está claro que sigues siendo igual de bobo y testarudo, jugando al justiciero. No tendríamos que haber intervenido para evitar que tú y tu amigo, el moreno, fueseis a la cárcel. Jules quiso tirar de contactos, pero yo prefería el camino difícil: te habría venido bien una breve estancia entre rejas. Ha llegado el momento de que sepas la verdad: si estamos en esta situación es por ti, Benjamin.

—Porque todo lo que os pasa es por mi culpa.

—Más bien sí —replicó Édith.

No aguantó más: el joven salió de su antigua habitación sin saber adónde ir. ¿Debía marcharse de la casa? ¿Encerrarse en el despacho de su padre? ¿Dar una vuelta por el jardín?

Optó por ir a sentarse al despacho de Jules, donde logró recuperar la calma acariciando con la yema de los dedos las figuras grabadas en el tapete, como si tratase de leerlas en braille.

—¡Benjamin! —lo llamó Édith—. ¡Benjamin! ¡Abre!

Pero no respondió.

Centró todas sus energías en concentrarse. Entonces, con esa inscripción, su padre había querido avisarlo de que abandonaba a su esposa y el domicilio conyugal. Pero, en tal caso, ¿por qué no se lo había anunciado en persona? Además, eso no explicaba ni los disparos ni el pañuelo manchado de sangre…

Solo encajaba una parte.

Benjamin se acordó entonces de una reflexión interesante de Claire. ¿Se había llevado Jules una bolsa de viaje con ropa y un neceser? Salió del despacho y fue directo al baño de la planta de arriba, que era el que usaba su padre. Le pareció que estaba todo en su sitio, incluida la afeitadora eléctrica, de la que nunca se olvidaba cuando se iba de viaje.

El vestidor de su padre se situaba a la derecha del dormitorio, en una pequeña concavidad en el pasillo, muy cerca del cuarto de baño. Entró en la estancia estucada y encendió las lámparas redondas, que iluminaban con intensidad las filas de trajes confeccionados a medida, los cajones de corbatas y de zapatos y el armario de las camisas y la ropa interior.

¿Cómo iba a saber si le faltaba algo? Benjamin inspeccionó la parte baja del armario de las camisas, porque en él se encontraba una especie de cajón corredero enorme y de color blanco que contenía varias maletas de cabina. Había hueco para cuatro maletas, pero solo contó tres.

¿Sería una pista?

Benjamin se dirigía a apagar la luz antes de salir cuando le llamó la atención una corbata muy original, con un bordado de siete corazones rojos, que nunca había visto llevar a su padre, y eso que se cambiaba varias veces al día. Estaba arriba, a la izquierda del todo, contra el ropero de los trajes.

Las corbatas estaban enrolladas sobre sí mismas en cajitas de madera blanca. Benjamin quiso coger la corbata, pero parecía pegada al cajón. Insistió, pero se dio cuenta de que el tejido resistía a los tirones sin arrugarse siquiera. Qué raro.

Entonces, se le ocurrió la idea de coger la caja para observarla más de cerca, más el contenedor que el contenido. Logró sacarla y, con ello, descubrió un agujero en la pared en el que distinguió una especie de ruedita dentada, negra y brillante.

Benjamin se quedó estupefacto ante el descubrimiento. ¿Qué significaría?

Accionó con prudencia la ruedita, que se inclinó fácilmente hacia atrás. Sonó un débil chasquido, seguido de otro mucho más fuerte.

A la derecha de Benjamin, el ropero giró sobre sí mismo un cuarto de vuelta y descubrió la exigua entrada a lo que parecía una habitación secreta.

CAPÍTULO 9

Benjamin no lo dudó un instante.

A pesar de que no era muy alto, tuvo que agacharse. Sus ojos se iban acostumbrando poco a poco a la oscuridad hasta distinguir una escala de grises, como enormes píxeles. En el pequeño espacio flotaba un perfume: la mezcla de pera y pimienta que siempre había llevado su padre. Benjamin palpó las paredes, en busca de un interruptor.

Se hizo la luz.

Todo cobró forma y color. Las paredes de la estancia rectangular estaban cubiertas de libros de suelo a techo. La superficie no debía de superar los cinco o seis metros cuadrados. En el centro, una lámina de cristal posada sobre dos caballetes de madera estaba repleta de papeles desparramados, escritos con una letra que Benjamin reconocía: la de su padre.

Por eso el vestidor de su padre, en forma de L, siempre le había parecido más pequeño que el de su madre, rectangular y más clásico. ¿Conocía Édith la estancia secreta? El joven no lo tenía claro. Mucho tiempo atrás, cuando la edad de Jules no llegaba al medio siglo ni su peso al quintal, estaba hecho todo un manitas. Perfectamente podría haber construido él solo su pequeño refugio.

¿Cuál podía ser el motivo de semejante disposición? ¿Jules acudía allí por la noche o cuando estaba a solas para escribir en sus cuadernos personales? ¿O para comunicarse con sus conquistas?

BONHEUR.

Benjamin no podía sacarse de la cabeza esa palabra.

BONHEUR. BONHEUR. BONHEUR.

La veía por todas partes, en todas las hojas manuscritas, en todos los lomos impresos.

BONHEUR. BONHEUR. BONHEUR.

¡El mensaje en clave!

La reine

ment

trouver

bonheur

Benjamin cogió un libro grueso de lomo rojo. En la cubierta, de nuevo se observaba esa palabra, «Bonheur», bajo un paisaje rural: un campo que labraban varias vacas —marrones, beis y blancas— bajo la dirección de campesinos armados con picas. Detrás de ellos, a lo lejos, una colina verde cubierta de bosque. El título de la obra era *Nevers-Bonheur*.

Los libros ordenados con esmero en las librerías solo trataban de un tema.

De Bonheur. De Rosa Bonheur, la pintora.

Benjamin cogió otra obra al azar: un ensayo en inglés sobre la pintora. Luego tomó otra más pequeña, una especie de fascículo de cubierta blanca en el que figuraba un autorretrato de la artista, de cabello blanco y vestida con una túnica azul muy holgada. Posaba sentada delante de uno de sus cuadros. En un libro grande y robusto con sobrecubierta de papel satinado, que encontró en la balda situada encima del escritorio, Benjamin vio al célebre Buffalo Bill cabalgando un bisonte furioso.

Así pues, su padre parecía entregado a una pasión desenfrenada por una mujer fallecida mucho tiempo atrás: Rosa Bonheur.

Férel hijo nunca había oído a su padre mencionar a aquella pintora animalista cuya época de esplendor había sido finales del siglo XIX y que se había hecho muy rica y famosa gracias a sus lienzos. Se la había considerado una pintora menor desde el punto de vista artístico, pero era todo un icono del feminismo y del lesbianismo.

Eso era todo lo que sabía Benjamin sobre Bonheur. Por parte de Jules, que sentía debilidad por Cézanne, Degas, Manet y Renoir, las apuestas seguras de ese siglo, y que no mostraba ningún gusto por los animales, salvo que estuviesen en un plato, semejante interés por Rosa Bonheur se antojaba incongruente, hasta imposible.

Y lo más sorprendente era que, al ocultar tantísimas obras y al reservarse en exclusiva su consulta, Jules convertía en culpable su pasión.

¿Qué significaba tanto misterio?

¿Tendría algo que ver con su desaparición?

Al menos Benjamin sabía que se había equivocado al interpretar el mensaje que había descifrado con brillantez Claire.

La reine, en la primera línea. Bien.

Ment, en la segunda. Perfecto.

Trouve R: había un espacio entre la «e» y la «R». No era *Trouver Bonheur,* sino *Trouve R Bonheur* [1]. Rosa Bonheur, la pintora. ¡Y la había encontrado!

Solo faltaba la identidad de la reina: ¿Édith? O no, porque era cuestión de… ¿mentiras?

---

[1] En francés: «Encuentra a R Bonheur». *(N. de la T.)*

En el culmen de la emoción, Benjamin se fijó en un bolso de cuero a los pies del sillón del escritorio, metió en él dos cuadernos y un taco de folios manuscritos y se marchó.

Con seguridad, accionó la ruedecilla negra y volvió a dejar en su sitio el cajón de las corbatas. El ropero giró en sentido inverso.

No había ni rastro de Édith, ni allí ni abajo. ¿Había abandonado su madre el cuadrilátero para volver recuperada más adelante, para el segundo asalto? En tal caso, tendría que preocuparse.

Benjamin volvió a su antigua habitación, cerró con cuidado la puerta tras de sí y se sentó en el suelo para echarles un vistazo a los dos cuadernos. El primero parecía servirle a Jules para tomar apuntes sobre la artista. Benjamin los ojeó brevemente. El segundo resultó mucho más interesante: se trataba de la agenda de su padre; la agenda oficiosa, en la que solo figuraban sus actividades relacionadas con su pasión por Rosa Bonheur.

En los tres últimos meses, Jules había apuntado más de sesenta citas, todas dedicadas a la artista. Unas cuantas en el Museo d'Orsay, en compañía de una conservadora cuyas iniciales eran L. J., y varias en las provincias, en Fontainebleau, Abbeville, Lille, Marsella y sobre todo Burdeos.

Las famosas escapadas de su padre en busca de objetos, lienzos y dibujos que revender; la preparación de las subastas de estos últimos meses… ¡Todo era mentira!

Rosa, Rosa y Rosa: toda su vida solo había girado en torno a lo que parecía más una obsesión que una pasión.

Benjamin también encontró la mención a una semana en los Estados Unidos en abril, en varias ciudades de la costa este —Nueva York, Washington y Filadelfia—, pero también en Sarasota (Florida), Jackson Hole (Wyoming) y Santa

Bárbara (California). El joven intentó recordar la excusa que había usado su padre ante Édith y ante él para marcharse de viaje, y creyó que nunca había llegado a mencionar ninguno al otro lado del charco, sino más bien a la Costa Azul y a Córcega para ir a ver a unos clientes.

Benjamin estaba seguro de que la trágica noche en casa de sus padres había tenido que ver con sus investigaciones sobre este tema.

En la agenda se mencionaba con frecuencia un lugar en concreto: el palacio de By. Precisamente, Jules Férel debía acudir allí ese mismo día, a las seis y media de la tarde, es decir, en cuestión de una hora y media, aproximadamente.

¿Se hallaba Jules en el palacio de By? ¿O en él podría encontrar Benjamin valiosa información?

Bajó sin hacer ruido hasta el despacho de su padre y encendió el módem para conectarse a internet. Tras varios minutos de los pitidos que acompañaban la puesta en marcha del aparato, Benjamin buscó en internet el nombre del palacio.

«El palacio de By, residencia de Rosa Bonheur. Aquí vivió y trabajó». Era donde la artista había pasado a mejor vida.

«Situado en el municipio de Thomery, junto al bosque de Fontainebleau».

Ya había tomado una decisión. El buscador le permitió encontrar los horarios de los trenes, que parecían actualizados. Un tren partía de la estación de Lyon hacia Thomery a las 17:14.

Férel hijo aún podía llegar a tiempo.

Tuvo ganas de llamar a Assane y a Claire para que lo acompañasen, pero los dos tendrían cosas que hacer y la excursión podría no llevar a ninguna parte. Ya les enviaría un mensaje cuando estuviera en el tren para avisarlos de su marcha y contarles cuánto había avanzado.

A pesar del poco tiempo del que disponía, marcó el número de la tienda. Al cabo de tres tonos, contestó Caïssa. Muy eficaz.

—¿Podrías cerrar la tienda, de forma excepcional, esta tarde? —le preguntó.

—Ya me lo pediste hace un rato y te dije que sí.

—A lo mejor tienes que ocuparte también de abrir mañana. Ya te avisaré.

—¿Te vas?

—Sí, pero no muy lejos. Al palacio de By.

Se mordió los labios por haberlo revelado.

—¿Adónde? —preguntó Caïssa.

—A Fontainebleau —se corrigió al momento—. A cenar con un coleccionista. No lo tenía previsto. El tren sale dentro de nada. ¿Podrías hacerme el favor?

Como la joven no respondía, insistió:

—Espero que no estés en medio de una partida de ajedrez. ¿Me estás oyendo? ¿Podrías hacerme el favor?

Caïssa finalmente aceptó entre dientes antes de colgarle.

Benjamin no tenía tiempo para darle vueltas al humor hosco de su empleada.

Rumbo: estación de Lyon.

CAPÍTULO 10

Benjamin atravesó a toda velocidad el vestíbulo número uno de la estación de Lyon, atestado de gente, para llegar al andén desde el que partía su tren hacia Thomery.

Un breve vistazo al enorme panel que anunciaba las salidas le indicó el número de vía: solo tenía un minuto para embarcar. Tropezó con veraneantes ya vestidos para la playa y tuvo que zigzaguear para esquivar un cochecito que se precipitaba contra él.

Las puertas del vagón se cerraron tras él.

Férel hijo estaba sudoroso, despeinado y agotado por semejante carrera. Se dejó caer en una de las butacas de cuero de imitación de la sala baja del tren para recuperarse con los ojos cerrados. La sal del sudor le picaba en los ojos.

Cuando los abrió, se sobresaltó.

Caïssa estaba sentada enfrente de él.

—¿Qué haces tú aquí? —farfulló Benjamin.

—¡Adivina! —espetó la joven.

—¿Has cerrado la tienda por lo menos?

—No —respondió Caïssa con falsa indiferencia—. He dejado la puerta abierta de par en par con un cartel en el que pone «sírvase usted mismo». Espero que te parezca que así demuestro mucha iniciativa, por una vez.

A continuación, sacó la Game Boy, que siempre llevaba consigo. En el cartucho insertado en la parte posterior de la consola se leía: *Chessmaster*. También se veía a un anciano de barba larga y blanca con la vista fija en un tablero de ajedrez.

—¿No te has traído el ajedrez que has comprado a plazos? —preguntó Benjamin con fingida ingenuidad—. ¿El que te recuerda a tu padre?

Caïssa lo fulminó con la mirada.

—Y, por cierto, aún no me has respondido —continuó Benjamin—. Sobre lo de tu presencia en este tren.

—Se me ha ocurrido que podía hacerte falta un guardaespaldas.

A Caïssa no le faltaba socarronería. Ni cierta desfachatez.

—Ahora en serio —suspiró Benjamin.

—Es que, cuando mencionaste el palacio de By hace un rato…

Caïssa hablaba sin dejar de jugar, sin levantar siquiera los ojos.

—En el palacio de By vivió Rosa Bonheur; la pintora Rosa Bonheur. Imagino que ya lo sabrás.

—¿Y?

—Pues que es una artista a la que admiro, por su vida y por su obra. En definitiva, he tenido que aprovechar la ocasión que se me ha presentado para ir a visitar el palacio y el jardín. Es una finca privada que pertenece a la familia de Anna Klumpke, heredera de Rosa. Y, como parece que tienes contactos, se me ha ocurrido aprovecharlos. Así de sencillo.

Caïssa, a quien su padre lo obligó a contratar como empleada de la tienda, resulta que es fan de Rosa Bonheur.

¿Casualidad?

—¿Le hablaste a mi padre sobre lo mucho que te gusta esa artista durante la entrevista de trabajo? —preguntó el joven.

En esta ocasión, la bonita pelirroja sí que levantó la vista.

—No. No hice ninguna entrevista; ya te lo dije.

No era verdad. O eso o a Benjamin ya empezaba a fallarle la memoria.

—¿Y tú crees —continuó el joven— que te basta con subirte al tren para que acepte llevarte al palacio?

—Solo tienes que presentarme como tu ayudante. Queda bien.

—Y, ya que estamos, ¿por qué no como mi futura esposa?

—Queda mucho peor —replicó Caïssa.

El tren atravesaba el barrio de Bercy. Por la ventana, Benjamin vio, al otro lado del río, las cuatro altísimas torres de la Biblioteca Nacional de Francia, como cuatro libros abiertos al sol y a los vientos.

—¿Y cómo has sabido que venía justo en este vagón? —preguntó—. Me estabas esperando.

—Elemental, querido Férel. Sabía que, si me llamabas desde casa de tus padres, tardarías más que yo, que venía en metro, en llegar en bicicleta a la estación de Lyon. Como me he imaginado que vendrías en tu fiel corcel, he pensado que irías a dejarlo en el aparcamiento de bicis que se encuentra debajo del reloj. Cuando uno llega tarde, siempre es complicado encontrar sitio, abrir y cerrar el antirrobo… Es un estrés y lo complica todo. Así que me he puesto a pensar y he llegado a la conclusión de que lo más probable era que atravesases el vestíbulo a toda máquina hasta el andén y que apenas pudieses llegar al último vagón. Por eso te he esperado aquí. De todas formas, solo habría tenido que recorrer el tren hasta encontrarte.

Benjamin pensó que, para Caïssa, cada momento de su vida era en realidad una jugada de ajedrez. Nada más y nada menos.

—A juzgar por las pintas que llevas, tanto de ropa como de peinado, las manchas de grasa en la yema de los dedos y el aspecto que tienes de estar agotado, creo que he dado en el blanco.

Férel hijo se recolocó la camisa y se peinó mirándose en una de las sucísimas ventanas del tren.

—Tras esta breve conversación, ¿no te han entrado ganas de darme una oportunidad en Thomery? —preguntó Caïssa.

Benjamin se conformó con mirar el reloj. Aún quedaban cuarenta minutos de trayecto y tres paradas —Melun, Bois-le-Roy y Fontainebleau-Avon— antes de llegar. Sacó del maletín las hojas manuscritas de su padre, que no contenían nada especialmente interesante: eran apuntes que había tomado Jules mientras leía.

Tras el paisaje gris y metálico de las afueras, el tren atravesó a toda velocidad campos y bosques entrecortados por pequeñas zonas residenciales.

El silencio duró hasta la primera parada, la estación de Melun.

—¿Por qué te gusta tanto Rosa Bonheur? —preguntó Benjamin.

—¿Y a ti por qué te gustan tanto las tartaletas de limón con merengue? —respondió Caïssa, aún sin levantar la vista.

—Porque es el único postre que sabe hacer mi padre. Y que disfruto saboreando.

Caïssa esbozó un gesto curioso.

—Pues a mí me pasa lo mismo cuando veo una pintura o un dibujo de Rosa Bonheur.

—Te gustan los animales, entonces.

—¿Y a quién no le gustan? ¿Tú nunca has tenido mascotas?

—Un hámster, de niño. Pero se murió a las tres semanas. Mi padre lo sacó de la jaula porque estaba harto del ruido que hacía la rueda al girar, y Fragonard, que es como se llamaba, mordió el cable de la minicadena.

De repente, empezó a sentirse como un imbécil por contarle algo así a Caïssa. Sin embargo, continuó:

—Me gustaría tener perro.

—Mi madre y yo tenemos uno, en Aviñón —dijo la joven—. Un *golden retriever*.

—Qué bien.

Qué buena respuesta. Bravo, Benjamin.

—Entonces, como te gustan los animales, también te gusta Rosa Bonheur. No es muy habitual que a una chica de veinte años le guste la obra de una artista tan venida a menos.

—¿Venida a menos? ¿Eso quién lo dice? ¿Especialistas en arte como tú? ¿Historiadores?

—No, yo no tengo opinión sobre el tema. No conozco lo suficiente su obra.

—¿Estás leyendo apuntes sobre ella? ¿Qué pone?

—Nada del otro mundo. Son las etapas principales de su carrera.

—Fue una artista muy paradójica. Era una de las pintoras más famosas de su época, la única que recibió la Legión de Honor de manos de la emperatriz Eugenia, pero su arte cayó en el olvido en el siglo xx, por lo menos en Francia. La mayoría de sus lienzos y dibujos se encuentran en los Estados Unidos.

—Porque el arte animalista siempre se ha considerado un género menor en la historia del arte.

Caïssa se encogió de hombros.

—Hablas sin saber. Rosa decidió pintar formatos monumentales precisamente para diferenciarse de los demás. Sus obras tienen la fuerza y la envergadura de las pinturas históricas. Pintaba los campos tranquilos y apacibles como los campos de batalla.

—Sí que te gusta Rosa —se arriesgó Benjamin—. Como las leonas que tanto le gustaba representar.

—Haré caso omiso del contenido algo machista de tu comentario para quedarme solo con lo bueno. A Rosa también la dejaron de lado porque ganó mucho dinero gracias a la pintura. En Francia existe la leyenda del artista maldito, que debe pasar hambre y cortarse una oreja para ser un artista de verdad y merecerse su talento.

—Y Rosa Bonheur no pintó girasoles, si no me equivoco —apuntó Benjamin.

—No, pero sí magníficas aves que los picotean.

El tren continuó el trayecto en dirección al célebre bosque de Fontainebleau, cuya linde este bordeaban las vías del tren. Benjamin continuó:

—Estás muy ducha en el tema para estudiar Arquitectura.

—También sé preparar tortilla de boletus y hacer la reanimación cardiopulmonar, ¿sabes?

Benjamin no pudo evitar sonreír.

—Ahora me toca a mí preguntar —dijo Caïssa, guardando al fin la consola—. ¿Por qué te han invitado al palacio de By?

El joven se quedó pensando unos segundos. Tenía que buscar una mentira que fuese creíble.

—Era mi padre el que tenía que ir, pero al final no ha podido. Tengo que reunirme con la propietaria, nada más.

Caïssa asintió.

La parada en la estación de Avon fue breve. Tres minutos después, el tren se detuvo frente a una sencilla casa blanca de dos pisos. En la fachada, junto a una puerta con cristales esmerilados, se leía en una placa «Thomery», en azul sobre un fondo blanco manchado de óxido.

Caïssa y Benjamin bajaron al andén. Por todas partes se alzaban árboles altos y frondosos. La estación estaba en pleno bosque.

—Qué bucólico —resopló Caïssa.

Benjamin apuntó hacia un caminito de tierra que bordeaba las vías del tren, hacia la derecha.

—Por aquí, hasta el camino de By. Mi padre me ha dejado una nota sobre la ruta que había que tomar.

—El señor Férel siempre lo deja todo bien atado —dijo Caïssa con un tono extraño en la voz.

Pasaron bajo un primer puente y luego un segundo, antes de girar a la izquierda. Atravesaron un último bosque y, al fin, atisbaron las primeras casas de Thomery.

Benjamin permanecía en silencio, concentrado. Iba a jugársela y presentarse como delegado de su padre en un sitio que no conocía de nada. Así podría averiguar más cosas sobre los estudios de Jules.

Una vez determinado el guion, se relajó y sonrió a Caïssa.

—Creo que esta escapada imprevista al menos nos ha permitido romper un poco el hielo.

La joven le devolvió la sonrisa.

—Y así es mucho mejor —añadió Benjamin.

—¿Sabías que los cubitos de hielo se hacen antes si metes en el congelador agua caliente en vez de fría?

Benjamin se detuvo en seco, a pesar de que el sol caía a plomo.

—¿Cómo?

—La próxima vez que invites a tomar algo a tu encantador amigo Assane y a la chica rubia, llena las cubiteras de agua caliente. Tiene que ver con la energía que contiene el agua: el agua caliente tiene más que la fría. Se estructura más deprisa y así puede bajar de temperatura mucho antes. Se llama el efecto Mpemba. Te ahorraré los detalles sobre los iones hidronio y los protones que penetran en el agua estructurada, pero, en resumen, un poco más de calor al principio garantiza que se forme hielo antes.

Frente a la mirada confusa de Benjamin, Caïssa continuó:

—Lo que quiero que entiendas es que el hielo surge entre dos personas que más adelante se van a llevar muy bien. ¿Entiendes? Es química. Es la naturaleza; no podemos luchar contra ella.

—Resulta que también sabes de química —dijo Benjamin.

—Si supieras de cuánto sé, ni te atreverías a dirigirme la palabra.

Se echaron a reír a carcajadas.

El camino de By desembocaba en la calle... Rosa Bonheur. Llegaron al palacio subiendo por la izquierda. Por encima de un muro agrietado de tamaño medio, Benjamin y Caïssa descubrieron dos torres de estilo neogótico, la primera de las cuales estaba embellecida con un reloj insertado entre las letras mayúsculas R y B. La segunda sujetaba un campanario adornado con balcones.

A la izquierda del portón cerrado, había una puertecilla atravesada por una mirilla enrejada.

Una manija accionaba una campana.

Los dos visitantes anunciaron su llegada.

CAPÍTULO 11

Tras una breve espera, Benjamin y Caïssa oyeron el ruido de un cerrojo. Entonces, se abrió la puerta para revelar a una mujer alta y madura, de rostro demacrado y ataviada con un vestido largo y estampado con lirios multicolor. Iba maquillada con buen gusto, sobre todo los ojos, resaltados por una sombra azulada. La máscara le alargaba aún más las pestañas. Llevaba unos finos pendientes de oro con forma de mariquita, además de un largo collar de piedras brillantes.

Se limitó a sonreír a los visitantes, pero sin invitarlos a entrar.

—Solo se atienden visitas con cita previa —precisó.

Benjamin se presentó y su interlocutora asintió.

—A decir verdad, su mirada es su mejor embajadora: tiene usted los ojos de su padre, señor Férel. Me llamo Cendrine Gluck y me ocupo de la gestión del palacio en nombre de la familia Klumpke-Dejerine-Sorrel.

Se apartó para dejar pasar a los dos recién llegados. Caïssa, sin decir nada, caminó dando grandes zancadas hacia un enorme árbol que tenía a la izquierda.

—¿Es su hermana? —preguntó la encargada.

—No —sonrió Benjamin—, es solo mi ayudante. Discúlpela: a veces es un poco arisca, pero es por timidez. Le aseguro que está emocionada por haber podido venir, ya que siente devoción por Rosa Bonheur y su obra.

Benjamin ya sabía que su padre no estaba allí: Cendrine Gluck le habría propuesto pasar con él. De este modo, se confirmaron sus sospechas.

—Entonces, ¿no ha podido venir su padre? —prosiguió Cendrine.

—Exacto. Una indisposición momentánea. Por eso me ha enviado en su lugar.

Caïssa había vuelto con ellos.

—¡Qué maravilla! —espetó la joven con emoción en la mirada antes de continuar hacia el otro lado.

—Desconocía que su padre le hubiese contado el secreto —continuó Cendrine—. Nos había pedido que no revelásemos nada sobre sus investigaciones, pero imagino que no aplica a su propio hijo.

—Ah, tampoco pretendo sustituirlo. A lo largo de sus visitas, ya se habrá dado usted cuenta de cómo es. No, considéreme más bien como su ayudante de campo, un mensajero.

—Acompáñeme —dijo Cendrine—. Vamos a visitar el palacio antes de subir al desván. Se lo ha ganado. A juzgar por el estado de sus zapatos, ha debido de venir andando desde la estación. Pero, antes de nada, seguro que desea tomar algo.

Benjamin le dio las gracias.

Siguió a su anfitriona hasta el patio. El palacio de By estaba formado por dos edificios unidos, pero de dos estilos arquitectónicos distintos: uno era neogótico y estaba enmarcado por dos torrecillas, mientras que el otro era de fachada rectangular, más clásico y menos recargado, atravesado por grandes puertas en la planta baja y por amplias ventanas con postigos blancos en el primer piso. Los tejados a dos aguas estaban coronados por tejas grises. A la izquierda de los dos edificios había otra construcción, alta y de aspecto más moderno, que sin duda debía de ser un estudio. El jardín debía de hallarse detrás del edificio.

Benjamin buscó a Caïssa con la mirada.

—Disculpe a mi ayudante —dijo—. Creo que la ha cautivado, o más bien atrapado, el espíritu del palacio.

—No es la primera ni será la última, señor Férel.

Entraron en un salón bastante oscuro, modestamente amueblado con una mesa y varias sillas. Cendrine Gluck le sirvió a Benjamin una limonada fresca y con muy poco azúcar. Hablaron de unas cuantas cuestiones triviales sobre el trayecto en tren hasta Thomery y sobre la vida parisina, de la que había decidido huir Rosa Bonheur instalándose en aquella finca.

—La artista fue la primera mujer francesa en comprar, a su nombre y gracias al fruto de su trabajo, un bien inmueble —precisó orgullosa la encargada—. Fue en 1859. Pero me he ido por las ramas. Imagino que le gustaría subir al desván para consultar los archivos —dijo Cendrine—. Ahí es donde pasa su padre la mayor parte del tiempo cuando viene.

Subieron a la primera planta, donde Benjamin visitó el pequeño despacho de la artista, en el que en las librerías se alineaban cubiertas de cuero, no solo de novelas, sino también de tratados sobre la vida animal y botánica. También había numerosos retratos del padre, la madre y los hermanos de la pintora. Otra estancia, esta vez más luminosa, albergaba pinturas de animales sobre caballetes, dibujos enmarcados en las paredes, esculturas de animales y varios especímenes disecados, incluida una ardilla que parecía seguir viva. Cendrine comentó:

—Hay que imaginársela viviendo aquí con sus perros y sus corderos, en la vivienda y en el jardín. Rosa, entre todo ese mundillo, en pantalones, con un pincel en una mano y un puro en la otra.

Luego entraron en el estudio. Sobre el parqué se extendía una inmensa alfombra persa, en el centro de la estancia iluminada, delante de una imponente chimenea coronada por una cabeza esquelética de ciervo. A la derecha, se intuía un piano de cola tapado por una sábana verde. A la izquierda, un zorro disecado abría las fauces sobre un baúl. Dos caballetes sostenían imponentes pinturas. Y en las paredes, cuadros, dibujos y más cabezas de animales.

Todo parecía haber permanecido intacto desde el fallecimiento de la pintora, en 1899.

—No ha cambiado nada en ciento cinco años, aparte de algunos pequeños cambios para modernizar las instalaciones y hacerlas más cómodas —apuntó la anfitriona—. Tras el fallecimiento de Rosa Bonheur, la herencia fue a parar a su «hija adoptiva», Anna Klumpke, también pintora. Pretendía conservar la finca, pero sobre todo el espíritu creativo que reinaba en ella: esa combinación magnífica entre arte y naturaleza que se encuentra en las obras de su predecesora. Y eso hizo Anna con una entrega y una devoción inmensas, hasta su muerte. Y, aunque a veces organizamos visitas para el público, tenemos la intención, llegado el momento, de que el palacio sea un auténtico museo. En esas estoy, y la participación económica de su padre va a ayudarnos mucho; eso téngalo claro.

Benjamin acababa de recibir respuesta a una de sus preguntas: Jules tenía acceso al palacio porque era mecenas. Sin embargo, aún persistía el verdadero enigma: el porqué de esa repentina obsesión por Rosa Bonheur, quien había tomado, tanto en su vida como en su obra, decisiones opuestas a los gustos de Jules Férel.

La respuesta o las respuestas debían de encontrarse en el famoso desván.

—En fin —dijo Cendrine—. Lo dejo en la guarida de su padre. Imagino que le habrá dado instrucciones. Si me cruzo con su ayudante, le indicaré cómo llegar.

Benjamin permaneció atónito ante el revoltijo de documentos y libros dispersos, baúles, cajas con dibujos y marcos.

—Lo noto perdido —dijo la mujer, casi riéndose—. Su padre ha reunido los archivos que suele consultar en esa esquina, a la derecha. Quiero enseñarle también una carta inédita de Rosa que encontré anteayer por casualidad.

—Sería un placer.

Se corrigió.

—Para mi padre, sobre todo.

Benjamin había leído en los apuntes y las libretas de Jules que le interesaba mucho el periodo durante el que Rosa Bonheur conoció a Buffalo Bill, que estaba de paso en París con su compañía para representar su espectáculo.

—Sí, me lo imagino. Sobre todo porque Rosa menciona por primera vez el nombre de Archibald Winter; eso le va a encantar a su padre.

—¡Ah, qué maravilla! ¡Menudo descubrimiento! —exclamó Benjamin, haciendo un esfuerzo por mostrarse lo más entusiasmado posible.

Cendrine se despidió y lo dejó a solas. Férel hijo recorrió el desván y husmeó por un lado y otro, sin saber por dónde comenzar. Luego se sentó y abrió el cuaderno de apuntes de Jules. A ver… El encuentro entre Rosa y ese peculiar caballero…

Jules había recopilado información sobre el año 1900. Archibald Winter era un magnate de la prensa estadounidense que se había enriquecido gracias a los periódicos. Además de gestionar sus numerosos y prósperos negocios, Winter pasaba el rato saciando su pasión por el ajedrez.

Había vencido en numerosos torneos e incluso lo habían invitado al extranjero para enfrentarse a los mayores campeones de la disciplina. En la Exposición Universal de 1889 —para la que se construyó la Torre Eiffel—, Winter conoció a Rosa Bonheur. El magnate estaba participando en un torneo internacional de ajedrez celebrado por la ocasión. Archibald, amante de los animales, en particular de los perros, entabló amistad con la artista. Unos años después, dos años antes de la muerte de Rosa, le encargó, a cambio de una sustanciosa cantidad, un retrato de Danican, su querido chihuahua: un inmenso lienzo que fue a buscar en persona para llevárselo en barco, en un navío fletado especialmente para él entre El Havre y Nueva York.

Winter había adquirido muchos otros cuadros de la artista y siguió escribiéndose con ella hasta la muerte de la francesa en 1899 en Thomery.

Pero ¿qué hubo en aquel encuentro entre Rosa Bonheur y Archibald Winter que revistió tanta importancia para Jules? A él no le gustaban los animales y, aunque sabía jugar al ajedrez, no era su pasión. Férel hijo no recordaba que su padre mentase ni a la pintora ni al tal Winter, quien, aunque gozó de cierto prestigio en vida, no había pasado a la posteridad.

Jules también había apuntado en la libreta que el rico empresario había dilapidado toda su fortuna antes de morir para que ninguno de sus tres hijos, a los que detestaba, pudiera heredarla.

¿Qué hacer con esa información?

¿Se podía leer algo más entre las líneas de la mala letra de Jules Férel?

Para estirar las piernas, el joven paseó brevemente por el desván. Entonces, se fijó en una escalerita que parecía conducir al tejado.

Subió por un tramo de endebles escalones y salió al aire libre, a uno de los balcones de la torrecilla. El aire del atardecer era cálido. Al este, observó los tejados de las viviendas del pueblo de Thomery, como una laguna gris. Al oeste, el sol iniciaba su descenso sobre el jardín, coloreando las escasas nubes de color rosa anaranjado y decorando el monte de guirnaldas del mismo color.

Benjamin observó, frente a él, la torre pintada de rojo, coronada por una larga aguja. El palomar. Se situaba justo a la altura del mirador. La puertecita, con una gran cerradura de curioso contorno, sin duda permitía abrírsela a los pájaros para darles acceso al refugio.

Reinaba la tranquilidad y, sin embargo, rondaba una amenaza indecible que Benjamin no lograba distinguir. Se dibujaban sombras en el jardín, según los caprichos del sol. Y el viento, aunque débil, al abalanzarse bajo el tejado del palomar, gemía entonando extraños quejidos.

El joven se asomó a la fina barandilla de hierro forjado para observar la parte posterior del palacio.

Caïssa jugaba en el césped del jardín.

Podría decirse que bailaba.

CAPÍTULO 12

Caïssa se transformó estando en el jardín del palacio de By.

Se sentía en el cuerpo de otra persona, como liberada de una pesada carga. Descubría el jardín casi en ingravidez, con el espíritu de la pintora, que aún seguía allí, como único guía.

Fascinada por el sotobosque que se ofrecía a ella, se abalanzó sobre él, saltando de franja de sombra a franja de sol. Se había liberado de todas las ataduras. Nunca se había sentido tan ligera.

Caïssa se hundió en la alfombra de hierba, de finas briznas de color verde intenso que argentaba el sol. Habría podido ahogarse en ellas.

En pleno bosque, descubrió un edificio impresionante, circular, como un pequeño molino sin aspas, que contaba con un tejadillo. Tenía las paredes blancas, carcomidas por el paso del tiempo, con carpintería marrón. Sobre el tejado cónico, una bandera de hierro con dos corazones, y en el interior, en el techo lleno de dibujos de flores, una araña de doce brazos que debía de haber estado repleta de velas. Se detuvo un instante y le dio la sensación de estar viajando en el tiempo.

De regreso en el césped, la joven vio a Benjamin sentado en la escalinata. Examinaba el jardín con interés, como si algo le llamase la atención, pero no se atreviese a aventurarse.

—¿Qué hora es? —gritó la joven mientras se aproximaba.

—¿Te has quedado sin pilas en la Game Boy?

La muchacha se encogió de hombros. Era verdad: durante la escapada, no había echado mano a la mochila.

—Que sepas que la Game Boy no da la hora. Dime.

—Las ocho y media pasadas.

Se sorprendió de llevar casi dos horas en el jardín.

—Hemos perdido el último tren a París —continuó Benjamin.

—Al menos espero que hayas encontrado lo que has venido a buscar.

—¿Y tú?

—Por supuesto. Y eso que aún no he entrado en el palacio…

Benjamin pudo entonces servirle de guía. Cendrine Gluck recibió a Caïssa y se alegró de su entusiasmo.

—Me da la impresión de que aquí se siente usted como en casa. Ya forma parte de la familia.

La joven se sonrojó.

—Se ha hecho tarde para volver a París en tren —continuó la encargada. Pueden quedarse en el palacio. Tenemos dos habitaciones reservadas a los invitados, así que podrán pasar una noche magnífica y despertarse con el canto de los ruiseñores. Y pueden cenar con nosotros, por supuesto.

Caïssa aceptó encantada.

—Pero si desea, señor Férel, regresar a París esta misma noche porque tiene obligaciones, puedo llamar a un taxi de Fontainebleau…

Benjamin declinó la oferta y le dio las gracias a Cendrine por su amabilidad. Estaba impaciente por que le enseñase la carta de la que le había hablado hacía un rato. Llegaron a un despacho decorado con esmero, sin el menor rastro de equipamiento informático.

—Tiene guantes en ese cajón de la cómoda de al lado de la puerta —dijo mientras sacaba una hoja apergaminada, muy amarilleada, de una caja de plexiglás guardada a salvo de la luz.

Le tendió la carta a Benjamin, que la cogió con cuidado.

El texto era breve; probablemente se tratase de un borrador. Estaba fechado en el 21 de septiembre de 1898. En él, la artista informaba a Archibald Winter de que tendría los bocetos terminados antes de final de año. Solo le faltaban tres de doce. Rosa terminaba la carta de la siguiente forma:

Espero que tenga la bondad de acerme llegar un ejemplar de su obra o, al menos, una fotografía. Me a instado a una labor que no me resulta natural, pero no me quejo. Los artistas siempre deven ponerse retos. Sin embargo, estoy impaciente por saber si a sido satisfactorio. Salude de mi parte a su querido Danican y a su fiel Arthur.

¿A qué labor se refería Rosa en aquel breve correo con faltas de ortografía? No podía tratarse del retrato de Danican, ya que, según los apuntes de Jules, se ejecutó en 1896, es decir, dos años antes. ¿Entonces?

Preguntárselo a la anfitriona habría supuesto desvelar que desconocía los asuntos de su padre.

En la esquina inferior derecha de la carta, Rosa había dibujado una cabeza de perro de orejas puntiagudas —¿Danican?—, que le recordaba a otro dibujo que había en el desván. Cendrine confirmó que se trataba de una serie de dibujos preparatorios de esculturas: perros y gatos, pero también conejos, caballos y palomas.

—¿Sabe usted si este perro es Danican, el chihuahua de Archibald Winter? —preguntó Benjamin.

Cendrine negó con la cabeza.

—No lo sé, pero tampoco soy especialista en la materia. La gestión del palacio no me deja tiempo para sumirme en el estudio de los archivos de Rosa, por desgracia. De eso ya se ocupan otros. Al parecer, su padre ha centrado sus pesquisas en la relación entre la artista y Winter, pero guardaba muy en secreto sus hallazgos.

—Los dibujos, dice, los usó para tallar esculturas. ¿Hizo muchas a lo largo de su carrera?

—Rosa trabajó mucho la escultura, sí —dijo Cendrine—. Corderitos, osos, toros, conejos…

—Perros, caballos, elefantes… —añadió Caïssa.

—Exacto.

—¿Y aves no? —preguntó Benjamin—. ¿Palomas?

—No que yo sepa —respondió la gerente.

¿Acaso los dibujos, a simple vista menores, pero vinculados a Archibald Winter de una u otra manera, le servirían como pista?

La cena fue excelente. Además de a Cendrine y sus invitados, reunió en torno a la mesa a tres de sus cuatro hijas, que la ayudaban a administrar la finca.

—Me habría gustado presentarles a los miembros de la familia Klumpke, pero están pasando el verano en Estados Unidos —se disculpó.

La comida era sabrosa y los platos estaban decorados con pétalos de flores, en el caso de las preparaciones saladas, y de hierbas aromáticas, en el del postre.

—Nuestra cocina se inspira en las recetas que dejaron Rosa y sus parejas.

Degustaron lomo de bacalao rebozado con guarnición de puré de apio y verduras crujientes, además de *macaron* de chocolate con habas *tonka,* todo regado por un sancerre blanco de Doudeau-Léger.

Rosa fue el único tema de conversación durante la cena. Benjamin prestaba atención y se obligaba a memorizarlo todo, mientras que Caïssa se mostraba casi como una experta en la artista.

Cuando acabó la cena, Cendrine y sus tres hijas, encantadas con el fervor de la joven, le ofrecieron la oportunidad de dormir en la habitación de la artista.

—¡Qué honor! —balbuceó Caïssa—. ¡Sería un privilegio!

Benjamin le dirigió una breve sonrisa. Su entusiasmo era contagioso.

—Voy a sentarme en su butaca, frente a la ventana, a leer el tratado sobre ajedrez de Philidor mientras cae la noche.

—¿Juegas al ajedrez? —preguntó Capucine, la más joven de las hermanas Gluck.

—Sí, es mi otra pasión, junto con Rosa. La heredé de un familiar con el que perdí el contacto. Probablemente fuera la forma que tenía de forjar un vínculo conmigo a pesar de la distancia que nos separaba.

Era tarde y se había hecho de noche en la finca. Desde la ventana del dormitorio de Rosa Bonheur, el jardín no era más que una gigantesca masa negra. Así, Caïssa se metió en la cama de la artista y recorrió con la mirada el diseño floral del papel pintado rojo. No tardó en quedarse dormida, sin la necesidad de contar las ovejas de Rosa.

A Benjamin le costó mucho más conciliar el sueño. ¿Dónde estaría Jules? No podía dejar de preguntárselo. ¿Le había pasado algo malo a su padre? ¿Se había fugado o lo habían secuestrado? ¿Estaba herido de gravedad?

De repente, un grito rompió el silencio.

¡Caïssa!

CAPÍTULO 13

El instinto de Benjamin le decía que era ella. La habitación de Rosa Bonheur era la que estaba más lejos de la suya, pero estaban abiertas todas las ventanas y había oído perfectamente el grito.

Benjamin salió corriendo al pasillo, en camiseta y sin molestarse en ponerse los pantalones encima de los calzoncillos. Oyó ruidos de puertas al abrirse y cerrarse en la planta baja, pero ningún grito más.

—¡Caïssa! —gritó.

No hubo respuesta. ¿Acaso la habían secuestrado a ella también?

A Benjamin le costaba orientarse en la oscuridad. No encontró el interruptor, pero terminó llegando a la habitación de Rosa.

—¡Caïssa!

La cama estaba deshecha y revuelta; las sábanas, arrugadas, y había dos grandes almohadas tiradas a los pies de la cama. La lámpara de noche estaba caída en el suelo, con la bombilla rota.

Corrió hacia la ventana y escudriñó el jardín. Entonces, distinguió un grupo de tres hombres, el más fornido de ellos parecía cargar con un cuerpo inerte.

¡Caïssa!

Benjamin salió del dormitorio hecho una furia.

—¡Llame a la policía! —bramó ante Cendrine Gluck, que se cruzó con él en camisón, como aturdida, mientras el joven corría hacia el patio.

Benjamin se dio toda la prisa que pudo, lamentándose de su mala forma física. Si Assane lo hubiera acompañado, habría atrapado a esos individuos en un abrir y cerrar de ojos.

Se adentró en el bosque. Las ramas le arañaban las piernas y le azotaban el rostro.

—¡Alto! —gritó a los fantasmas.

No veía nada ni percibía movimiento alguno. De pronto, oyó un nuevo grito. Uno de los secuestradores se había caído. Benjamin se detuvo para orientarse. ¡Por la izquierda! Atravesó corriendo un sotobosque que comunicaba con otro sotobosque. Hasta que advirtió una luz. Uno de los individuos portaba una linterna.

Benjamin se concentró en la luz fugaz, pero los obstáculos se multiplicaban a su paso, por no hablar de que iba descalzo y ya se le habían despellejado los pies.

De repente, el ruido de un motor atravesó el silencio de la noche.

—¡Caïssa! —gritó por última vez Benjamin.

Había llegado al muro que rodeaba la finca. La puerta, abierta, comunicaba con un camino de tierra. A una decena de metros, vio la luz de los faros traseros de un coche, que arrancó con las puertas de atrás aún abiertas. Cuando se cerraron, los faros del vehículo no eran ya más que dos minúsculos puntos rojos.

CAPÍTULO 14

Benjamin se reencontró con Cendrine Gluck y sus tres hijas en el patio del palacio. Se habían vestido a toda prisa y su expresión reflejaba una inquietud extrema.

—Los gendarmes de Fontainebleau no deberían tardar en llegar —anunció la encargada—. ¿Qué ha pasado?

Férel hijo, incapaz de articular palabra, se tambaleó hasta el salón de la planta baja, se acercó a una jarra de agua y se sirvió un buen vaso antes de dejarse caer sobre una silla.

—Caïssa —resopló al fin—. La han secuestrado. Han ido a buscarla… a su habitación.

—¡Por Dios! —exclamó Cendrine.

Sus tres hijas la abrazaron. La encargada explicó que se había despertado por culpa de unos ruidos extraños y vió a Benjamin salir corriendo.

—Así que he llamado a la gendarmería —concluyó.

—Y bien que ha hecho —dijo Benjamin, que poco a poco fue recobrando la calma.

Unos diez minutos más tarde, llegó un auténtico batallón con las luces giratorias encendidas y el aullido de las sirenas. El comandante Fossier dirigía el pelotón: cuatro hombres y dos mujeres de uniforme. Interrogó a Benjamin mientras los demás visitaban el palacio guiados por las tres hermanas Gluck.

—No les he visto la cara —admitió el joven—. Estaba lejos de ellos y todo estaba muy oscuro.

—¿Su ayudante se había sentido amenazada estos últimos días? —preguntó Fossier—. ¿Se le ocurre cuál podría ser la identidad de quienes han perpetrado el secuestro?

Benjamin podría haber mencionado la desaparición de su padre, el código secreto, la habitación escondida dedicada a Rosa Bonheur y el interés de Caïssa en la artista. Estaba claro que los dos acontecimientos estaban relacionados, pero respondió:

—No, ni la menor idea. Y puedo asegurarle que Caïssa estaba encantada de haber venido. No se la veía lo más mínimo preocupada.

Cendrine Gluck lo confirmó.

—Vamos a poner controles y a emitir una alerta de secuestro —prometió el comandante—. ¿Tiene alguna foto de la víctima?

—Encima no —respondió Férel hijo—, pero se la puedo buscar.

—Algo encontraremos. También hay que avisar a sus padres.

—Su madre vive en Aviñón. Si le parece bien, puedo ocuparme yo.

Fossier asintió, sin poder contener un bostezo. Eran las tres de la madrugada y llevaba muchas horas ya de guardia. Sin embargo, no podía flojear.

—¿Me enseña la puerta por la que han salido los delincuentes?

Benjamin guio al agente, acompañado por dos de sus hombres, a la luz de sus respectivas linternas. La encargada, que los seguía, no dejaba de disculparse, como si lo acontecido fuese, en parte o en su totalidad, culpa suya.

—Creo recordar —dijo Benjamin, que tenía frío— que durante el paseo que dimos antes de cenar nos cruzamos con tres hombres. Caïssa pensaba que eran los jardineros de la finca.

—Los jardineros no trabajaban ayer —dijo Cendrine.

—¿Podría describírnoslos? —preguntó Fossier.

Férel hijo se reconoció incapaz. De nuevo, los había visto de muy lejos y, además, los individuos se habían dado la vuelta en cuanto los habían visto.

En el escenario del secuestro, a los dos lados de la puerta que atravesaba el muro de la finca, los gendarmes llevaron a cabo las primeras comprobaciones, alterando el escenario lo menos posible.

—A primera hora de la mañana, se personarán los agentes del IRCGN, la científica. Vamos a intentar averiguar la marca del coche gracias a las huellas de los neumáticos, entre otras cosas. Agradeceríamos mucho su colaboración, señor Férel, por lo que me gustaría que se quedara en el palacio hasta que vengan.

Benjamin asintió. Volvería después a París. El comandante, antes de regresar a la gendarmería para organizar la operación, le preguntó una vez más sobre los motivos de su presencia en Thomery. El joven fue impreciso y habló de una investigación sobre la artista dentro del marco de su trabajo.

La nueva mentirijilla se le hizo difícil y le impidió conciliar el sueño. Tumbado en la cama, los respectivos rostros de Jules y de Caïssa no dejaban de aparecérsele en las paredes de la habitación que ocupaba.

¿Cuál era el motivo del secuestro? ¿Dónde estaba Caïssa? ¿Se encontraba acaso en peligro? ¿Se la habían llevado al mismo sitio en el que estaba retenido Jules? ¿Quién los había raptado? ¿Cómo lo iba a descubrir? No había nada claro en aquella historia.

A primera hora de la mañana, lo llamó por teléfono su madre. Pero no respondió.

Férel hijo siguió con gran interés la operación de los agentes del IRCGN y respondió a sus preguntas lo mejor que pudo. Fossier llegó algo más tarde para anunciar que se había implantado un plan a gran escala en el sur de Seine-et-Marne y en el norte de Yonne y Loiret. Por el momento no había encontrado ni indicios ni pistas, pero sí que había publicado una foto reciente de Caïssa, que habían encontrado consultando los archivos centrales del permiso de conducir.

—Lo mantendremos informado en tiempo real —prometió Fossier, que apuntó el número de móvil de Benjamin y sus dos direcciones en París: la de la tienda, en la calle Verneuil, y la de la casa de sus padres, en la calle Georges Braque.

Cuando el agente le preguntó si conocía la dirección del piso que tenía alquilado Caïssa ese verano en París, tuvo que reconocer que lo ignoraba.

Solo quedaba avisar a la madre, que aún no sabía nada. Benjamin prometió hacerlo en cuanto llegase a París, porque no tenía a mano su número, pero Fossier le dijo que era urgente, así que se ocuparía él.

Benjamin, agotado física y mentalmente, no tuvo valor para esperar el tren en la estación de Thomery y regresó en taxi. Le prometió a Cendrine Gluck que la mantendría al corriente.

Eran algo menos de las diez cuando Férel hijo abrió la puerta de casa de sus padres. Al lado de la furgoneta blanca que llevaba allí desde el día anterior, notó la presencia de un coche oscuro que también le parecía haber visto antes.

Y así era. Al entrar en el salón, esa enorme y fría estancia de suelo de mármol, se encontró con el rostro derrotado de su madre, sentada erguida como una estaca en el sofá, y con el del sargento Romain Dudouis, muy serio, de nuevo flanqueado por dos policías de uniforme, que se habían quedado en pie.

—¡Benjamin! —exclamó Édith, levantándose para recibir a su hijo—. Al señor Dudouis le han puesto al corriente sus compañeros de Fontainebleau. Es terrible lo que le ha pasado a Caïssa.

«También va a ser terrible para ti —pensó Benjamin dando un paso a un lado para escapar del abrazo forzoso de su madre— tener que reconocerlo todo».

De hecho, Dudouis, como buen policía que era a pesar de su juventud, había comprendido que el silencio incómodo de Édith Férel escondía un secreto. El día anterior, la explicación de Benjamin sobre la instalación de arte contemporáneo para explicar los disparos ya le había parecido cogida con pinzas.

—Cuántos acontecimientos en torno a la familia Férel —atacó el sargento—. No puede ser casualidad, ¿verdad?

Benjamin se obligó a no mirar a los ojos a su madre y relató su noche en el palacio.

—Estoy metido en un atolladero, igual que usted —concluyó.

—¿Cuánto tiempo hace que conoce a Caïssa Aubry, señor Férel? —preguntó Dudouis.

—Solo unas semanas —respondió el joven, recolocándose las gafas—. Es una empleada que ha contratado mi padre para los dos meses de verano en la tienda que regento, en la calle Verneuil.

—¿Nada más? —insistió Dudouis.

—¿Sobre qué?

—Sobre su empleada —alzó la voz el policía.

Entonces, intervino Édith:

—No es… No es…

Hizo ademán de levantarse, pero se desplomó al momento. Ante tal gesto de debilidad, Benjamin no pudo sino agacharse para sujetarla. Les esperaban momentos difíciles como para que su madre, siempre con tanto control de sí misma, empezase ya a flaquear.

—No es una simple empleada. —Se le llenaron los ojos de lágrimas—. Perdón, Benjamin. —Miró a su hijo y luego al sargento—. Disculpe, señor Dudouis. Se lo voy a confesar todo.

Benjamin seguía agarrándola del brazo, pero las energías lo abandonaron incluso antes de que su madre hubiese pronunciado su frase.

—Caïssa es tu hermana, Benjamin. O, mejor dicho, tu media hermana, para ser precisos.

CAPÍTULO 15

Vértigos.

Sí, en plural.

Benjamin no reaccionó. Permaneció inmóvil como una estatua, tanto que no habría desentonado en la vitrina de la tienda de su padre en el Marais, presidida con majestuosidad por esculturas de Rodin o Bourdelle.

—Señora Férel —continuó el sargento Dudouis tras haberse aclarado la garganta—, va a tener que ser más explícita. ¿Quién es Caïssa en realidad? ¿Podría tener que ver su desaparición con la de su marido?

Édith quiso tomarle la mano a su hijo, pero este se tensó y no se dejó.

—No sé si los secuestradores de Caïssa son los mismos que se han llevado a Jules. Y sigo sin saber si a Jules lo han secuestrado o si se ha marchado por un motivo u otro.

—Señora Férel —insistió el policía—, va a tener que contárnoslo todo. ¿Qué pasó en su casa la noche en que los vecinos oyeron los disparos?

Édith se dejó caer en el sillón y cerró los ojos.

—Un vaso de agua —balbuceó—. Por el amor de Dios, un vaso de agua, deprisa.

Anémone, la cocinera, que se encontraba en pie en el umbral de la puerta del salón, corrió a la cocina y regresó con una botella de agua mineral y un vaso alto de cristal. La señora de la casa se quitó la sed con largos y ruidosos tragos, respirando con fuerza.

—Sí que hubo tres disparos. Los dos últimos fueron míos. La historia de la instalación de arte contemporáneo es una patraña.

Benjamin no se inmutó cuando Dudouis le lanzó una mirada de consternación.

Édith Férel relató entonces lo acontecido aquella noche con todo lujo de detalles y hasta reconoció haberse deshecho del pañuelo bordado manchado de sangre y haberle pedido al mayordomo que borrase los rastros de pisadas de los parterres del fondo del jardín.

—Lo que me acaba de reconocer es extremadamente grave —dijo el policía, que había estado tomando apuntes en una libreta—. La vida de su marido probablemente corra peligro, junto con la de su hija, y a usted no se le ocurre nada mejor que destruir las pocas pruebas disponibles y ocultar información importante. ¿Por qué, señora Férel?

Édith permaneció en silencio. Había tanta tensión en el salón que el omnipresente mármol podría haberse roto en pedazos.

—Mi madre consideraba que la intervención de la policía podría haber agravado la situación —dijo Benjamin con la voz ronca—. Mi padre suele marcharse a menudo: ya es costumbre. Sus ausencias apenas duran veinticuatro o cuarenta y ocho horas. Pero está claro que la cosa cambia con el secuestro de Caïssa.

—Tienen que encontrarlos —dijo Édith—. Tienen que…

—Cuando buscamos, tenemos la costumbre de encontrar, señor y señora Férel.

Dudouis se levantó y pidió a sus hombres que lo acompañaran.

—Enséñeme el jardín —ordenó el sargento a los Férel—. ¿Y el pañuelo? ¿Dónde lo ha tirado?

—Lo he quemado —reconoció Édith.

El policía negó con la cabeza.

—Espero que no tenga que lamentarlo demasiado.

Fue Benjamin quien acompañó a los tres hombres al despacho de Jules, ordenado de forma impecable, y luego al jardín. Dudouis hizo dos llamadas desde el móvil. Por la tarde, intervendría un equipo de la policía científica. Informó a su interlocutor sobre las novedades en los controles policiales instalados en las inmediaciones de Thomery: no habían visto ningún coche sospechoso.

—Han sido más rápidos que nosotros —protestó el policía.

Benjamin acompañó a Dudouis y sus hombres al coche, aparcado en doble fila, junto a la furgoneta blanca. Les garantizó su colaboración y les pidió que lo mantuvieran al corriente de la mínima novedad acerca de Caïssa.

—Admiro su sangre fría en estas circunstancias —reconoció el policía al despedirse de Férel hijo.

Benjamin regresó entonces al salón.

—¿Caïssa sabe que compartimos padre? —le preguntó a su madre con una voz glacial.

—Sí —resopló Édith.

—¿Y aún no me consideráis lo bastante adulto como para contármelo?

La señora Férel eludió la pregunta.

—¿No les has dicho nada a los policías sobre lo del tapete?

—¡Responde a mi pregunta! —ordenó Benjamin—. ¿Por qué papá nunca me ha hablado de Caïssa?

Édith se dignó a responder.

—Yo no me enteré hasta hace tres años. Una noche me encontré la correspondencia con su amante que aún conserva en la caja fuerte, que se había dejado abierta. Jules me lo tuvo que reconocer. Por aquella época, la madre de Caïssa era actriz. Ahora tiene una pequeña galería de arte en la plaza de Corps-Saints de Aviñón.

—Una habilidad impecable —dijo con sarcasmo Benjamin.

—Fue una simple aventura: una noche de amor que salió mal…

Pero su hijo la interrumpió con un ademán.

—No me interesan los detalles. Solo os conciernen a ti y a tu marido. Yo, como hijo suyo que soy, no podré perdonarle nunca que me haya ocultado durante tanto tiempo su paternidad y que le haya pedido a Caïssa que no me diga nada.

Édith dejó escapar una carcajada que repugnó a su hijo.

—Ah, Jules quería contártelo, pero yo me opuse. ¿Quieres saber por qué? Porque jamás formará parte de nuestra familia, Benjamin. Que tu padre cometiera un error una vez, una única y desafortunada vez, en Aviñón no implica que vaya a dejar que se rompa nuestra familia.

—Nuestra familia lleva rota mucho tiempo y lo sabes.

—Además —continuó Édith—, le tengo prohibido reconocer a Caïssa. Si lo hace, pediré cambiar el régimen matrimonial para que quede en separación de bienes y que así su examante y su hija nunca, ¿me oyes?, nunca puedan aprovecharse del fruto de mi trabajo.

«Mi madre es comerciante hasta en el amor —pensó Benjamin—. Sobre todo en el amor, en realidad».

—Para ti, Caïssa nunca va a ser nada más que una empleada. Más o menos igual que tu hijo.

—Si no te gusta, puedes hacer como tu padre y desaparecer.

Benjamin notó crecer la ira en su interior. Le temblaba el cuerpo entero y apretaba los puños para evitar romper un carísimo jarrón, rasgar un cuadro o dañar alguna otra antigüedad de incalculable valor perteneciente a su padre.

—¿Y lo de Rosa Bonheur? —preguntó el joven—. Está claro que estabas al corriente: la sala secreta del vestidor que se abre con la corbata del siete de corazones, las visitas de Jules al palacio de By y a distintos museos de Francia y Estados Unidos en los que está expuesta la artista…

—¿Rosa Bonheur? —contestó Édith, atónita—. ¿Qué pinta ella en esto?

—¡Mentirosa! ¡Mentirosa! —gritó Benjamin—. ¡La reina miente! ¡La reina miente!

Y subió corriendo al piso de arriba, a su habitación de cuando era niño y adolescente, para encerrarse con su propia ira. Aprovechó entonces para llamar a Assane. Sabía que solo su más viejo amigo iba a ser capaz de ayudarlo a recobrar la calma.

CAPÍTULO 16

Assane había empezado ya su turno, desde la apertura, en la tienda de deportes en la que trabajaba de vigilante. No apartaba la vista de un grupo de cinco chavales de poco más de diez años que se probaban gafas de sol. Hacía calor a pesar del aire acondicionado y sufría vestido con ese estrafalario atuendo que tan poco soportaba: traje y corbata negros con camisa blanca. Los adolescentes reían a carcajadas y de vez en cuando se propinaban puntapiés y puñetazos. El vigilante ya sabía cómo iba a acabar la situación. En cuestión de minutos, al amparo del fingido combate, los muchachos echarían a correr llevándose puestas las gafas de sol de marca.

A Assane le vibró el móvil en el bolsillo interior de la chaqueta y descolgó sin perder de vista la chiquillada.

—¿Tienes novedades? —preguntó de primeras—. ¿La reina del código? ¿La felicidad?

—Sí. Pero…

Benjamin se calló. Tenía un nudo en la garganta y contuvo un sollozo. Su amigo se lo notó.

—Tío… —dijo Assane.

Benjamin no respondió. Debía de sentir un dolor inmenso. ¿Qué había pasado? Con el corazón en un puño, el hombretón echó un vistazo al reloj de cristal líquido, idéntico al de Ben, su «hermano».

—¡Diop! —bramó Bilal, el jefe de seguridad de la tienda.

—Me necesitas —susurró el gigante—. Ahora voy a verte. ¿Dónde estás?

—En casa de mi padre.

Assane colgó el teléfono. Los chavales habían hecho sonar las alarmas de los arcos de seguridad de la entrada, pero ya estaban lejos. Bilal, flanqueado por sus dos subalternos, Rémi y Mokhtar, avanzaba hacia el agente dando largas zancadas.

—Lo siento —dijo el culpable dirigiéndole una sonrisa fingidamente abochornada—. Era el colegio de mi hijo. Está enfermo. Tengo que ir a por él.

No se le había ocurrido mejor solución y se arrepentía en parte, pues nunca había hablado de su hijo fantasma en la cafetería. Sin embargo, una de las condiciones imprescindibles cuando uno se forja una identidad ficticia es que debe venir de lejos. En las novelas de Maurice Leblanc, Arsène nunca se inventa una nueva vida en un acto impulsivo. Preparaba su metamorfosis con esmero, creando documentos de identidad más reales que los auténticos, tarjetas de visita… De estar en el lugar de Assane, habría mencionado ese detalle con anterioridad.

—¡Anda! ¿Tienes un hijo? —preguntó Rémi—. Tan pronto. Y en edad escolar. Qué precoz.

El jefe de seguridad, Bilal, se echó a reír.

—¿Y cómo se llama tu hijo?

—Raoul —respondió Assane, que la tarde anterior se había vuelto a leer *El collar de la reina* en el metro mientras volvía de casa de Claire.

Era el primer nombre que se le había venido a la cabeza.

—Raoul, ¿qué más? —preguntó Mokhtar.

—Raoul Diop.

—No es un nombre muy común, Raoul Diop —murmuró Bilal—. Es un poco como Mokhtar Durand: no suena bien y, además, no se oye mucho.

Assane respiró hondo para evitar responder.

—Es lo que se llama integrarse en Francia —se burló Rémi.

—¿Me puedo marchar? —insistió Assane—. Me están esperando.

—Dejas a tu hijo en casa de su madre —dijo Bilal— y te vuelves corriendo. ¿Entendido? Tenemos que hablar de lo de las gafas.

Assane corrió hacia la puerta de servicio más cercana y se cambió a toda prisa en los vestuarios. Estaba mucho mejor en vaqueros y camiseta. Para protegerse del sol, se puso una gorra ligera de lino y unas gafas de sol de estilo aviador.

Se subió a la bici y recorrió la distancia que separaba Porte de Montreuil del parque de Montsouris en apenas veinte minutos: un desafío que estuvo a punto de costarle varias veces una pierna o un brazo en el enloquecedor tráfico de los bulevares exteriores parisinos.

Fue Joseph, el mayordomo, quien le abrió la puerta. Assane ya había estado varias veces en la enorme y lujosa casa, invitado por Benjamin cuando sus padres no estaban. Benjamin bajó las escaleras y condujo a su amigo al despacho. Tenía los ojos rojos.

—Todo va a salir bien, amigo mío. Todo va a salir bien, ya verás. Cuéntamelo todo, con tranquilidad. Vamos a acomodar las posaderas, como había escrito Maurice, en la habitación favorita de Jules y vamos a hablar, que buena falta te hace.

La presencia de Assane ejercía sobre Benjamin el mismo efecto que el polvo de un extintor sobre una llama. Le relató con una voz débil, dubitativa, su escapada al palacio de By en compañía de Caïssa, el secuestro de la joven, el anuncio del secreto familiar por parte de su madre y el difícil enfrentamiento con los policías. Terminó agradeciéndole a su amigo haber acudido a consolarle parte de sus penas.

—Más bien para compartirla, amigo —dijo Assane—. Entonces, Caïssa es tu media hermana. Menuda revelación… No me acuerdo de si mi querido Maurice llegó a recurrir a algo así, pero su maestro en la materia, el gran Eugène Sue, hacía uso y abuso de las revelaciones familiares. Incluso Dumas padre…

—En este momento —lo interrumpió Benjamin— no me apetece mucho hacerme el héroe literario.

Assane sonrió y abrazó aún con más fuerza a su amigo.

—Anda, ve a la cocina a pedir una infusión. Pero café no, ¿eh? Sé que te encanta, pero necesitas una infusión relajante.

Benjamin asintió.

—Por cierto, podrías haberme llamado en el palacio —dijo Assane—. Incluso en plena noche.

—Tú ahora tienes tu vida.

—Sí, pero sigo formando parte de la tuya hasta que se demuestre lo contrario, amigo. Y viceversa. Nos lo prometimos hace muchísimo tiempo. Espero que no se te haya olvidado.

Benjamin lo tranquilizó antes de volver a tener palabras muy duras para Édith.

—No se lo voy a perdonar nunca —concluyó—. Me trata como si aún tuviera diez años. Es intolerable. Y hasta mi padre… ¿Por qué flaquea tanto cuando está frente a ella?

—Entiendo que estés frustrado —dijo el gigantón con semblante de tristeza—. Es lógico. No seré yo quien te diga lo importantes que son los padres para los niños, sea cual sea su edad. Es algo en lo que pienso a diario desde que se suicidó mi padre.

Un terreno pantanoso… Deprisa, cambia de tema.

—Porque resulta —continuó Assane— que, aunque tus padres tengan sus fallos (¿Y quién no los tiene?), tú al menos aún los puedes abrazar.

Aquel comentario terminó por sosegar a Férel hijo, pues su amigo tenía toda la razón. Así que se calló y así se quedaron, en silencio, rodeados del aroma del tabaco y los licores. Assane se levantó para rodear el despacho y leer finalmente el original del mensaje en clave que había conseguido descifrar Claire.

—Me llamó justo después que a ti. Es buenísima.

Benjamin le propuso a Assane acompañarlo a la cocina para tomarse allí un té o un refresco, pero su amigo se negó.

—No. Primero intenta solucionar la relación con tu madre. Al fin y al cabo, si, como dice ella, no sabe nada de Rosa Bonheur, estáis los dos en la misma situación. Piensa que enterarse de la existencia de Caïssa también debió de dejarla tocadísima. Además, ya sabes lo que piensa de mí. Mi sola presencia va a molestarle, así que lo mejor es que me haga pequeñito, pequeñito…

Cosa que no iba a ser nada fácil.

Benjamin le dio las gracias una vez más a su amigo y se marchó. El hombretón se quedó a solas en el despacho de Jules. Ocupó el lugar del desaparecido en el sofá de cuero, que le pareció muy cómodo.

Assane, que se había quedado sin familia en Francia, salvo por una tía lejana en el sur, pensó hasta qué punto el descubrimiento acerca de Caïssa había podido desestabilizar a su amigo. La policía tenía que encontrar a Jules y a su hija. Y mejor cuanto antes.

Estaba decidido: no iba a volver a dejar solo a Benjamin. Poco le importaba perder el trabajo en la tienda; ya buscaría otro.

Assane cogió el abrecartas del que se había servido Jules para grabar los símbolos y empezó a hacerlo rodar entre falange y falange, con mucha destreza. Un caballero ladrón tenía que ser muy ágil con los diez dedos: era una condición *sine qua non*. Sin embargo, al pasárselo de la mano derecha a la izquierda, el abrecartas golpeó el escritorio y dejó una muesca en la preciada madera antes de caer al suelo, en el que rebotó varias veces para acabar finalmente bajo una vitrina de exposición en la que el padre de Benjamin guardaba diversos objetos: un violín, un viejo metrónomo y varias plumas de gran valor. Assane se arrodilló y, a cuatro patas, se fijó en que debajo del mueble había una especie de bola blanca: la *webcam* del padre de Benjamin. Al recogerla, a Assane le pareció ver otro objeto atrapado bajo la vitrina, junto a la pared. El hombretón dejó la cámara en su sitio, encima del monitor del ordenador, y enchufó el cable USB a la unidad principal. A continuación, intentó sacar el objeto que se encontraba debajo del mueble, pero no le cabía el brazo, así que movió el mueble para descubrir el objeto.

Era una especie de figura de madera en forma de cabeza de pájaro, tallada sobre una base bajo la que se observaban múltiples dentados que formaban como palabras en una lengua misteriosa.

Assane la hizo girar varias veces entre los dedos y se planteó que quizá se tratase de una pieza de ajedrez. Sabía que era un juego que le gustaba mucho a Jules, cuya pasión, para su desgracia, no había conseguido transmitir a su hijo.

Una mancha carmínea recubría la parte superior de la figurita. ¿Sería sangre?

Assane le dio la vuelta una y otra vez entre los ágiles dedos. La sangre manchaba el pico del animal.

Parecía como si la curiosa paloma acabase de darse un cruel festín.

CAPÍTULO 17

—¿Benjamin? ¿Puedes venir, por favor?

Assane se puso en pie de un salto y dejó la paloma de madera en el escritorio de Jules, de forma que se viera bien. La figurita parecía a punto de echar a volar para reunirse con algún otro objeto.

Entonces, entró su amigo con una taza humeante en la mano. Un fuerte olor a limón sustituyó de inmediato al de tabaco y alcohol.

—¿Me has llamado?

—Mira lo que he encontrado debajo de la vitrina.

Benjamin se inclinó.

—Está manchado de sangre. O al menos creo que es sangre.

—Reconozco esa cabeza de paloma —murmuró Benjamin—. Tiene los mismos ojos, la misma forma del pico, el mismo movimiento de las plumas…

Se hurgó en el bolsillo de atrás de los vaqueros para sacar el teléfono móvil.

—Mira, Assane —jadeó—. Fíjate.

Aporreó el teclado del aparato para hacer desfilar imágenes por la pantallita.

—¡Esta!

Paró en cuanto llegó al dibujo a lápiz de una paloma, y Assane no pudo sino validar la intuición de su amigo: el boceto se parecía exageradamente a la figurita del escritorio.

—¿De dónde has sacado esa foto?

—Se la hice al archivo del desván del palacio de By. Es un dibujo preparatorio de las esculturas de Rosa Bonheur, que no solo pintaba.

Assane sonrió.

—Probablemente sea una pieza de ajedrez. Fíjate en la base. Hay unas muescas muy raras debajo.

Benjamin cogió la paloma y comprobó que bajo la base de la pieza figuraban líneas y formas extrañas. Se habían grabado con mucha precisión, pues el relieve no impedía que la figurita se mantuviese en pie.

—Es de locos —dijo Benjamin—. Entonces, los dibujos preparatorios podrían haber servido a Rosa Bonheur para tallar un juego de ajedrez… O más bien para que tallasen otros, seguramente un intermediario de Winter, un juego de ajedrez cuyas piezas había dibujado ella.

—¿Winter? ¿Quién es Winter?

Benjamin explicó en pocas palabras quién era el magnate y cómo había apoyado la obra de la artista francesa desde su encuentro en la Exposición Universal.

—No sé cómo de popular es tu querida Rosa Bonheur —dijo Assane—, pero si es más rollo Picasso que rollo vividora, una pieza como esta podría valer un pastizal. Y el juego entero, entonces, sería como el tesoro de los reyes de Francia.

Benjamin estaba de acuerdo. ¿Acababa su amigo, al recoger la figura, de avanzar en la investigación sobre la desaparición de Jules y el secuestro de Caïssa? ¿Un movimiento decisivo, como en el ajedrez?

Tras haber comparado una vez más, esta en detalle, la foto del dibujo y de la pieza encontrada bajo el mueble, Benjamin llamó a Cendrine Gluck, quien le preguntó de inmediato si sabía algo nuevo sobre Caïssa.

—Por desgracia, no tengo novedades de las que informarla, pero la policía está sobre la pista —dijo Benjamin con un tono de voz en el que se notaba el entusiasmo—. Tengo una pregunta que hacerle sobre el dibujo de la paloma. ¿Se acuerda?

—Pues claro que sí.

Assane se apresuró a acercarse a su amigo para escuchar la conversación.

—En algún momento de su carrera, ¿Rosa Bonheur llegó a dibujar un juego de piezas de ajedrez?

La respuesta de la encargada del palacio de By fue la siguiente:

—No que yo sepa. Pero su carrera está llena de recovecos ocultos. Lo que sí puedo decirle es que no se hace mención a ningún ajedrez en el catálogo de la artista que estamos redactando con una conservadora del Museo d'Orsay. Y que Rosa no jugaba al ajedrez.

—¿Y si le dijera que he encontrado en el despacho de mi padre una figura de madera idéntica al dibujo de la paloma que figura en los archivos del desván?

—Sería interesante —dijo Cendrine, cuya voz también empezaba a animarse—. ¿Podría enviarme una foto por correo electrónico?

—También puedo enviársela al móvil, si tiene un modelo reciente.

—Vamos a intentarlo.

Assane, sonriente, levantó el pulgar.

—Para eso tengo que colgar.

—Bien, luego le digo.

Benjamin colocó la pieza en un lugar bien iluminado y la fotografió con el móvil desde todos los ángulos, bajo la mirada satisfecha de Assane, que lo observaba con los brazos cruzados.

—Por cierto, tío, esto del ajedrez me ha recordado a la frase en clave de tu padre: «la reina miente». La reina. ¿No es una pieza de ajedrez?

Pero Benjamin no respondió, pues empezó a vibrarle el móvil. Lo estaban llamando.

—Pero si aún no le has enviado nada —dijo Assane.

—Es un número desconocido —constató su amigo, que descolgó y activó el altavoz.

Entonces, se alzó una voz mecánica en el despacho de Jules.

—Te cambiamos a la chica por la figura que acabas de encontrar.

Assane y Benjamin se quedaron atónitos.

—No es una propuesta, Férel —continuó el hombre—. Es una orden.

CAPÍTULO 18

—Te cambiamos a Caïssa por la paloma de madera —repitió la voz—. Esta noche, a la una de la madrugada. En el muelle Auguste Deshaies de Ivry-sur-Seine, a la altura de la barcaza. Solo hay una. La encontrarás fácilmente.

Benjamin ojeó con la mirada perdida a Assane, que asintió. Al parecer, conocía la zona.

—¿Quién eres? —preguntó Férel hijo—. ¿De dónde has sacado mi número?

—No avises a la policía o no habrá intercambio.

—¿Cómo está Caïssa?

Benjamin no obtuvo respuesta.

—¿Y mi padre, Jules Férel? ¿Está con vosotros?

La pantalla del móvil de Benjamin se apagó. El desconocido había colgado.

En su despacho, situado en la planta baja del palacio de Rosa Bonheur, Cendrine Gluck se levantó para prepararse un té. Acababa de mantener una conversación, sin duda, de lo más interesante, que podía tener una repercusión extraordinaria para ella y para el titánico trabajo que llevaba a cabo, día tras día, junto a sus tres hijas. En ese momento entró Capucine para compartir el contenido de la tetera.

—¿Y bien? —preguntó.

—Van avanzando paso a paso.

—¿*Crees que sabremos más dentro de poco?*

Cendrine le sonrió.

—*Sí, dentro de poco; de muy poco. Y no lo habremos robado nosotras, ¿verdad, Capucine?*

—Es imposible —balbuceó Assane—. Acabas de encontrar la pieza. No hemos salido del despacho ni hemos hablado con nadie…

Se interrumpió antes de tragar saliva y continuar.

—¡Salvo con Cendrine Gluck! Salvo con la encargada del palacio de By. Vas a tener que replantearte tu opinión sobre ella, porque sin su participación…

—¡Pero no ha podido ser ella la que ha secuestrado a Caïssa! Estábamos en su casa, en el palacio de By, cuando sucedió.

Assane se encogió de hombros.

—Precisamente por eso, tío. Ha jugado en casa: pudo serle muy fácil darles órdenes a sus esbirros e indicarles el camino. Además, de ese modo, no le hacía falta llevarse a Caïssa muy lejos. Por lo que sabemos, el coche al que viste marcharse pudo haberse dado la vuelta y pudieron haber dejado a Caïssa en alguna de las bodegas del palacio.

—Pero ¿para qué todo este circo?

—Aún es pronto para saberlo, Ben —respondió Assane—. Pero podría ser para echarle el guante a la paloma de madera que tenía tu padre.

Benjamin se dejó caer sobre el sillón de Jules.

—Sí, tiene su lógica. Tienes razón. La mancha de sangre nos manda a la noche en la que desapareció mi padre. Quizá vinieron los visitantes para que les entregase la pieza o incluso otras. Y esta se les podría haber colado debajo del mueble durante el forcejeo.

Una nueva llamada interrumpió las reflexiones de Férel hijo. En esta ocasión reconoció el número: era el de Cendrine Gluck. Dudó en responder, pero Assane lo animó haciendo el gesto de coger el teléfono.

—¿Benjamin? —dijo la voz suave de la encargada—. No he recibido sus fotos. Le voy a enviar mi dirección de correo electrónico. Si no le importa, se las voy a enviar a mi contacto en el Museo d'Orsay.

—¿Ya ha hablado con ella? —se tensó Férel hijo, cada vez más suspicaz.

—No —se defendió Cendrine—. Si me ha llamado hace solo cinco minutos. Pero, si me da permiso, me gustaría…

Benjamin la interrumpió para pedirle guardar el secreto un tiempo más.

—Yo me ocupo de las fotos —dijo.

Y colgó.

—No ha sido ella. No habría tenido la desfachatez de volver a llamar.

—Yo no me precipitaría a llegar a esa conclusión —dijo Assane—. A lo mejor así pretende demostrar su inocencia.

Assane recorrió de un lado a otro el despacho de Jules, fisgoneando a izquierda y derecha, agachándose y volviéndose a levantar, y poniéndose de puntillas para mirar detrás de los curiosos muebles, más altos que él.

—¿Qué buscas? —preguntó Benjamin.

—¿Tú que crees?

—¿Micrófonos? ¿Cámaras?

—Sí, eso mismo. Hace un rato volví a enchufar la webcam de tu padre. El especialista en informática eres tú. ¿Crees que nos pueden ver desde fuera por la webcam? Así sería posible que nos hubiesen visto con la figura.

Benjamin negó con la cabeza.

—No, yo lo descartaría. Para que la webcam se comunique con el exterior por internet, el módem del ordenador de mi padre tendría que estar conectado a la red. Sin embargo, no es así. Seguro que llegará el día en que los ordenadores estén conectados las veinticuatro horas a internet y que incluso se los pueda manejar a distancia, pero aún no es el caso.

Assane solo escuchaba a medias las explicaciones de su amigo, pues acababa de descubrir, en el extremo de la barra que sujetaba las cortinas de la ventana que daba al jardín, un curioso objeto: una cajita con un objetivo. Le pidió a Benjamin que se acercase a él.

—¡Madre mía! Es una cámara oculta —resopló Férel hijo.

—¿Sabes si tu padre ha instalado últimamente en su despacho algún sistema de alarma o vigilancia?

—No, no creo.

Para asegurarse, Benjamin llamó a Joseph, el mayordomo, que le confirmó que el señor Férel no le había hablado de ninguna intervención reciente a ese respecto.

—¿No hay en casa ningún sitio en el que haya instalados monitores de vigilancia y discos duros? —preguntó Benjamin.

Tuvo que describirle el tipo de instalación al anciano, que estaba poco al corriente de las nuevas tecnologías, pero Joseph le respondió que estaba seguro de que no era así.

—¿Han venido últimamente técnicos u obreros a trabajar en el despacho de mi padre?

El mayordomo se rascó las mejillas antes de responder.

—Sí, técnicos de France Télécom[1] —declaró—. Creo que hace varias semanas. Para mejorarle la conexión a internet, y eso que su padre ni siquiera lo había solicitado.

---

[1] Una de las principales operadoras de telefonía de Francia. *(N. de la T.)*

Benjamin y Assane se miraron con complicidad. Le dieron las gracias a Joseph, que regresó de inmediato a sus tareas.

—Te habías equivocado con lo de la webcam de mi padre —dijo Benjamin—, pero puede que tengas razón con el tema de las cámaras.

—¡Ojo! —exclamó entonces Assane, señalando la maceta de una planta tropical—. Mira, en el sensor de humedad. Otra cámara oculta.

Benjamin se apresuró a tapar los objetivos con un pedazo de cinta americana.

—Puede que haya más.

—Ahora saben que los hemos descubierto —dijo Assane—. Pero seguimos sin saber cómo les han llegado las imágenes, ya que parece que las reciben en tiempo real. Fíjate: las cámaras no están enchufadas a nada.

—La única posibilidad es la transmisión por Bluetooth.

—¿Por Blue qué? —preguntó Assane.

—Es una tecnología reciente que permite transmitir información digital de forma inalámbrica. Es bastante fiable y se podrían transmitir imágenes en baja definición, pero en tiempo real, de cámaras a ordenadores. La única pega es que el alcance del Bluetooth es de solo diez metros.

—Lo que implicaría —continuó Assane— que el equipo que recibiese las imágenes se encontrase en casa de vuestros vecinos. O en algún jardín de los alrededores.

—Sí —dijo Benjamin—. O incluso en la calle. Bastaría con un ordenador portátil y, desde un coche incluso, cualquiera podría… —Se atragantó—. ¡La furgoneta blanca!

Férel hijo echó a correr por el pasillo.

—¿Qué furgoneta blanca? —preguntó el gigante, siguiéndole los pasos.

—Me fijé en ella por primera vez la noche en que desapareció mi padre. Está aparcada delante de casa.

Pasaron como dos huracanes por delante de la cocina y el salón y abrieron la puerta que daba al jardincito de la calle Georges Braque.

—¡Eh! —gritó Assane.

Llegó a la acera antes que su amigo, pero ya era tarde: la furgoneta blanca estaba doblando la esquina de la calle en dirección a los bulevares de Maréchaux, con el motor rugiendo.

—Apunta la matrícula —dijo Benjamin casi sin aliento.

Assane se frenó en seco y negó con la cabeza; estaba muy lejos. Además, le había dado la impresión de que la matrícula estaba embarrada o manchada a propósito.

Férel hijo tuvo que apoyarse en la puerta para recobrar el aliento.

—Por lo menos no van a poder espiarnos más —dijo Assane.

—¿Crees que nos han llamado desde la furgoneta?

—Probablemente.

Volvieron a entrar en casa bajo la mirada inquisitoria de Anémone y Joseph. Édith seguramente estuviese fuera.

—¿Qué vas a hacer con lo de la figura? —preguntó Assane.

Entró en el despacho y de inmediato se percató de que el objeto ya no se hallaba en la estantería en la que, con imprudencia, lo habían dejado.

CAPÍTULO 19

—¡La paloma! —gritó Assane—. No está en la estantería.
Benjamin dio un paso adelante.

—¿Eso es todo lo que vas a hacer? —se sorprendió el hombretón—. Tenemos que mover el culo. Han debido de entrar por el jardín. ¡Mira! La cristalera está entreabierta. ¡Corre!

—Tranquilo, Arsène Diop —lo templó Benjamin mientras posaba una mano en el hombro del gigantón, que se calmó en cuanto vio la media sonrisa de su amigo—. ¿Tú qué te crees? —continuó Férel hijo—. ¿Que iba a marcharme del despacho sin llevarme la figurita de la estantería? La tengo aquí. —Se palpó el bolsillo derecho de los vaqueros—. Y aquí se va a quedar hasta esta noche.

Assane se acercó tambaleante hasta el enorme sillón de Jules, sobre el que se dejó caer.

—Mejor así, pero me da miedo. Si perdemos la pieza, perdemos la oportunidad de recuperar a Caïssa esta noche.

Benjamin se sentó en el escritorio, frente a su amigo.

—¿Tú confías en el intercambio?

—¡Pues claro! La desaparición de tu padre, el código que menciona a la reina, el secuestro de Caïssa… Todo está vinculado a este trocito de madera. Ayer te empollaste bien los archivos del palacio. Yo voy a hacer caso a mi intuición: es posible que la paloma se encontrase junto con otras piezas en la caja fuerte de tu padre, y esos individuos vinieron esa noche para hacerse con ellas. Lo que pasó a continuación lo desconozco. Llegó tu madre y se montó un jaleo de dos pares de narices. Se llevaron a tu padre, la figurita salió rodando por el suelo... Y eso.

Benjamin se mostró de acuerdo.

—Lo veo lógico, sí. Y si tanto desean esta pieza es porque debe de valer mucho.

—Es probable —continuó—. Si se ha fabricado un ajedrez completo tomando como modelo dibujos inéditos de Rosa Bonheur, es porque sin duda existen veintinueve piezas como esta, además de la paloma.

—Treinta y una —corrigió Benjamin sacándose la cabeza de pájaro del bolsillo y haciéndola girar bajo un rayo de sol—. Perros, gatos, caballos... Y puede que incluso un tablero.

—Sí. Está claro que tu padre coleccionaba las piezas.

—Para él o para algún cliente. ¿Estaría Caïssa al corriente? De ser así, me ha engañado pero bien.

Assane se encogió de hombros mientras se ponía en pie.

—Tienes razón. Tenemos mucho por descubrir y, sobre todo, averiguar qué papel desempeña cada uno en esta historia. Cendrine Gluck, por ejemplo. ¿Víctima o cómplice? Tú tampoco lo tienes claro, ¿verdad?

—Para mí, es una víctima. Estoy segurísimo. Pero no vamos a enviarle las fotos como dijimos. Ya lo haremos más adelante. Hasta esta noche vamos a cortar lazos.

—¿Lo tienes decidido? Entonces, ¿vamos a seguir adelante con el intercambio?

—Sí, tío. ¿Crees que tengo más opción? La libertad de mi media hermana frente a una pieza de madera tallada.

—¿Y qué hacemos con la policía? —preguntó Assane—. ¿Avisamos a Dudouis o no?

—Como le avisemos, estaremos pasando el relevo. Y nuestro contacto ha sido claro al respecto, ¿no crees? Si implicamos a la policía, no habrá intercambio.

—Ya —dijo Assane—, pero se quedarán sin pieza.

—¿Qué otra solución le ves?

El gigante comenzó a pasear de un lado a otro del despacho. ¡Ahí va! No había llamado a la tienda para disculparse por lo mucho que estaba tardando. Daba igual: en el fondo, poco le preocupaba.

¿Qué habría hecho Lupin en su lugar? Hacer el intercambio sin avisar a la policía era peligroso, sin duda, pero nunca había visto triunfar al caballero ladrón sin antes enfrentarse a numerosas dificultades y peligros. Además, Assane gozaba de un largo historial de magníficas relaciones con la policía.

—Voy a leerte la mente, amigo —continuó Férel hijo—. Avisamos a la policía y van a montar guardia disimuladamente en el muelle, frente a la barcaza, unas horas antes del intercambio. De repente, cuando llega el momento de entregar la paloma y recuperar a Caïssa, ¡zas!, intervención de las fuerzas del orden, que recuperan a mi hermana mientras conservamos la figurita.

Assane negó con la cabeza.

—Pero esos individuos, nuestros enemigos, si tuvieran un poco de sentido común, que sería lo lógico teniendo en cuenta el sistema de cámaras y el uso del Bluetooth, montarían guardia desde mucho antes de la una de la madrugada y se darían cuenta de que habíamos avisado a Dudouis y compañía.

«Nuestros enemigos», pensó Benjamin. ¡Eso era! ¡Diop estaba a bordo! Aunque en realidad nunca lo había dudado.

—Lo que vamos a hacer, Assane, es una técnica que a mi padre le encanta cuando juega al ajedrez. A veces habla de ella: es su jugada preferida. Yo tampoco sé mucho más que tú, pero creo que se llama gambito: el sacrificio de una figura para hacer avanzar la partida, con la idea de, a continuación, tomar ventaja.

—Vamos a ceder una paloma de madera, pero vamos a recuperar otra bien viva. Eso si todo sale bien.

El teléfono móvil de Benjamin, que se encontraba sobre el escritorio, vibró varias veces. Primero era la encargada del palacio de By, luego Dudouis y también Claire.

Pero no tenía intención de responder. Además, Assane lo disuadió con la mirada. Tenía que tomar una decisión. No asistir a la cita era hacerle correr un riesgo a Caïssa y puede que también a Jules; era abandonar la pista y dejar que fuese la policía quien se ocupase de la investigación.

—Oye —dijo Assane—, creo que lo mejor será que no vayas tú en persona. Es posible que quieran reunir a la familia Férel al completo.

—Entonces, ¿qué propones, amigo?

—Desde el principio te he dicho que este caso me huele, y mucho, a un enigma de Lupin. ¿Sigues sin estar de acuerdo conmigo?

Benjamin suspiró y Assane decidió tomárselo como una rendición. Le dirigió a su amigo la más ardiente de las sonrisas.

—Pues escúchame con atención, Ben. Vamos a ponernos los dos en la piel de Arsène, si te parece bien. Te propongo el siguiente plan.

CAPÍTULO 20

Normalmente, en el muelle Auguste Deshaies de Ivry, un barrio industrial situado a orillas del Sena, pasadas las nueve de la noche, no se oyen más que los arrullos y el batir de las alas de las palomas que lo diferencian de un mundo posapocalíptico.

En la orilla, un almacén rectangular sucede a otro: una retahíla de paralelepípedos de chapa gris, a lo largo de aceras grises junto a una carretera gris bordeada por bloques de hormigón mellados y llenos de socavones. Los recintos están protegidos por alambre de espino enrollado en grandes ovillos para que ni siquiera las arañas puedan tejer en ellos sus bonitas e ingeniosas telas.

Las grúas trepan hacia un cielo que parece una cúpula de hormigón en la que se han garabateado bocanadas de humo y nubes oscuras.

Grandes pasarelas recorren el muelle, algunas de las cuales se elevan en ocasiones para permitir cruzar la carretera.

En varias de estas pasarelas, se pueden leer grafitis y descubrir dibujos desconcertantes, únicas marcas de color en la zona, testimonio de un tiempo —del que apenas hacía unas horas— en el que mujeres y hombres se atrevían a deambular por allí.

A las nueve de la noche, el sol se esconde tras tan desolador paisaje. Pero ¿al menos se levanta por la mañana o prefiere evitar aquel entorno que, por sus formas y colores, menosprecia los astros y los hace inútiles e incluso pretenciosos?

Parecía como si la naturaleza hubiese enviado a sus palomas al muelle para hacer acto de presencia.

Hasta el ancho río, más abajo, parece inmóvil.

Huele a metal caliente, a humedad, azufre y agua estancada.

Sí, es normal preguntarse a quién podría gustarle vivir allí y atreverse a quedarse pasadas las nueve.

Sin embargo, esa noche, un anciano encorvado permanecía en la cubierta de una barcaza amarrada al muelle del Sena. En la oscuridad de la noche, apenas se distinguía su uniforme de marino, el pantalón y la chaqueta azules, también la gorra, del mismo color, que contaba en la parte frontal con el dibujo de un ancla con dos alas de paloma en los extremos.

El hombre manipulaba un cabo con dificultad. Llevaba quince minutos intentando domesticar el desobediente cáñamo para formar con él una circunferencia. Hacía calor y, sin embargo, el hombre tenía frío. Estaba tiritando. ¿Sería de cansancio, quizá?

El viejo marino no prestaba atención ninguna al ruido de motor que se acercaba a su barcaza. Parpadeó varias veces cuando la intensa luz de los faros de xenón se reflejó en los cristales de la cabina. En ese momento, se dio la vuelta y, al ver una enorme berlina detenida a apenas diez metros de la pasarela, negó con la cabeza y continuó con su labor.

De la berlina se apeó un hombre trajeado. Quiso encenderse un cigarrillo, pero el mechero se negaba a funcionar. Maldijo una vez, seguida de una segunda; palabras que un marinero no se habría atrevido a pronunciar en su barca.

El individuo del mechero obstinado se percató en ese instante de la presencia del viejo marino. Arrojó el inútil utensilio al trozo de césped seco en el que había estacionado el coche y dio varios pasos en dirección a la pasarela.

—*Stay here!* —gritó una voz desde dentro del coche.

—*Fuck you* —respondió el hombre con el cigarrillo entre los labios. Entonces, le espetó al marino—: Oye, abuelo, ¿tienes fuego?

Hablaba un francés perfecto, sin el menor rastro de acento extranjero. Vio al marino volverse hacia él. De lejos, le había parecido un alfeñique, pero en realidad era un hombre bien fornido, de largas patillas muy blancas, casi luminosas en la oscuridad.

—¿Tienes fuego? —volvió a preguntar.

El viejo marino no contestó, pero le hizo señas para que se acercase. Sostenía algo en la mano: una caja. ¿Cerillas, quizá?

—*Come back!* —gritó la voz desde la berlina.

El hombre, esta vez sin responder, emprendió el camino hacia la pasarela. Se detuvo justo delante para comprobar su firmeza y, a continuación, la atravesó para encontrarse frente al anciano, que desprendía un fuerte olor a colonia almizclada barata.

Justo en ese instante, se fijó en las dos alas de paloma de la gorra, que abrazaban el ancla. Se frenó en seco, apretó los dientes y decidió insistir.

—Date prisa. Pásame una cerilla.

El marino le tendió la cajita antes de darle la espalda y seguir manipulando el cabo.

El hombre abrió la caja, en la que no encontró ninguna cerilla, sino un papel doblado en cuatro. Confuso, lo abrió y descubrió un dibujo de gran calidad, que representaba una cabeza de pájaro.

De una paloma, para ser más precisos.

El individuo iba a decirle algo cuando, de repente, oyó una explosión procedente de uno de los almacenes situados al otro lado de la carretera. Esta vez, el marino se dio media vuelta con agilidad; demasiada, quizá.

—¿Lo has visto? —dijo con la voz ronca—. Es un pájaro: un pájaro que quiere volver a echar a volar. Se ha perdido en esta zona industrial; al fin y al cabo, no tenía nada que hacer.

Se oyó el sonido de las puertas de la berlina al cerrarse. De ella habían salido dos hombres armados.

—Los ojitos de mirada penetrante… El pico alargado… —prosiguió el marino—. Sí, está claro que es una paloma. Aunque últimamente no haya visto a muchas sobrevolar mi embarcación.

El hombre que se hallaba con él en la barcaza blasfemó y tiró el cigarrillo a la cubierta antes de pisotearlo.

—Tú no eres Benjamin Férel —dijo examinando al marino.

—Ni que fueras fisionomista.

—¿Quién eres?

—Me llamo Corréjou. O, al menos, ese es mi apodo.

—¿Has venido de parte de Férel?

—Sé dónde se encuentra la pieza de ajedrez, la paloma de madera. Está escondida por aquí cerca. En cuanto haya visto a Caïssa sana y salva, te daré la información. Luego irás a buscar la pieza y liberarás a la prisionera haciéndola caminar en mi dirección. Para cuando hayas encontrado la paloma de madera, Caïssa ya estará conmigo, libre.

El hombre tardó en responder. Examinó las inmediaciones: la barcaza, las zonas de sombra del paisaje asolado… ¿Acaso habían avisado a la policía en el último momento?

—Yo no soy el que manda —dijo—. Tengo que ir a preguntarle al jefe si está de acuerdo, pero creo que no va a hacerle ninguna gracia recibir órdenes, sobre todo de un tipo como tú.

Por primera vez, el marino le sonrió.

El visitante retrocedió entonces y volvió a cruzar la pasarela.

—*What the fuck was that noise?* —preguntó uno de los dos gorilas.

El desconocido se encogió de hombros y se inclinó sobre una de las puertas traseras del coche. Desde la cubierta de la barcaza, el apodado Corréjou contemplaba la escena con interés, pero también con cierto matiz de aprensión.

Pasaron unos segundos que parecieron durar toda la noche. Entonces, vio a otro hombre salir del vehículo. En la mejilla izquierda lucía una cicatriz bermeja con forma de diamante enorme. Era imposible no fijarse en ella.

Corréjou notó un hilo de sudor helado bajarle por la columna vertebral.

En lo alto de la pasarela, vigilando la escena, en la más perfecta inmovilidad, Benjamin Férel compartía la tensión que reinaba en el ambiente.

CAPÍTULO 21

El hombre del cigarrillo regresó hacia la barcaza dando grandes zancadas, confiado.

—Va a venir mi jefe a hablar contigo —dijo—, pero le gustaría asegurarse de que no vas armado.

—Pero él sí que va armado —dijo Corréjou—. ¿Por qué no puedo ir armado yo también?

El marino volvió a sonreír a su interlocutor, a pesar de lo mucho que le costaba.

—No hemos venido aquí para matarnos, ¿verdad?, sino para hacer un intercambio.

El otro dudó y acabó volviéndose para hacerle señas al hombre de la cicatriz.

El jefe cruzó la pasarela y se situó de frente a Corréjou. Visto de tan cerca, la cicatriz impresionaba. Casi parecía sangrar por cada una de las múltiples facetas de la piedra preciosa.

—La chica está en el asiento trasero del coche —dijo. Este sí que se expresaba con un fuerte acento—. Está esperando. Solo tienes que cumplir con tu parte del trato.

El marino asintió y se llevó la mano derecha al interior de la chaqueta, gesto que provocó un acto reflejo en sus interlocutores, que lo apuntaron con sus respectivas armas.

—Tranquilitos —dijo Corréjou—, que solo quiero enseñaros una foto.

Les entregó una fotografía que representaba una zona del muro de hormigón que tenían ante ellos. En él se veía en primer plano una inscripción pintada con aerosol en azul, amarillo y verde, con una sola palabra: «Globo».

—Encontraréis la figura en una pequeña cavidad situada en el centro de la segunda O.

El hombre de la cicatriz le entregó la foto a su esbirro y, con un gesto, le indicó que fuese a comprobarlo.

—Has aceptado el acuerdo —dijo el marino—. Quiero que Caïssa avance hacia mí a la vez que tu hombre se dirige hacia el grafiti. Deberá estar a mi lado para cuando estéis en posesión de la figurita.

El jefe del grupo negó con la cabeza en un gesto de decepción.

—Tienes que dejar de leer novelas malas —espetó.

—Más bien al contrario —respondió Corréjou.

—Te vamos a entregar a la chica.

Justo entonces, salió al fin Caïssa de la berlina. Tenía el cabello pelirrojo muy revuelto y su rostro reflejaba más rabia que miedo.

El marino volvía a estar a solas en la barcaza. Con señas, indicó a Caïssa que se acercase hasta él, sin perder de vista al hombre que se ayudaba de la foto para orientarse en el amplio mural de grafitis.

Pero Caïssa no se separó del capó del coche.

—¡No! —gritó.

—*That idiot won't move on!* —protestó uno de los desconocidos.

—El que está en la barca no es Benjamin Férel —dijo Caïssa—. ¿Quién es ese tío?

—Se llama Corréjou —la informó el hombre de la cicatriz.

—No lo conozco.

El viejo marino renqueó hasta la borda y dijo:

—No se preocupe, señorita. Esto no es más que un enroque; se lo prometo.

Los individuos del clan rival entendieron «una roca», pero Caïssa había comprendido perfectamente la alusión.

Un enroque, no «una roca». Un enroque, en el lenguaje del ajedrez, es un movimiento conjunto del rey y la torre: la única jugada con la que se pueden mover dos piezas a la vez. La torre se intercambia por el rey para protegerlo.

¡Eso era! Benjamin era el rey, y el viejo marino encorvado y cojo, de largas patillas blancas sobre una piel muy oscura, era Assane. Un Assane muy bien maquillado y disfrazado.

De no ser así, ¿qué otra cosa podía significar la alusión del marino a una jugada tan particular?

El hombre que tenía la foto se había quedado parado.

—¿Qué hago? —preguntó.

La joven reemprendió la marcha y no tardó en llegar a la pasarela de la barcaza.

Los dos amigos estaban a punto de conseguirlo.

El marino y el misterioso observador de la pasarela no sabían ya dónde mirar: ¿a Caïssa, a la pared llena de grafitis o a la berlina?

El hombre se acercó a la segunda O de «Globo». Con la ayuda de una linterna, introdujo el índice y el pulgar en el hueco para sacar la pieza de madera.

De inmediato volvió a partir en dirección a la berlina, gritando:

—*I've got it!*

Los otros tres se subieron al vehículo, y el hombre de la cicatriz, que se había sentado al volante, hizo tronar el motor de gran cilindrada. Los faros de xenón recorrieron una última vez la cubierta de la barcaza y, entonces, el coche dio media vuelta con un violento chirrido de los neumáticos y desapareció en el horizonte.

—¡Caïssa! —gritó Benjamin mientras bajaba de su punto de observación.

Pero ella ya se había lanzado a los fuertes brazos protectores del marino y le había posado la cabeza en el pecho. El corazón del joven anciano latía con fuerza.

—¿Te han tratado bien, al menos? —preguntó Corréjou con la voz de Assane.

Caïssa le aseguró que sí. Férel hijo llegó entonces hasta ellos y los abrazó. Permanecieron así un buen rato, hasta que el admirador de Lupin marcó el final del descanso arrancándose las patillas y quitándose los dientes falsos y las lentillas que lo habían estado torturando.

—Vamos a largarnos de aquí —dijo Benjamin.

—Espero que no hayáis venido en bicicleta —resopló Caïssa.

Los dos amigos le sonrieron. La muchacha los siguió hasta un descampado.

—Assane tiene carné —dijo Benjamin—. Claire nos ha prestado el coche esta noche. Le hemos dicho que íbamos a ver una obra de teatro en las afueras.

—Pues, más o menos, así ha sido —se mostró de acuerdo Caïssa.

Se subieron al humilde compacto de cuatro puertas y Assane arrancó bruscamente. Benjamin se había sentado detrás.

—¿Les habéis dado la paloma? —preguntó entonces la joven—. ¿La de verdad?

—Sí —dijo Benjamin—. ¿Qué querías que hiciéramos?

—Papá se va a pillar un cabreo…

—¿Estaba contigo? —preguntó Férel hijo.

—No. Al parecer, mis secuestradores lo estaban buscando a él y también a ti.

Caïssa sonrió a Benjamin.

—En fin, veo que con todo esto has acabado descubriendo la relación que nos une.

Benjamin asintió con seriedad. Acababan de acceder a la circunvalación de la puerta de Ivry. Rumbo a Montreuil y al piso de Assane. El conductor se quitó la chaqueta de marinero, que le daba calor.

—Esos tipos habían ido a casa de tus padres en busca de los objetos que guardaba papá en la caja fuerte de su despacho —continuó Caïssa—. Pero todo salió mal. Papá huyó y no lo encontraron. Por eso me secuestraron a mí en el palacio de By. Estaban convencidos de que sabía tanto como él sobre el ajedrez de Archibald Winter.

Assane y Benjamin se miraron con complicidad. ¡Habían acertado!

—Jules quería reunir todas las piezas del juego como quien busca un tesoro —dijo Benjamin—. Pero se ve que se ha topado con la horma de su zapato.

—Oye, ¿sabes algo más sobre el famoso ajedrez? —le preguntó Assane a Caïssa.

En el muelle de Auguste Deshaies, el hombre de la cicatriz en forma de diamante observó de cerca la maldita paloma de madera. Se había desembarazado de la pelirroja de fuerte carácter, y era lo mejor que había hecho desde que la hubo secuestrado en Thomery.

El hombre llamó a uno de sus esbirros y le gritó en inglés:

—¿Qué hora es en nuestro país?

El compañero miró el reloj y calculó.

—Las cuatro y diez de la tarde.

—*Llámala desde tu teléfono. Y pásamela.*

Y eso se apresuró a hacer.

—*Tenemos la paloma blanca —dijo el hombre.*

Se produjo un silencio hasta que habló su interlocutora.

—*Ya son cuatro, junto con las tres robadas del despacho de Férel que me llegaron ayer.*

—*Preferí enviarle a Dumbleton en jet privado para que se las hiciese llegar de inmediato.*

—*Y bien que hiciste. Una lástima la huella de carbono de la empresa, pero hay causas más importantes que otras. —Hizo una pausa—. ¿Y la figura del Danican blanco, la última que me falta?*

—*Aún no la tengo.*

—*Imbécil.*

—*Voy a seguir buscándola.*

—*Inútil.*

La mujer se lo había dicho con una voz calmada, lo que paradójicamente añadía fuerza a sus insultos.

—*Más te vale encontrar la última pieza blanca, el chihuahua de las narices. Cuanto antes, mejor.*

Entonces, se cortó la comunicación. El hombre arrojó el teléfono inservible a su cómplice, que no estuvo lo bastante rápido para atraparlo, y el aparato se rompió contra el suelo.

—*¡Imbécil! —gritó el hombre de la cicatriz—. ¡Inútil!*

A lo lejos, el minúsculo coche blanco se fundió con el paisaje, feo hasta decir basta.

En el interior del coche, Caïssa respondió:

—No sé mucho más que vosotros, pero esos tipos estaban obsesionados con la pieza en forma de paloma. Y con papá. Solo pensaban en ponerle la mano encima.

«¿Se habrá marchado de París con las demás figuras?», se preguntó Assane.

Aún quedaba mucho por hacer para encontrar el rastro de Jules, pero, al menos, tenían con ellos a Caïssa. Su inteligencia les serviría de mucho. ¿Cómo se lo iban a contar al sargento Romain Dudouis? Poco importaba, en realidad.

—Gracias —dijo entonces Caïssa—. Me alegro mucho de no seguir cargando con ese secreto, Benjamin. Se lo había dicho muchas veces a papá…

Ella llamaba «papá» a Jules, mientras que Benjamin ya no se veía capaz. *Quod erat demonstrandum.*

—Ya hablaremos del tema en otro momento, si te parece —la interrumpió.

Assane acababa de entrar en la vía de acceso que llevaba a la puerta de Montreuil. A esas horas de la noche, había poco tráfico.

—¿Adónde vamos? —preguntó Caïssa.

—A mi casa —se limitó a responder Assane—. ¿Cómo veis nuestro próximo movimiento?

Benjamin no pudo evitar dejar escapar un suspiro.

—Cuando los muy sinvergüenzas me preguntaron por el ajedrez, no les dije nada porque no sabía nada. Sin embargo, en cuanto a lo del sitio en el que podría estar escondido, sí que les he mentido —intervino Caïssa.

Ante semejante revelación, Assane estuvo a punto de saltarse un semáforo en rojo.

—Creo que sé dónde está papá —confirmó la joven.

CAPÍTULO 22

Recorrieron las animadas calles de Montreuil, por los alrededores de la estación de Robespierre, donde seguían abiertos bares y locales de kebab. Assane conducía con habilidad entre los vehículos aparcados en doble fila.

—¿Y bien? —jadeó Benjamin—. ¿Vas a decirnos dónde está Jules?

—En Aviñón, vivimos en una casa que nos compró papá, pero nunca la pisa cuando viene a verme para no ver mucho a mi madre. También tiene un piso enorme dentro de la zona amurallada, con vistas al palacio papal. A veces me lo presta para que haga fiestas y reuniones de amigos. Y es allí a donde va a desconectar cuando se pelea con Édith.

Al percatarse de la fría mirada de Benjamin, Caïssa le dirigió a Assane una sonrisa que pretendía ser cómplice.

—Seguramente haya ido a refugiarse allí.

Assane aparcó el coche de Claire frente al pequeño edificio en el que vivía en la calle Saint Just, en el barrio de los melocotoneros, al este de Montreuil. Residía en un piso de dos habitaciones situado en la última de las cuatro plantas del vetusto edificio. La mayor parte del tiempo lo pasaba en la sala de estar, pero también en su dormitorio. La segunda de las habitaciones era su sala secreta, dedicada enteramente a su pasión por Arsène Lupin. En ella había una biblioteca con todas las obras —«las obras completas», como él decía— del caballero ladrón, además de otras novelas firmadas por Maurice Leblanc. En el armario empotrado, el gigante guardaba disfraces a medida, como un esmoquin de lo más lujoso, pelucas, barbas postizas, bigotes, tupés, dentaduras y su colección de gorras.

Una pequeña caja fuerte —que Assane había robado de una habitación de hotel en Étretat, pero esta es otra historia— guardaba, en la repisa de arriba, una edición original del diario *Je sais tout* del 15 de julio de 1905, en el que se había publicado la primera aventura de Lupin. En la repisa del medio, se encontraba un sombrero de copa que había pertenecido al escritor, además de su monóculo. En esta ocasión, habían sido adquisiciones legales en una subasta. Por último, abajo del todo, varios fajos de billetes de distintas divisas esperaban a que se los gastase… en futuras aventuras.

La vivienda era pequeña y oscura, hasta a plena luz del día, y, para franquear la puerta del baño y de la cocina, Assane tenía que agacharse.

Benjamin, que ya conocía el piso, se tumbó en el sofá, agotado. Assane y él se quedaron alucinados al ver que Caïssa seguía con energía y no parecía haberle trastornado demasiado el secuestro.

Y, puesto que su medio hermano y su anfitrión eran muy serviciales con ella, quizá demasiado, e insistían en servirle un vaso de agua, prepararle una infusión y hacerle un sándwich, la joven llegó a molestarse.

—¡Que no soy de porcelana, jolines!

Se entretuvo probándose bigotes y se contempló durante largo rato en el espejo, con un ridículo atuendo, fino y encorsetado, reservado en el imaginario popular a la nobleza italiana.

Los dos jóvenes, sentados uno al lado del otro en el sofá, bebiéndose a sorbos unas latas de refresco bien frías, no se dejaban engañar: la frenética actividad de la joven probablemente fuese una forma de disimular su preocupación. Sí, la habían liberado, pero ¿qué iba a ser de su padre?

—Vamos a tener que ponernos en marcha para encontrar a Jules antes que ellos —dijo finalmente Benjamin, poniéndose en pie—. Nos vamos a Aviñón.

Assane se mostró de acuerdo, pero Caïssa permaneció en silencio, con el ceño fruncido.

—Por cierto —preguntó el gigantón a la joven—, ¿sabes si alguno de los secuestradores resultó herido esa noche en la casa de la calle Georges Braque? Había manchas de sangre en el pico de la paloma de madera.

—Y encontré un pañuelo bordado de nuestro padre manchado de sangre en el jardín —completó Benjamin.

Caïssa los informó de que uno de los tipos —no el de la cicatriz con forma de diamante, al que apenas vio— tenía herida la muñeca: un corte enorme. Había oído hablar de que Jules lo había atacado con un objeto afilado. ¿Quizá el abrecartas con el que había grabado el mensaje en clave?

—¿Y nuestro padre? —preguntó Benjamin—. ¿Le hicieron daño?

—Eso no lo sé —reconoció Caïssa—, pero al principio del secuestro quisieron presionarme diciéndome que le habían disparado… y que tenía que ayudarles a encontrarlo. Pero seguro que era un farol.

—Esperemos que sí —resopló su hermano.

Assane comentó:

—La sangre del pañuelo tiene que ser la de Jules, Caïssa. Y la de la paloma, del secuestrador. Pero es verdad que no nos sirve de nada.

—¿Por qué papá huyó esa noche en vez de ir en busca de sus agresores?

Benjamin volvió a tomar la palabra.

—A lo mejor le dio tiempo a llevarse otras piezas de ajedrez. O uno o varios objetos que no quería que cayesen en manos de los ladrones.

—De todas formas —añadió Assane—, teniendo en cuenta el asunto de las cámaras ocultas que había en el despacho, la operación llevaba tiempo preparándose.

Caïssa indicó con un gesto a sus interlocutores que no hablasen tan deprisa.

—No entiendo nada de lo que estáis diciendo. ¿Cámaras? ¿Y qué es eso del ajedrez relacionado con Rosa Bonheur que has hablado antes en el coche, Benji? Tienes que informarme mejor.

—No lo llames Benji —la corrigió Assane—, sino Ben. Eso si quieres salir con vida de este piso por la mañana.

Benjamin fulminó a Caïssa y a su amigo con la mirada. El reloj de pared situado enfrente del sofá —cuya esfera solo contenía, por extraño que pareciese, ocho cifras— marcaba la una y media. El joven comenzó su explicación y Caïssa lo escuchó en silencio.

—Menuda historia —reconoció cuando hubo terminado—. El mensaje en clave grabado, Rosa Bonheur y el ajedrez. ¡No me extraña que papá haya huido con el rabo entre las piernas!

—Por cierto —preguntó Benjamin a Caïssa—, ¿fue Jules el que te transmitió su afición por la artista y su pasión por el ajedrez?

Caïssa se llevó el dedo índice a la barbilla y miró hacia arriba.

—Yo diría que sí, pero no a propósito. Desde que era adolescente lo recuerdo obsesionado con los dos temas. Bueno, lo del ajedrez le viene de lejos. Por algo me llamo Caïssa, la diosa del ajedrez.

Benjamin se llevó las manos a la cabeza.

—Fuiste adolescente casi al mismo tiempo que yo, Caïssa. Solo nos llevamos cuatro años. Pero, no fue hasta ayer que descubrí la habitación secreta. Desconocía por completo que a Jules le gustase tanto Rosa Bonheur.

—Tenemos que encontrar a Jules —dijo Assane—. ¡En marcha hacia Aviñón!

A Benjamin se le iluminó el rostro.

—¿Me vas a acompañar, tío?

—¡Pues claro!

—¿Y el trabajo en la tienda?

—Se las arreglarán sin mí como me las arreglaré yo sin ellos; no te preocupes. Hemos quedado en que siempre nos ayudaríamos mutuamente, ¿verdad? Tú me has ayudado a mí en el pasado y estoy seguro de que, llegado el momento, cuando ajuste cuentas con quien tú ya sabes por lo de mi padre, estarás a mi lado.

—Os acompaño —afirmó Caïssa—. Conozco bien la ciudad; podré ayudaros.

Pero Benjamin no estaba de acuerdo.

—El hombre de la cicatriz no estaba de broma, créeme. No sé si está actuando por su propia cuenta o en nombre de otro, pero está vigilando a tu madre y estará esperando a que vuelvas a Aviñón tarde o temprano. Lo mejor será que te quedes aquí.

—Por cierto —dijo el gigante—, os recuerdo que esos tipos nunca me han visto la cara. En la barcaza, iba caracterizado. Y en el despacho de casa de tus padres, no me quité la gorra y la imagen de las cámaras debía de estar demasiado pixelada como para que pudieran distinguir mis rasgos.

—¡No pienso quedarme en París mientras vosotros bajáis a mi ciudad! —se defendió Caïssa.

—Tranquilita, hermana —dijo Benjamin—. Piensa en los pros y en los contras y verás que es lo más prudente.

—No te queda otra —añadió el gigantón—. Además, como no vas a volver a tu piso ni a alojarte con Édith en su casa, voy a pedirle a Claire si puede acogerte.

—¡Qué buena idea! —se entusiasmó Benjamin.

—Mi padre tenía una amiga que vivía en Aviñón —anunció Assane—, Fatoumata Gueye. Nos ayudó a conseguir los papeles a mi padre y a mí cuando llegamos a Francia. Podemos quedarnos en su piso con total discreción. Será nuestra guarida… y, encima, nos ayudará; estoy convencido.

Benjamin levantó el pulgar.

—¿Sigues teniendo mi mochila de emergencia? —preguntó.

—Sí, debajo de la cama, al fondo. Mira bien.

Caïssa, con el gesto descompuesto, preguntó:

—¿Claire es la rubia?

—«La dama rubia», sí —la corrigió Assane, sonriendo—. Voy a llamarla. Me va a echar una buena bronca cuando la despierte para decirle que voy a llevarle una invitada, la nueva hermana de Benjamin, y que no voy a devolverle el coche en un tiempo, pero es lo que hay.

La joven pelirroja seguía furiosa. Sin embargo, ¿qué otra opción le quedaba? Así pues, se resignó a dejar que fueran los dos hombres los que le diesen instrucciones. En el ajedrez, el rey era la pieza más débil, y la reina, la más fuerte: el juego feminista por excelencia. Sin embargo, lo más importante era tener paciencia.

—Caïssa, diosa del ajedrez, hija de la sabiduría —declaró Benjamin con la voz impostada.

Sin embargo, a juzgar por la mirada de la joven, Assane y él supieron que la muchacha aún no había iniciado su último movimiento en el tablero de ajedrez.

CAPÍTULO 23

Assane había optado por partir sin más demora. Habían dejado a Caïssa en casa de Claire, que había acogido a la media hermana de Benjamin en su piso de Saint-Ouen, situado cerca del mercadillo. Los tres amigos estaban orgullosos de su lema: ayudarse una vez, ayudarse todas.

El sol terminó por salir cuando pasaban a la altura de Lyon, iluminando la basílica de Fourvière, que coronaba majestuosa su colina, con el fulgor pálido y rosado de la aurora.

Concentrándose, Assane recorrió los doscientos últimos kilómetros, parando de vez en cuando en áreas de descanso para tomarse un té, una bebida energética o una barrita de cereales.

Llegaron ante las murallas de la ciudad de Aviñón a media mañana. No era su primera noche en vela y no iba a ser la última. Ya dormirían más adelante, quizá la noche siguiente, si los acontecimientos se lo permitían: en compañía de Jules Férel, quien les revelaría la solución del enigma en torno a la figurita de la paloma y Rosa Bonheur. Sería todo un triunfo.

Benjamin pensó en la suerte que tenía de ser amigo de Assane. A su lado se preocupaba menos, confortado por una sensación de seguridad a pesar de que los peligros no hacían más que acumularse ante ellos.

Hacía un calor agobiante en la ciudad papal. El célebre festival anual de teatro estaba en pleno apogeo. Actores y actrices, algunos disfrazados, repartían folletos de colores mientras presumían de las cualidades de su producción. Durante el festival, había más de doscientas representaciones al día, por lo que todos los medios servían para hacer destacar la suya. Benjamin llegó a chocarse contra un hombre enorme disfrazado de pulpo azul con montones de tentáculos, que arengaba a las familias sobre su espectáculo para un público joven.

Los camareros de las cafeterías y los restaurantes ya estaban montando las mesas de las terrazas. Con solo leer las cartas, a Assane empezó a rugirle el estómago, y los dos amigos se sentaron en un establecimiento de la plaza de Corps Saints a la espera de que los atendieran.

El restaurante estaba situado justo enfrente de la pequeña galería de arte propiedad de Marie Aubry, la madre de Caïssa. El establecimiento, que Benjamin examinaba con ojo experto, se llamaba Ocritud y exponía en el escaparate lienzos que representaban paisajes de la Provenza, cielos azul claro, montañas anaranjadas y campos de lavanda. «Una forma que tienen los artistas de llegar a fin de mes, sin revolucionar la historia del arte», pensó Férel hijo.

La galería estaba abierta: los dos amigos vieron a una mujer alta y delgada, de cabello rubio rizado y cuarenta y tantos años como mucho, colocar en las paredes unos cuantos lienzos. ¿Estaría al tanto de la desaparición del padre de su hija? ¿Lo habría ayudado en su huida?

—Paciencia —le aconsejó el hombretón, que acababa de decirle al camarero lo que iba a tomar mientras se relamía—. Aún no estamos preparados. Primero tenemos que pasar por casa de Fatoumata.

—¿Quieres cambiarte? —preguntó Benjamin guiñándole el ojo a su amigo.

—Entre otras cosas.

Los platos no tardaron en llegar, junto con las limonadas, y se abalanzaron alegremente sobre la comida.

—¿Dónde vive la amiga de tu padre? —preguntó Benjamin mientras atacaba el plato del día, salmonete a la plancha sobre lecho de hinojo y puré de patatas.

—A las afueras de la ciudad, en una vivienda social, cerca de un parque. Es muy humilde, pero precisamente por eso no van a ir a buscarnos allí.

Benjamin estaba de acuerdo.

—Vamos a empezar por la galería y luego iremos al piso de mi padre. Caïssa me ha dado la dirección.

—¿Tienes las llaves? —preguntó Assane.

—¿Desde cuándo nos hacen falta llaves?

Assane se echó a reír.

—Tienes razón, tío. Lo único es que tenemos que asegurarnos de que no nos sigan ni el hombre de la cicatriz ni ninguno de sus esbirros.

—¿Y? —respondió Benjamin, terminándose la limonada—. El especialista en esconderse eres tú, ¿no? ¿Te has fijado en algo sospechoso?

—Creo que no. Al menos en la carretera. He ido con cuidado. Pero vamos a tener que andar con pies de plomo.

Una hora después, los dos amigos llamaban a la puerta de la vivienda de Fatoumata Gaye, situada en la última planta de un edificio de ocho pisos y lúgubre fachada. Assane llevaba una maletita con ruedas y una funda de traje. Por su parte, Benjamin iba con su omnipresente mochila.

Se abrió la puerta y la mujer se lanzó a abrazar al hijo de su amigo, visiblemente emocionada.

—¡Assane! Mi pequeño grandullón… ¡Pero si hace diez años que no te veo!

Benjamin se fijó en que a su amigo se le habían empañado los ojos.

—Ay, cuánto me alegro de verte. Te pareces muchísimo a Babakar, tu padre. Ya sabes cuánto cariño le tenía. Y también a Mariama, tu madre. Mi niño… Qué tragedia quedarte huérfano por el suicidio de Babakar… ¿Sabes? Estoy segura de su inocencia en el caso del collar. Qué historia tan terrible.

Era una mujer delgada, de pequeña estatura y pelo blanco. De ella surgía una gran fortaleza moral.

—Tendrías que haberme avisado de que ibas a pasarte por aquí —continuó—. No he preparado nada… Tu acompañante, ¿es un amigo de París?

Benjamin saludó a Fatoumata, que a continuación lo abrazó. Pasaron a un estrecho pasillo y dejaron atrás la cocina. El olor a eneldo y clavo les hizo cosquillas en la nariz.

—Aquí es donde vais a dormir —dijo la mujer haciéndoles pasar a su ordenadísima habitación—. Quedaos cuanto queráis. Yo duermo en el salón.

Los dos amigos dejaron sus cosas. Fatoumata ofreció un té a Assane y un café muy cargado y con mucha azúcar a Benjamin, lo que les permitió hablar durante un rato sobre el pasado y el presente. Sin embargo, Assane, a quien no le gustaba recordar el pasado, retomó de inmediato el tema de la investigación sin entrar en detalles.

—¿Tienes internet en el piso? —preguntó.

La mujer dejó escapar una risita aguda.

—Estarás de broma. Ya me ha costado comprarme una tele. Además, para lo que lo usaría… Hay un local al que suele ir mi hijo para mirar el correo o jugar a videojuegos, en la esquina entre la avenida Moulin de Notre Dame y la calle Danton, frente a la abadía de Saint Ruf; no tiene pérdida. Un cíber no sé qué.

—Cibercafé —precisó Benjamin.

Fatoumata se encogió de hombros, hurgó en el bolsillo de su delantal y le tendió la mano a Assane.

—Por cierto, te dejo las llaves del piso. Así tu amigo y tú podréis entrar y salir como os plazca. Los jóvenes como vosotros no paráis quietos, y es normal.

Assane se marchó de inmediato en dirección al cibercafé con Benjamin pisándole los talones. El gigantón había asumido el papel de líder, algo que no desagradaba a Férel hijo, que así podría descansar, pues confiaba totalmente en su mejor amigo.

—¿Qué vas a hacer allí? —le preguntó de camino.

En las calles de aquel barrio, por muy bien ventilado que estuviese, hacía mucho calor. Assane preguntó:

—¿Conoces alguna web que soláis consultar los de tu profesión en la que podamos crear en un momento una ficha en la que salga mi careto con una identidad falsa?

—¿Vas a falsificar datos?

—Por una buena causa, tío.

Benjamin no se lo pensó por mucho tiempo.

—Está la Wikipedia.

—¿La Wiki qué?

—Es como una enciclopedia en línea que existe desde hace dos o tres años y que cuenta con casi cuatrocientos mil artículos. Cualquier internauta puede colaborar en su redacción. La gente se corrige mutuamente, por así decirlo. Es de libre acceso, libre de derechos y libre de todo.

—Tiene buena pinta. ¿La suelen consultar los marchantes de arte?

Benjamin esbozó una leve mueca.

—Digamos que no es lo primero a lo que recurren. No es para profesionales, pero, cuando se introduce un nombre en un buscador, normalmente el primer resultado te envía a la Wikipedia.

—¿Y hay fichas en inglés?

—La mitad lo están, sí. Pero ¿por qué me lo preguntas?

Habían llegado al cibercafé y Assane pagó una hora de internet y dos refrescos.

—Vas a teclear tú, Ben. Y vamos a crear una bonita ficha en Wikipedia con el nombre de Paul Sernine.

—¿Otro pseudónimo de Arsène?

—¡Eso mismo! Y también es un anagrama de Arsène Lupin. Vale, voy a dictarte el texto, pero puedes añadir lo que tú veas. También vamos a subir una foto mía de traje.

—¿Quién es Paul Sernine? —preguntó Benjamin, cuyos dedos aporreaban frenéticos el teclado.

—Una especie de Benjamin Férel emigrado a California, a Silicon Valley.

—O sea, ¿un magnate de las nuevas tecnologías aficionado a las obras de arte?

—Sí. Un millonario.

—Multimillonario —le corrigió Benjamin.

—En millones de dólares, claro. Una especie de Archibald Winter moderno.

Estuvieron tres cuartos de hora redactando el artículo en francés, añadiéndole una foto y publicándolo.

Había nacido Paul Sernine, venido al mundo en París el mismo año que Assane Diop.

—Pues no es mala idea —se alegró Benjamin.

—Sí, y además podría venirnos bien dentro de unos años. O incluso podríamos crear más artículos como este.

—Pero no te olvides de que cualquiera puede modificarlo.

—Eso será cuando me haga famoso: el día en que hagan una serie de televisión sobre mis aventuras, tío.

Benjamin se rio.

—Soñar no cuesta nada.

—Ahora me voy a poner el traje para ir a la galería de la madre de Caïssa. Tú espérame mientras te tomas un helado enfrente.

—No me gusta el helado —dijo Benjamin.

—He visto que tienen uno de merengue y limón.

—Adoro el helado, ¿sabes?

En la zona amurallada, el ruido en plena tarde era ensordecedor. Habían comenzado las representaciones y los numerosos espectadores se entremezclaban con los actores y los técnicos, que corrían en todas las direcciones en una alegre anarquía.

Paul Sernine, en su impecable traje de firma, destacaba entre la multitud por su estatura y su presencia.

Se entretuvo unos segundos delante de la galería Ocritud para observar la pintura al óleo —«de vaciado» según su amigo— marcada con el número siete, que mostraba la cabaña de un pastor en el monte Ventoux. Afortunadamente, el artista, por pereza o por ausencia de dotes, había abandonado la idea de pintar ovejas.

Paul Sernine entró y accionó una campanilla. No tardó en salir a su encuentro Marie Aubry.

—¿En qué puedo ayudarlo? —preguntó la mujer.

Sernine frunció el ceño.

—Pues adivine —espetó.

La propietaria, desconcertada, dio un paso atrás.

—Si he venido —continuó el visitante—, es porque quiero comprar un cuadro, ¿no?

—Está claro —balbuceó Marie.

—Pues, en mi caso, los quiero todos.

La madre de Caïssa abrió los ojos como platos.

—¿Todos?

El hombretón se dio la vuelta y abrió los brazos.

—Todos. Soy Paul Sernine —se presentó—. Puede que le suene mi nombre. Espero que mi fama no se limite solo a los Estados Unidos, sino que también esté presente en el país que me vio nacer.

—Sin duda —dijo Marie, una excelente vendedora.

Había acudido hasta detrás del mostrador, donde se encontraba el ordenador, y había introducido el nombre del visitante en el buscador. El primer resultado era una página de la Wikipedia. Pulsó y reconoció al hombre en la foto. Creyó desfallecer cuando llegó a la parte del artículo que informaba del monto aproximado de su fortuna: doscientos millones de dólares.

—Me gustarían algunos cuadros del país con los que decorar mi mansión de Palo Alto, en California. Si me los llevase todos, negociaríamos el precio, evidentemente.

Marie seguía conmocionada, pero se obligó a mostrar que, para ella, una solicitud así no era excepcional.

—Evidentemente —dijo.

Sernine le sonrió y, esta vez, no lo hizo voluntariamente, sino porque la mujer tenía los mismos ojos que su hija: de una inmensa belleza.

—Hay treinta y tres cuadros, si he contado bien.

—Treinta y dos —corrigió la propietaria—. El número siete está reservado.

—Me lo llevo también —dijo el magnate.

—Imposible.

—¿Es la pintura pastoral del escaparate?

—Sí.

—Ah, me viene estupendamente, porque es el único cuadro que no me gusta. Una pregunta: ¿su colección se limita a las obras expuestas o tiene más guardadas en otra parte?

Marie respondió que podía ofrecerle más, pero que tardaría un tiempo y…

—He estado informándome —dijo Sernine con alegría—. Esta galería está a nombre de Jules Férel. No tengo el honor de conocer al caballero, pero mis compradores suelen asaltar sus tiendas de París para amueblar mi mansión. ¿Cree usted que el señor Férel podría tener más obras de este estilo?

El hecho de que el cliente conociese a Férel acabó por tranquilizar a Marie.

—No lo creo, señor Sernine —respondió—. Jules Férel no trabaja con los paisajes que puede encontrar aquí y me deja dirigir mi galería a mi antojo.

—Entonces, ¿no está en Aviñón en estos momentos? —preguntó el magnate con los labios fruncidos.

—Ciertamente no. Digamos que no viene nunca.

—Una pena. Me habría gustado negociar con él.

Marie dejó escapar una risita.

—No se preocupe por eso. Es complicado hacer negocios con él. Es mejor hacerlos conmigo. Además, imagino que pasará usted por París antes de volver a Estados Unidos, así que podrá visitarlo en su tienda del Marais, en la calle Saint Paul.

Sernine asintió. A juzgar por la naturalidad de las respuestas de Marie Aubry —y porque las preguntas no la habían incomodado—, estaba convencido de que la madre de Caïssa no había visto últimamente al padre de su hija y que ni siquiera estaba al corriente de su desaparición. De hecho, Marie se lo confirmó indirectamente.

—La verdad es que esta venta que vamos a concluir es bastante atípica, señor Sernine. Y pensar que esta mañana iba a subir a París por una cosa que le ha pasado a mi hija…

—¿Cómo?

—Ah, no se preocupe: me llamó anoche y todo ha quedado en un susto.

—Ya me quedo tranquilo.

—Déjeme su tarjeta y yo lo llamo antes de que acabe el día para darle un presupuesto.

—Esta mañana, he salido sin tarjetas —dijo Sernine—, con lo puesto; me pasa a menudo. Pero le doy mi número; puede llamarme cuando quiera.

Se lo dictó a la directora de la galería y se marchó tras despedirse.

Benjamin estaba esperando a su amigo en una calle vecina. Estaba dándole el último bocado al barquillo con los dedos chorreando helado derretido.

—Cuéntame.

Assane recuperó su voz habitual, menos afectada.

—De Marie no podemos sacar nada. Lleva siglos sin ver a Jules. Y sabe que a Caïssa ya no la tienen los secuestradores. Imagino que Dudouis también lo sabe.

—Vamos a pasarnos por el piso de mi padre, en la plaza del palacio.

—Sí, y si allí no encontramos nada, nos habremos hecho setecientos kilómetros para nada.

—Caïssa ha sido categórica al respecto —farfulló Benjamin.

Assane se encogió de hombros. El de la intuición era él, y nadie más.

En la galería de arte, mientras tanto, se desarrollaba una curiosa escena. Marie Aubry, tras la marcha de Paul Sernine, se había sentado ante su escritorio. Había sacado un gran cuaderno de hojas cuadriculadas de uno de los cajones del mueble y lo había abierto ante sí.

La directora de la galería permaneció pensativa por un breve instante antes de descolgar el teléfono y marcar un número escrito en el papel en una letra que no era la suya.

Al otro lado de la línea, descolgaron al momento.

—Se acaba de marchar —dijo entonces Marie.

—...

—Paul Sernine, pero la descripción corresponde.

—...

—Sí, tenía que estar esperándolo fuera. Ha pasado un hombre dos veces por delante de la galería, solo «para curiosear».

—...

—Entiendo, pero ¿cuándo?

Marie asintió y colgó. Entonces, hizo una bola con el papelito en el que había apuntado el número del visitante y lo tiró a la papelera, sonriendo.

Los dos amigos se abrieron paso por la calle de la République, cortada al tráfico, hasta la plaza de l'Horloge. Las terrazas estaban llenas de gente comiendo. En la plaza, en torno al tiovivo de madera, acróbatas y payasos corrían en todas las direcciones para divertir a los niños.

—El palacio no queda lejos, por allí, hacia el norte —dijo Benjamin, quien visitaba la ciudad por primera vez, igual que Assane.

La plaza del palacio estaba atestada de gente: una densa multitud hacía cola para entrar en el majestuoso edificio de piedra blanca que había sido la residencia de los papas y la sede de la cristiandad de Occidente en el siglo XIV, y que en la actualidad sigue encaramado a un promontorio rocoso y coronado por una gran virgen dorada. Allí también, los malabaristas y los magos ejecutaban números de altos vuelos ante la mirada de admiración de padres e hijos.

—Es cn el número 4 —dijo Benjamin, ebrio de ruido.

Vieron una puerta doble de madera y solo tuvieron que pulsar el botón central del interfono para abrirla.

Bien.

En el pequeño patio interior, en el que montaban guardia dos olivos raquíticos plantados en macetas, los dos amigos encontraron al fin un poco de tranquilidad.

—¿Te ha dicho Caïssa qué piso es?

Benjamin se encogió de hombros y se dirigió hacia los buzones. Apuntó con el índice una etiqueta: SCI JEB.

—¿Jeb? ¿Ese es tu padre? —preguntó Assane.

—«Jules Édith Benjamin». Tiene delito que mi padre decore su lupanar del sur con nuestras tres iniciales.

—Está en el tercero —dijo Assane.

Subieron por una escalera de caracol de madera bastante empinada. En el rellano, había tres puertas sin ninguna indicación.

—Caïssa dijo que el piso daba al palacio —recordó Benjamin.

—Entonces, dada la disposición del edificio, tiene que ser esa puerta —dedujo Assane señalando la que tenía enfrente.

A Benjamin empezó a latirle con fuerza, con mucha fuerza, el corazón. ¿Iba por fin a encontrar a su padre? ¿En qué estado? ¿Herido? ¿Ileso?

—Ya llamo yo —dijo Assane.

Pero no respondió nadie. Por mucho que los dos amigos apoyaran la oreja contra la puerta, no oían ni el más mínimo ruido.

—Lo tenemos crudo —susurró Benjamin—. Voy a acabar creyendo que de verdad han secuestrado a mi padre.

—Pásame la mochila.

—¿Qué vas a hacer?

—Esta puerta no está blindada. Solo tiene cerradura y pestillo. Tu padre no debe de guardar nada de valor dentro. Antes de salir de casa de Fatoumata te metí en la mochila mi caja de herramientas.

—¡Por eso pesaba una tonelada!

Con dos ganzúas distintas, Assane logró abrir la puerta.

El piso estaba vacío, y las contraventanas, cerradas. Encendieron la luz. Ni rastro de Jules. La vivienda no estaba muy amueblada, con la excepción del salón y el despacho: funcional, sin el menor estilo ni encanto. Sin embargo, un examen algo más atento permitió a los dos amigos fijarse en tres elementos curiosos: huellas de dedos recientes en el polvo del escritorio de Jules, una tirita ensangrentada abandonada en la papelera del cuarto de baño y una botella de agua medio vacía en la encimera de la cocina, además de un vaso en el fregadero.

—Aquí no hay nada que hacer —dijo Assane.

Pero Benjamin, que había escudriñado los libros y los documentos de la librería y no había visto ninguna obra dedicada a Rosa Bonheur, dijo que aún no quería marcharse de allí.

—Jules se ha pasado por aquí hace poco —dijo.

—En tal caso —dijo Assane—, su herida no es nada grave. Es un alivio.

Benjamin se mostró de acuerdo.

—Lo intuyo, aunque no estoy seguro.

—¿Nos vamos? —preguntó el gigante.

Tenía calor con ese traje del demonio y quería regresar para darse una ducha. Se sirvió un vaso de agua de sabor terroso mientras Benjamin abría los cajones del escritorio de su padre, en el que descubrió varios documentos entre los que se incluían los balances contables de la galería de Marie Aubry.

—No le va mal a la madre de Caïssa. Todos los años ingresa mi padre un buen importe.

—Y eso sin contar la operación propuesta por Paul Sernine —bromeó Assane.

No les venía mal un poco de humor para destensar el ambiente, ¿verdad? Porque, por el momento, su periplo en las inmediaciones del puente de Aviñón no estaba dando frutos ni les estaba acercando a Jules.

—¡Ostras! —gritó de repente Benjamin.

Assane corrió a su lado.

—¿Sabes qué es esto? —preguntó Férel hijo mientras agitaba una carpeta ante los ojos de su compinche—. Más documentos contables de una galería que tiene mi padre en Malaucène, un pueblecito de Vaucluse, a los pies del monte Ventoux.

—Eso no está muy lejos de aquí, ¿verdad? Me suena haberlo leído en la autovía.

Benjamin asintió.

—A una hora como mucho. No sé si opinas lo mismo que yo, pero, si de verdad está huido, mi padre se habrá ido a su refugio más discreto.

Los dos amigos se miraron con complicidad.

—Hay que intentarlo, ¿no?

Para los dos amigos, como para todos, continuaba la caza del tesoro.

CAPÍTULO 24

Se marcharon del bullicio de Aviñón sin ninguna pena, salvo por la hospitalidad de Fatoumata Gueye, quien había hecho prometer al hijo de su amigo que volvería a verla sin dejar pasar diez años más.

Mientras atravesaban Vaucluse por carreteras rurales, Benjamin llamó a Claire para informar a las dos jóvenes sobre la investigación. Caïssa desconocía la existencia de la galería de arte de Malaucène. Esta vez, los dos amigos marchaban en punto muerto, sin hoja de ruta, y solo podían confiar en su instinto.

Tras dejar atrás Carpentras, al final de una carretera sinuosa en cuyo punto de mira estaba el célebre monte Ventoux, los dos amigos llegaron a Malaucène a primera hora de la tarde. Se trataba de un pueblo típico de la Provenza, de casitas bajas con fachada blanca u ocre y tejados de teja naranja. Servía de base a los valientes ciclistas que se atrevían a enfrentarse a las duras pendientes del monte, emblemática meta del Tour de Francia.

Al inicio del verano, estaba repleto de gente. Los turistas hacían compras o volvían de tomar el aperitivo en alguna de las numerosas cafeterías repartidas por el casco antiguo.

Assane pudo aparcar no muy lejos de la galería de Jules Férel, que se encontraba en la calle Cabanette, frente a una pequeña librería de estilo antiguo cuyo escaparate estaba dedicado a las ediciones recientes de *Los tres mosqueteros* de Alejandro Dumas.

Pero el local que encontraron estaba totalmente vacío. En él no había ningún mueble ni ningún objeto. Las paredes estaban agrietadas y el suelo estaba cubierto de grandes hojas de papel de periódico amarilleadas por el paso del tiempo.

—Qué raro —dijo Benjamin—. No es una tienda. Esto no es propio de mi padre. O puede que… tuviera otro motivo para usar esta dirección.

—Cuanto más avanzamos, peor resulta todo —protestó Assane—. No vendría mal que se nos empezasen a esclarecer las cosas.

Se volvió para echarle una ojeada al escaparate de la librería.

—Tanto Arsène como d'Artagnan iban de éxito en éxito en sus aventuras.

—Te olvidas —replicó su amigo— de que, antes de triunfar, vivían unas cuantas peripecias.

—Los autores suelen ser perversos con sus personajes, pero no tanto como la vida misma. Anda, ven conmigo; no vamos a quedarnos así. Entraremos por detrás. Mira, la puerta azul. Seguro que da al patio.

Esperaron a que una pareja de neerlandeses, cargados cada uno con dos bolsas llenas de fruta, verdura y botellas de vino, pasase por delante de ellos para dirigirse hacia la puerta. Assane abrió la segunda cerradura del día con la misma facilidad. Los dos cómplices recorrieron un pequeño pasillo y llegaron a un patio interior bordeado por enormes parterres de flores secas.

—Hace mucho que no pasa por aquí mi padre —resopló Benjamin.

—¿Porque es de los que se preocupa por las flores, quizá?

Punto para Assane. Ni por las flores ni por los animales. Ni tampoco por otros seres humanos, quitando a sus seres queridos.

Una escalerita de hierro llevaba a la planta de arriba de la galería. La subieron, y Assane tuvo que volver a hacer uso de la ganzúa. La estancia de abajo no tenía nada que envidiarle a la de arriba, que apenas contaba con un escritorio de aspecto moderno y un archivador con varios informes. Benjamin encontró en él numerosos apuntes con la letra de Jules. Sacó tres gruesas carpetas que contenían decenas y decenas de documentos.

—Estoy seguro —dijo Benjamin— de que nada de esto existirá dentro de veinte años.

—¿El qué?

—Todos estos papeles. Fíjate ya en los mensajes del móvil. Dentro de diez o veinte años, tendremos que aprender a forzar discos duros de ordenador en vez de cerraduras, mi querido Assane.

Tras sus proféticas palabras, Benjamin volvió a sumirse en lo que acababa de descubrir.

—¿Te suena la puerta de San Juan? —le preguntó transcurrido un tiempo, levantando la vista y reajustándose las gafas.

—No —dijo Assane—. ¿Por?

—Hay muchos presupuestos y hasta facturas sobre unas obras que quería hacer mi padre en la puerta de San Juan. Parece el nombre de un lugar de interés cerca de Malaucène.

—¿Una nueva galería de arte?

—No, más bien un chalé que quiere construirse… para él solo. No nos ha dicho nada ni a mi madre ni a mí. ¡Tela con los padres que tengo!

Assane fulminó a su amigo con la mirada, y Benjamin bajó la vista. Se había equivocado.

—Qué raro… Fíjate en este extracto de cuenta del Banco Nacional de Luxemburgo a nombre de mi padre. El 2 de marzo, es decir, hace solo cuatro meses, transfirió quinientos treinta mil euros a otra cuenta del mismo banco, a nombre de BatiVentoux SA.

—¿Qué puede tener que ver con Rosa Bonheur, la paloma de madera, la noche en casa de tus padres y con algo que nos interese?

—Algo debe de tener que ver. ¿No te parece?

—A ver, aquí a Jules no lo vamos a encontrar —añadió el gigantón.

Assane propinó un puñetazo al escritorio que hizo que se levantase una densa nube de polvo. Media docena de arañas, a las que había interrumpido en su descanso, echaron a correr en dirección a un agujero de la pared.

Assane bostezó. Empezaba a notar el cansancio de la noche en vela que se había pasado al volante. Benjamin eligió varios documentos, los dobló y se los guardó en el bolsillo de los vaqueros.

—Lo mejor será buscarnos una habitación donde pasar la noche aquí —dijo—. Hacerte conducir en tu estado sería de suicidas.

—Teniendo en cuenta la cantidad de gente que hay en este pueblo tan bonito, es posible que acabemos durmiendo en una tienda de campaña.

—O incluso a la intemperie.

Salieron del local y volvieron a respirar un aire cálido, pero puro.

Assane y Benjamin, agotados, se dejaron caer sobre las sillas de la terraza de una cafetería, a cien metros de la galería. Ocuparon la última mesa que quedaba de las que no estaban al sol abrasador, sino a la sombra de un tilo centenario. Eran las seis y media.

El encargado echó un vistazo, más de sorpresa que de burla, a Benjamin y Assane. El gigante chiflado, de arrugadísimo traje, le intrigaba.

—¿Qué les sirvo?

—Lo más frío que tenga —respondió Benjamin.

—Y sin alcohol —precisó Assane.

«Unos graciosillos —pensó el encargado—. Entre otras cosas».

—¿Les apetecería probar una especialidad de la zona?

—Está bien —dijo Benjamin.

—Sirope de almendras con agua mineral bien fría. Sin nitratos. Cuando prueben mi sirope, les dará la sensación de encontrarse rodeados de almendros, muchachos, y de estar comiendo sus frutos a dos carrillos, pero, eso sí, quedándose solo con el jugo.

El discurso hizo sonreír a los dos amigos, que dieron las gracias al encargado. Este, a continuación, les limpió la mesa con un paño y se volvió a la oscuridad del interior de la cafetería.

—En fin, pues aquí terminan nuestras vacaciones —dijo Assane con un tono cansado—. No parece que con los extractos bancarios que has encontrado vayamos a avanzar en la investigación.

—Era absurdo pensar que podríamos encontrar a mi padre descifrando la inscripción del tapete.

Su amigo se encogió de hombros.

—No lo dirás en serio… Teníamos más posibilidades que la policía. Lo único es que tu padre es muy retorcido. Y con motivo, porque los tipos que lo atacaron también lo son. Y nosotros estamos en medio, con nuestra inteligencia y nuestro ingenio, pero también con el conocimiento imperfecto de la situación.

Volvió el encargado y dejó ante ellos dos vasos con un sirope blanco muy denso y una botella de agua helada.

—¡Que aproveche! —dijo antes de volver a marcharse.

Benjamin llenó de agua los dos vasos. Los removieron y probaron la riquísima bebida.

—Tienes razón —dijo Férel hijo—. Estamos en pleno Vaucluse buscando a mi padre, que probablemente haya huido porque le han robado una pieza de ajedrez con forma de paloma dibujada por Rosa Bonheur que no figura en el catálogo de la artista.

—Una pieza poco común —añadió Assane—, con la base dentada y que probablemente forme parte de un juego que perteneció al excéntrico Archibald Winter, dilapidador de herencias.

Benjamin dejó escapar un largo suspiro.

En la mesa de al lado, cuatro hombres muy mayores, pero también muy atentos, jugaban a las cartas mientras saboreaban una bebida de un color entre el amarillo y el beis. Anisete, claro está. Olía a anís y a amistad.

—¡El siete de corazones! —exclamó un hombre con acento cantarín mientras dejaba una carta sobre el tapete verde.

—Muy buena, Raymond —le felicitó su compañero de equipo.

Assane y Benjamin, cansados y desanimados, observaban la partida. En ese instante, habrían deseado poder cambiarse de lugar con aquellos jubilados despreocupados, que no tenían más problemas que el de decidir si jugar un trébol o un diamante.

—Pues eso —dijo al fin Benjamin—. Has resumido perfectamente nuestro problema. Y así es como me he enterado de que mi padre se dedica a jugar al Monopoly de las galerías de arte de toda Francia desde mi adolescencia, que tiene mínimo otra hija y que su última obsesión consiste en construirse la enésima propiedad cerca de la puerta de San Juan. San Juan de los cojones.

Al oír aquel nombre, uno de los jugadores de cartas volvió la cabeza hacia ellos.

—Eh —dijo el hombre—. Os he escuchado hablar de la puerta de San Juan y de unas obras… Pero es imposible, amigos.

—Usted no conoce a mi padre —suspiró Benjamin—. Para él no hay nada imposible. Y le garantizo que, cuanto más imposible parezca algo, más le anima.

Un segundo jugador tomó la palabra.

—Tú no tienes físico de ciclista, pero es una buena subida para tu amigo, el fortachón.

—¿Qué subida? —preguntó Assane.

—La que lleva del centro de Malaucène hasta el peñasco. ¿Cuál va a ser? Hasta el peñasco de San Juan. Ya veréis que ahí no se puede construir. Hay mucha pendiente. Además, los de urbanismo no lo iban a permitir.

—¿La puerta de San Juan es un peñasco? —preguntó Benjamin, perplejo—. A mí me sonaba más al nombre de una urbanización.

El hombre se echó a reír.

—¡Por Dios! Si llega el día en que construyan una urbanización allí, compañero, yo llevaré ya mucho tiempo enterrado y me habrán crecido tomillo y romero en los agujeros de la nariz.

—Jóvenes, no le deis mucha cuerda —dijo su amigo— o Raymond va a ponerse a contaros la leyenda de la puerta. Y vamos a acabar a medianoche, con diez copas de anisete encima y trescientos puntos de desventaja en el marcador de la partida de cartas.

Assane salió de su adormecimiento y se enderezó en la silla. Su imaginación no dejaba de trabajar.

—¿Una leyenda sobre la puerta de San Juan? Pues qué interesante…

CAPÍTULO 25

—Primero tenéis que imaginaros el peñasco, porque parece que no lo habéis visto —comenzó el hombre después de haber dejado tranquilamente las cartas sobre el tapete y haberse bebido el último trago de anisete que le quedaba—. Hay que salir de Malaucène por la carretera que lleva al monte Ventoux, la de los ciclistas. Pasado un kilómetro el nacimiento del Groseau, habréis llegado. Es una mole enorme, redonda y clara. El peñasco da a la carretera y es inconfundible. Lo que pasa es que es posible pasar por delante de él y no verlo. Suele ser el caso al conducir o al ir en bicicleta, porque hay que prestar atención a las muchas curvas peligrosas y, además, tampoco hay espacio para pararse. En fin, que se parece al marco de una especie de puerta enorme, cuyos batientes serían la gran pared de caliza que hay en el centro. Al verlo, la imaginación no puede pensar en otra cosa que no sea en que la naturaleza lo ha convertido en una especie de caja fuerte natural. Pues, mirad, es un poco como la Aguja Hueca de Étretat.

Assane frunció el ceño con grandísimo interés.

—No soy especialista en los mitos y leyendas de nuestra querida Francia —continuó el hombre— y nunca he estado en Normandía, así que no sabría deciros si hay leyendas en torno a la Aguja Hueca además de las relacionadas con Arsène Lupin, pero yo, que vivo cerca del peñasco desde hace ochenta y dos años, puedo contaros su leyenda. Porque la puerta se abre una vez al año. Sí, señores. Durante la misa del gallo, en Navidad. ¡Me temo que aún vais a tener que esperar bastantes meses!

—¡Está como una chota! —gritó el jugador que tenía enfrente.

—Cállate, anda, Marcel —dijo otro—. A mí me encanta esa historia. Me la contaba mi padre cuando yo era niño.

—Entonces, el peñasco se abre y la roca se mueve para desvelar la entrada de una cueva. Primero hay un pasillo larguísimo, oscuro y húmedo, en el que uno tiene que enfrentarse a sus miedos, claro, pero a los más valientes se los recompensa por su valor, porque en el interior del peñasco encontrarán una cabra de oro macizo, junto con otros objetos y joyas muy valiosos.

—¿Una cabra de oro? —repitió Assane.

—Sí, una estatua. ¿A que pica la curiosidad? Lo que pasa es que… nadie de Malaucène ha estado tan loco como para atreverse, ya que, si la puerta se abre todos los años al inicio de la misa del gallo, se cierra invariablemente en cuanto acaba la lectura del Evangelio. Y nadie sabe si hay tiempo suficiente para hacerse con el tesoro. Puede que haya habido quienes no hayan logrado salir a tiempo. ¡Qué muerte tan horrible, amigos! De sed, de hambre, de falta de luz y de aire. Quedarse presos en el peñasco de San Juan es arriesgarse a que no encuentren sus esqueletos hasta la Navidad siguiente, trescientos sesenta y cinco días después. En Vaucluse, igual que en cualquier otra parte, el oro no cae del cielo, y sería más prudente que quienes buscan dinero fácil continúen su camino.

—Marcel —dijo el jugador de enfrente casi con escarnio—, tienes que volver a darme el número del asilo. Si tienen hueco, no deberíamos tardar en reservarle una plaza a nuestro amigo.

—Es una leyenda que data del siglo IX —aclaró Raymond, indiferente a las burlas, ya que, en cambio, Benjamin y Assane prestaban mucha atención a sus palabras—. La abadía de Santa Baudelia, cuyo priorato estaba amenazado por los sarracenos, aprovechó la misa del gallo para esconder los tesoros en la cueva y anotó su ubicación en un pergamino que, mucho tiempo después, encontró un joven pastor. El pobre muchacho quiso hacerse con el tesoro del priorato y la cabra de oro, pero pasó a la historia como la primera víctima del peñasco de San Juan.

Assane y Benjamin le dieron las gracias por su relato.

—Si queréis, podéis ir mañana por la mañana a la librería de la calle Cabanette y pedir el breve fascículo que he escrito sobre el tema —dijo el historiador—. Así podréis saber más detalles sobre la leyenda.

—Por solo tres euros —completó su oponente—. Lo que cuesta un anisete. ¡Raymond no gana nada!

Y los cuatro hombres empezaron a increparse amistosamente antes de llamar al camarero para pedirle una ronda más y empezaron a repartir las cartas para seguir con una nueva partida.

Obviamente, la primera idea que surgió en la mente fecunda e imaginativa de los dos compañeros fue que Jules Férel había contratado a una empresa de construcción para que perforase el peñasco y encontrase el tesoro. Sin embargo, ¿qué relación tenía aquello con Rosa Bonheur y la figurita encontrada en el despacho, por no hablar de todo lo demás? Además, semejante propuesta difícilmente permanecería en secreto en el pueblo.

¿Entonces? Benjamin y Assane contaban con varios elementos; solo tenían que ordenarlos para descubrir la clave del enigma. Pidieron una cena frugal y le preguntaron al encargado si conocía algún hotel que tuviera alguna habitación libre en la que pasar la noche.

—Pueden probar en La Mandrágora, en la carretera del Groseau, dirección al monte Ventoux. El director vino hace un rato a tomar algo y me dijo que un grupo de turistas japoneses se ha quedado atrapado en París por un problema con los trenes y no llega hasta mañana.

Los dos amigos volvieron a subirse al coche y se dirigieron al hotel. Un recepcionista tan agradable como simpático les dio la última habitación libre, situada en la última planta de un precioso caserón junto a un campo de lavanda. A medida que iban bajando las temperaturas, empezaba a oírse cantar a los grillos.

Assane y Benjamin volvieron a consultar los documentos de Jules. ¿Qué relación había entre Férel padre y el célebre peñasco?

Sin embargo, no tardaron en quedarse dormidos, antes incluso de que se pusiera el sol. El día siguiente, a primera hora, irían a la puerta de San Juan.

Pero, no fue una noche tranquila.

A las tres de la mañana, el teléfono móvil de Assane empezó a vibrar con frenesí sobre la mesita de noche. Su dueño descolgó y activó el altavoz.

—¿Sois vosotros? —preguntó Claire con la voz temblorosa.

—Sí. ¿Qué pasa, Claire? —preguntó el gigante.

—Es por Caïssa —resopló la joven—. Ha desaparecido. Acabo de volver de mi guardia y no está en casa.

Assane y Benjamin se miraron con preocupación.

¿Otra vez como en By?

CAPÍTULO 26

—¿Te han forzado la puerta del piso? —preguntó Benjamin.

—No —respondió Claire, jadeante—. No hay señal de que hayan entrado por la fuerza ni de forcejeos dentro del piso.

—¿Y no te ha dejado ninguna nota? —dijo Assane.

—No. Puedo preguntar a los vecinos si han oído algo, pero no a estas horas. Lo haré mañana por la mañana.

—A las cuatro de la tarde la llamé al móvil —dijo Benjamin— y todo parecía ir bien.

—Le dije que me avisara si quería salir —resopló Claire—. Por eso me preocupa.

—Teniendo en cuenta lo que ha pasado últimamente, es normal que nos preocupemos —dijo Assane.

Se prometieron que se llamarían si Caïssa daba señales de vida. Obviamente, los tres intentaron llamar a la joven pelirroja al móvil, pero siempre les respondía el contestador.

—Nos la hemos jugado —suspiró Benjamin—. Tendríamos que habernos quedado en París para cuidar de nuestros seres queridos.

—Lo que implica renunciar a buscar a tu padre. Caïssa aparece y desaparece sin que haya ninguna señal de allanamiento ni de violencia en el piso de Claire. A lo mejor se ha marchado y punto.

—Un problema más —bufó Benjamin, con el gesto descompuesto—. Ya tengo que ocuparme de mí con la esperanza de que mi padre herido no esté por ahí agonizando y, para más inri, rezar para que mi nueva hermana pequeña no haya vuelto a caer en manos de nuestros adversarios.

—¿Rezar? —le reprendió Assane.

—Para, ¿vale? Es una figura retórica.

—No es momento de figuras retóricas, amigo —respondió Assane—. Tenemos que ponernos en marcha, y deprisa. El tiempo apremia más que nunca.

Benjamin, cómo no, estaba de acuerdo.

Con la primera luz del alba, los dos amigos salieron del hotel y subieron a pie la comarcal 974 en dirección al monte Ventoux. La subida era muy empinada y estaban en ayunas. Aún les quedaban cuarenta minutos para llegar al famoso peñasco. De camino, se cruzaron con un único automóvil y un grupo de ciclistas que iban a enfrentarse al Gigante de la Provenza con la fresca.

Esa mañana, no soplaba el viento maestral y las ramas de los pinos se agitaban débilmente al paso de los dos excursionistas. Respiraban el aroma de la garriga, exacerbado por el rocío de la mañana. Acordaron no avisar de inmediato a Romain Dudouis sobre la desaparición de Caïssa; al fin y al cabo, no tenían ninguna prueba de que hubiesen vuelto a secuestrar a la joven. Además, ¿con qué motivo?

—Tendríamos que contarle a la poli para qué hemos venido a Malaucène, y eso sería contraproducente —dijo Assane.

El peñasco era impresionante y, efectivamente, la masa de roca recordaba a una puerta secreta. Assane y Benjamin se acercaron para comprobar la solidez de la piedra. Habían crecido arbustos delante de la puerta y a los lados, sobre el terreno arenoso.

—¿De verdad crees que tu padre ha firmado un contrato con una empresa de construcción para intentar encontrar el tesoro? —preguntó Assane.

—Con lo loco que está, lo veo capaz —dijo Benjamin—. Ya lo conoces. Cuando se le mete algo en la cabeza… Y, por si fuera poco, le encantan los secretos. A lo mejor hasta tenía ya un comprador para la cabra de oro macizo. ¿Quién sabe? Ahora mismo no me sorprendería nada de él. ¿Bajamos al hotel? No nos vamos a quedar esperando a la misa del gallo.

Assane sonrió.

—A la misa del gallo, no, pero no quiero marcharme sin haber registrado antes la zona.

—¿Y qué pretendes encontrar? Es un peñasco y punto. No sé en qué andaba mi padre, pero ya ves que la historia de la cueva es una leyenda.

El gigantón, sin decir nada, continuó la inspección. Removió arbustos y se adentró en el pequeño pinar situado al otro lado de la carretera en busca de posibles marcas de vehículos. Y vaya si había: de veraneantes que se habían parado durante el ascenso para observar más de cerca la roca. Pero nada concluyente.

Assane estaba a punto de rendirse cuando advirtió, más arriba de la carretera, una señal de tráfico triangular, que probablemente indicase peligro de desprendimiento.

—Subo un momento y vuelvo —le gritó a Benjamin, que se había sentado sobre una alfombra de acículas de pino, algo apartado.

—Creo que estoy sufriendo una crisis de hipoglucemia —jadeó Férel hijo.

Assane se sacó una barrita de cereales del bolsillo del pantalón y se la arrojó a su amigo.

—¡Cógela, tío!

Fue el cráneo de Benjamin el que probó primero la barrita energética.

Assane inspeccionó el arcén con especial esmero. Encontró un trozo de plástico redondo y una cajetilla de cigarrillos vacía con la fotografía de los pulmones de un fumador habitual. Al fijarse en la necrosis de los tejidos —como habría dicho Claire—, el joven se alegró de no haber empezado a fumar.

Llegó a la altura de la señal. Justo cuando iba a deshacer el camino, percibió un resplandor por encima de él, entre dos rocas. Logró auparse para hacerse con el objeto, que brillaba bajo el suave sol de la mañana. Debía de medir diez centímetros como mucho y tenía forma de cohete.

El cristal brillaba.

Qué curioso, en esa zona, ¿no?

—¡Oye, Ben!

Assane cruzó la carretera y echó a correr.

—Mira lo que acabo de encontrar.

—¿Una especie de miniobús de cristal?

—El especialista en objetos raros eres tú. ¿Qué te parece?

Benjamin tomó el objeto y lo examinó atentamente. Se había subido las gafas a la frente.

—Nunca había visto nada parecido. Creo que podríamos desenroscarlo. Fíjate en la ranura, a dos o tres centímetros de la punta.

Efectuó la maniobra y se quedó con la tapa de cristal en una mano. En la otra tenía una memoria USB.

Assane sonrió más que nunca.

—Te dije que teníamos que quedarnos un rato más en la zona.

Pero Benjamin no estaba tan entusiasmado como su compañero.

—Tranquilito. Puede que lo hayan tirado unos turistas por la ventanilla del coche. O que la haya perdido algún senderista.

—¿Una memoria USB… de cristal? Ya te digo yo que esto huele a Jules Férel a la legua.

Esta vez, bajaron al hotel dando largas zancadas. A la izquierda de la recepción se encontraba un ordenador de acceso gratuito, que los dos amigos encendieron nada más llegar. El hotelero les indicó que ya estaba abierta la sala del desayuno y que tenían preparada la mesa. Benjamin introdujo con cierta impaciencia la memoria en el puerto correspondiente y abrió el explorador de archivos.

La memoria tan solo contenía un archivo de extensión desconocida. Pero, cuando Férel hijo pulsó dos veces en el icono, apareció una ventana en la pantalla que le pedía que introdujese la contraseña.

—Me lo temía —protestó Assane.

—Tranquilo, tío —lo calmó Benjamin—. Es un simple cifrado de 64 bits. Sé cómo solucionarlo.

—Estás hecho un profesional.

—Sí, y nunca salgo de casa sin mi propio programa de desciframiento.

—¿Siempre llevas encima una memoria USB de emergencia?

—Las memorias USB son cosa de horteras como tú. No, lo tengo en el correo electrónico. Así puedo acceder desde cualquier ordenador del mundo, siempre que tenga conexión a internet. Es el futuro, tío. Los estadounidenses lo llaman «la nube». Ya verás como, dentro de poco, lo guardaremos todo en internet. Los documentos, la música, las películas…

Procedió a una hábil maniobra informática y, al cabo de unos segundos, cuando hizo doble clic en el archivo, este se abrió y apareció el contenido en la pantalla.

CAPÍTULO 27

Era una simple hoja de cálculo con treinta y dos filas y tres columnas. En la primera se leían nombres; en la segunda, direcciones de todo el mundo, y en la tercera, nombres de piezas de ajedrez, seguidas de «paloma negra», «paloma blanca», «perro», «gato», «caballo»…

¿La lista de piezas?

—Seguro que este USB era de mi padre —dijo Benjamin.

—¿Cómo lo sabes? —preguntó Assane.

—Fíjate en este recuadro: la almohadilla con la palabra «ERROR». Jules quiso introducir una raya, pero introdujo por error un guion, por lo que el texto se considera una operación con un menos delante. Ese mismo error lo comete siempre mi padre. Este archivo es suyo. Este es el resultado de sus investigaciones secretas sobre la artista, que demuestra que quería recuperar todas las piezas.

—Por fin algo que llevarnos a la boca. El eslabón perdido entre Rosa Bonheur y Jules Férel; entre el palacio de By y la puerta de San Juan.

—¿Crees que los individuos estaban buscando este USB además de la figurita de la paloma? —preguntó Benjamin.

Assane dijo que no lo sabía. Seguía analizando la pantalla del ordenador.

—Fíjate —dijo—. «Peón: paloma blanca». Y sale el nombre de tu padre. Bueno, JF, sus iniciales. Es él.

—Y también aparece en esta otra fila. «Rey: chihuahua blanco (Danican)». Entonces, ¿mi padre tiene una segunda pieza?

—Y mira, aquí. Y aquí. Y aquí también. ¡Cinco! Jules tenía cinco piezas en total.

—Pero no es él quien más tiene. Fíjate. En más de veinte líneas…

—Veinticinco —corrigió Assane.

—Sí, en veinticinco líneas, las iniciales «EW».

—Las iniciales del que tiene la mayoría de las piezas. Pero, bueno, si la memoria USB está aquí —dijo Assane—, es porque tu padre no puede estar muy lejos.

Su amigo se mostró de acuerdo.

—¿Crees que se le cayó el USB mientras escapaba?

—Aún no sabemos nada, pero todo esto quiere decir que nos estamos acercando. Es una partida difícil, tal y como nos temíamos. Pero hemos dado un paso de gigante.

—¿Y si vamos ya a desayunar? —propuso Benjamin antes de imprimir la lista, que dobló y se guardó al momento.

Retiró con cuidado la memoria USB y se la guardó junto con la lista. No pensaba separarse de ella.

Disfrutaron de un copioso desayuno. Como la noche había sido breve, y la subida a la puerta, muy dura, Benjamin se bebió un litro de café solo, y Assane, dos teteras de *earl grey*, su caldo favorito.

—En fin, ¿qué hacemos ahora? —preguntó Férel hijo.

Su compañero tardó en responder. Seguía pensando mientras mordisqueaba su tercer cruasán de mantequilla.

—Tenemos que saber de Caïssa —dijo—. No estoy tranquilo al respecto.

—Normal. ¿Y luego?

—¿Y si Paul Sernine volviera a la acción en Malaucène?

—¿En la librería?

—No, ya sabemos de sobra acerca de la leyenda. Ahora tenemos que resolver el secreto.

—¿En el ayuntamiento, para obtener el registro catastral y el nombre del propietario o los propietarios del terreno?

—¿Crees que Jules sería capaz de hacer obras en un terreno que no fuese suyo?

Benjamin negó con un gesto.

—Más bien estaba pensando en enviar a Sernine a Bati-Ventoux SA.

—Para solicitar los mismos trabajos que Férel.

—Más o menos, sí. En fin, ya improvisaré.

A las once, después de haber llamado a Claire, que seguía sin saber nada de Caïssa, Paul Sernine, ataviado con su elegantísimo traje de lino, que Benjamin había planchado con destreza, se presentó en la recepción de la modesta empresa de construcción situada justo enfrente de la gendarmería de Malaucène.

Sin duda, la prolongada ausencia de Caïssa hacía que la situación fuese aún más preocupante, pero hacer avanzar la investigación e irse acercando a la verdad los ayudaría a mantener a raya la inquietud. Además, no tenían más opción.

La recepcionista saludó a Paul Sernine sin levantar siquiera la vista de sus documentos.

—Me gustaría hablar con el director.

—¿Por qué? —preguntó la joven.

Mascaba chicle haciendo mucho ruido.

—Soy Paul Sernine, y me gustaría construir un chalé en la zona.

—Y yo soy Vanessa Beaupère, y ya tengo un chalé en la zona.

—Dígale a su jefe que ha venido Paul Sernine. Y le recomiendo que no tarde mucho, porque, como salga por la puerta de BatiVentoux para ir a firmar un contrato con la competencia de Vaison-la-Romaine, es posible que su jefe deje de ser su jefe, si usted me entiende.

Vanessa levantó la vista y dejó de mascar. Miró a Assane directamente a los ojos. Le pareció un hombre muy seductor, alto, robusto, de bonita sonrisa y mirada amable. ¿Era posible que le sonase de haberlo visto en la tele? ¿Sería futbolista? Si estuviera su compañero con ella, él sí que lo sabría. Con la duda, llamó a Jean-Marc Destange a su despacho.

—Ha venido a verlo un tal señor Sernine —dijo.

—¿Sernine? No conozco a ningún Sernine. ¿Es un cliente?

—Futuro cliente —respondió la joven—. Para un chalé.

¿Se le ocurriría a Destange consultar quién era Sernine en algún motor de búsqueda? Sin duda, pues, treinta segundos después, Vanessa respondió afirmativamente a una pregunta inaudible y, a continuación, preguntó:

—¿Viene usted desde California?

Paul asintió con satisfacción. Bingo. El jefe le había preguntado si el cliente era negro —de ahí el «sí»— y luego, para asegurarse de lo demás, le había soplado la pregunta sobre su lugar de residencia.

Vanessa lo acompañó al despacho de Destange, que recibió al visitante con efusión, abriendo los bracitos. Estaba calvo y el cráneo le relucía bajo el sol como una bola de petanca cromada sobre la pista. Lucía un gran bigote negro, cuyos extremos solía pellizcarse alternativamente.

—¡Señor Sernine! ¿Qué lo trae por aquí?

—No sé si el viento de maestral o el de tramontana —respondió el magnate de Silicon Valley—. Señor Destange, me he enamorado de la Provenza y me gustaría construirme un chalé en la ladera del monte Ventoux.

Sernine se percató de la presencia de una caja fuerte de tamaño medio detrás del sillón del director de la sociedad. La parte frontal se abría con un código de seis cifras.

—No puedo sino felicitarlo por su elección, caballero, pero debo avisarlo de que los permisos de construcción son difíciles de obtener, ya que se trata de una zona forestal protegida.

—Imagino que siempre hay forma de llegar a un acuerdo.

—Los funcionarios franceses son muy puntillosos, ¿sabe?

—Seguro que ayuda su don de gentes.

—Sí, sin duda —dijo Destange ruborizándose—. Pero ¿podría contarme un poco más sobre su proyecto?

Así, Sernine no escatimó en detalles sobre el tamaño, la forma y la distribución de la obra. Pista de tenis, piscina de borde infinito y terreno deportivo. Acceso directo a la carretera por un camino privado de asfalto. Estar cerca del pueblo, pero lejos a la vez: el tipo de frases que les encanta decir a los millonarios cuando están rodeados de iguales, pero que no significan nada. Una especie de marca para reconocerse entre iniciados.

Cada vez que el californiano añadía una estancia o una instalación, casi veía el símbolo del euro en las pupilas de Destange.

—El problema —concluyó Sernine— es que me gustaría mudarme a un lugar muy concreto de la montaña.

—Como le he dicho hace un momento, las zonas en las que se puede construir son…

Sernine lo cortó bruscamente.

—Junto a la puerta de San Juan. Seguro que la conoce.

Con la sola mención de aquel lugar, a Destange se le tensó el rostro. Intentó mantener un gesto animado, pero Sernine no se dejó engañar.

—Ya puedo asegurarle, caballero, y lo siento mucho, de verdad, que no voy a poder aceptar su petición.

—¿Y por qué, si puede saberse? —preguntó su interlocutor, clavando en él una mirada severa.

—Otro cliente ya me solicitó la construcción de una residencia no muy lejos de la puerta. Hicimos un estudio exhaustivo sobre el tema y el proyecto no recibió la aprobación de las autoridades.

—¿Es posible que no se ofreciera un importe suficiente?

—No, no es factible, caballero. Pongamos fin a esta conversación si está seguro de querer construir cerca de la puerta. No va a firmar ningún contrato con BatiVentoux. Sin embargo, si está abierto a adquirir otros terrenos, puedo enseñarle nuestras mejores obras.

Sernine dudó en levantarse y se mostró tenso para dejar patentes sus dudas.

—Para un cliente de su calidad, incluso estoy dispuesto a desvelarle nuestros proyectos secretos, para los que hemos firmado una cláusula de confidencialidad. Chalés de estrellas de la música, del cine… Políticos franceses y hasta estadounidenses.

—Suena bien —susurró el millonario.

Destange cumplió con lo prometido. Se dio la vuelta, introdujo las seis cifras que abrían la caja fuerte y sacó de ella varios informes que contenían planos y fotos de espléndidas residencias de los alrededores de Malaucène y Vaison-la-Romaine.

La reunión duró treinta minutos más y no se volvió a hablar de la puerta de San Juan.

A mediodía, Paul Sernine se reunió con Benjamin Férel en la terraza de la cafetería de la tarde anterior. Pidieron dos siropes de almendras y el hombre del traje de lino volvió a ser Assane Diop.

—Desde que mencioné la puerta de San Juan, noté molesto a Destange. Hasta suspicaz, diría. Ese tío está más implicado en el chanchullo que la madre de Caïssa. Creo que no se ha mostrado muy compatible con Sernine.

Los dos amigos habían tomado la decisión de hablar en voz muy baja.

—¿Qué te ha dicho de lo del peñasco? —se interesó Benjamin.

—Que un cliente le había solicitado un estudio.

—¿Mi padre?

—Puede ser. Un estudio que no fue muy concluyente. Nunca se llegó a construir.

Se interrumpieron cuando llegó el encargado de la cafetería, sonriente, con los siropes.

—Un simple estudio a cambio de una transferencia de más de quinientos mil euros. Claro que sí… A lo mejor ha pedido dos ejemplares. En vitela.

—Sí, o más bien en un papiro robado al Louvre. Estoy de acuerdo contigo, tío.

—Además, están la procedencia y el destino del dinero: un banco de Luxemburgo. Aquí huele sospechoso. Mi padre debe de haber intentado ocultarlo.

—Pero, si es así —continuó Assane—, ¿por qué tu padre ha guardado papeles tan comprometedores en un local vacío?

—¿Un descuido por su parte? No lo creo. Más bien pensaría que nadie iría a rebuscar en semejante cuchitril. Además, nadie puede sospechar de Jules Férel; Jules Férel está en su derecho. Por tanto, ¿por qué temer? Los inspectores de hacienda no van por ahí forzando cerraduras.

—¿Y si esperamos a que se haga de noche para forzar otra cerradura? —propuso Assane guiñándole un ojo a su cómplice.

—¿La puerta de BatiVentoux?

—Sí, vi la contraseña de la caja fuerte cuando la abrió. Se pensaba que la tapaban su cuerpo y el sillón, pero con este corpachón solo tuve que inclinarme un poco. Podríamos darnos una vuelta por su despacho para ver si hay algún informe Férel tras la puerta blindada.

Benjamin notó que se le aceleraba el corazón. Ciertamente, ¿para qué abstenerse?

—El problema es que BatiVentoux está justo enfrente de la gendarmería.

—Podrías hacer guardia. Y sabes que, cuando quiero, puedo pasar tan desapercibido como Arsène, ¿no, Ben?

—A la sombra del caballero ladrón.

—Como de costumbre.

Benjamin suspiró.

—Pensaba que ibas a estar más entusiasmado —dijo Assane, decepcionado.

—Es que estoy pensando en mi padre… y en Caïssa.

—¡Hagamos algo! Es el mejor de los remedios. Si estamos haciendo todo esto, es para encontrarlos.

Las palabras de su amigo animaron un poco a Benjamin, que fue el primero en levantarse.

Una vez que cayó la noche, Assane, vestido con un pantalón de chándal negro y una camiseta oscura, se acercó a la puerta de entrada de BatiVentoux. Por suerte, estaba situada en oblicuo con respecto al edificio de las fuerzas del orden. Además, el interior de la gendarmería no estaba iluminado en la planta baja y apenas quedaban unas cuantas luces encendidas en el piso de arriba.

La empresa constructora estaba sumida en la más completa oscuridad.

Benjamin, por su parte, esperaba en el coche, aparcado entre dos plátanos de sombra, algo alejado de los dos edificios. Tenía buenas vistas de la carretera y podría, en caso de peligro, avisar a Assane por el móvil. El gigante lo había puesto en vibración y se lo había pegado con celo al bolsillo del chándal. A la menor vibración, sabría qué hacer.

El otro bolsillo del chándal de Assane contenía instrumental variado para forzar puertas. Por suerte, el local no tenía alarma. Sin embargo, Assane dudó en entrar por un instante. Había oído un ruido procedente de la gendarmería, voces y gritos, que se interrumpieron poco después. Así, entró al vestíbulo y se fio de su prodigiosa memoria para recorrer los pasillos, subir una escalera y llegar, al fin, ante la puerta del despacho de Destange. Todo con la pálida luna como única fuente de luz.

Se concedió un momento de descanso, rodilla a tierra, para recuperar el aliento. Había hecho todo el trayecto sin respirar. El móvil no le vibraba. Cogió la linterna y, sin encenderla, abrió la puerta.

Entonces, se quedó quieto, con la mano en el picaporte. Un haz de luz recorría el techo del despacho de Destange. Y no era el de su linterna.

Oyó el ruido de un objeto al caer al suelo ¡delante de él!

Vio la caja fuerte abierta de par en par e informes tirados de cualquier manera en el suelo. Esta vez, la luz le iluminó el rostro y lo cegó.

Una sombra pasó por detrás del escritorio, antes de correr en su dirección y chocar contra él.

—¡Eh! —gritó Assane.

Delante de sus ojos, aparecían y desaparecían grandes motas fosforescentes. Algo lo empujó.

—¡Quieto! —gritó el gigantón.

El ladrón llevaba un informe bajo el brazo.

Assane echó a correr tras él.

CAPÍTULO 28

Un pasillo tras otro. El ladrón bajaba las escaleras de cuatro en cuatro. Assane avanzaba todo lo rápido que podía, pero no dejaban de molestarle las motas efímeras que le lanzaban falsas señales visuales. ¿Acaso su enemigo nocturno lo había cegado adrede?

En cualquier caso, corría muy deprisa. Assane tuvo que ayudarse del pasamanos de la escalera para no saltarse un escalón y caerse de bruces. El oponente había tomado ventaja y su perseguidor ya no veía la luz de su linterna. Había entrado en una sala.

«Por ahí no se va a la salida», pensó Assane. A no ser que el desconocido hubiese entrado por otro acceso, por detrás del edificio.

Assane no tenía más opción que perseguirlo, pues se había llevado un informe. El informe en cuestión, obviamente. El de la puerta de San Juan. ¿Acaso cabía alguna duda?

Delante de él, se cerró una puerta; Assane la abrió. En el otro extremo de la sala, distinguió a su presa, que intentaba accionar el picaporte de una puerta acristalada. El individuo logró abrirla y escapó, lo que enfureció al gigante. Las motas de luz eran cada vez menos frecuentes, pero una última, desmesurada, que se le apareció en ese preciso instante en el centro de los dos ojos, lo desestabilizó: se golpeó con fuerza la rodilla derecha con el pico de una mesa y no pudo contener un grito.

Entró en la estancia contigua. Era una sala de descanso, una especie de cafetería. El desconocido bordeaba la gran mesa en dirección a la enésima puerta, que daba al exterior.

Assane, olvidándose de la lesión, aceleró y tiró al suelo dos sillas, una jarra de agua y un montón de folletos que se jactaban de las cualidades de BatiVentoux. Logró agarrar la capucha de la chaqueta negra del individuo, que retrocedió en silencio, con la luz de la linterna recorriendo el techo. No se puede apuntar que no había dicho su última palabra, pues en realidad no había hablado, pero fue él quien golpeó primero.

Directamente a la rodilla ya herida de Assane. Con toda la fuerza del puño.

El gigante dejó escapar un nuevo grito y también a su prisionero, que salió despedido hacia delante y se chocó de cabeza contra el cristal de la puerta que daba a la calle.

El cristal se rompió. El desconocido no gritó; ni siquiera protestó. No parecía haberse hecho daño en la caída ni haberse clavado cristales en las manos. Qué suerte había tenido. Y qué mala suerte la de Assane. El desconocido recogió el informe, que llevaba abandonado en el suelo desde su caída, y se coló por la abertura sin un solo rasgo de caballero, pero sí de ladrón. Assane lo vio atravesar a toda velocidad el aparcamiento de BatiVentoux.

El gigantón se puso en pie, refunfuñando, y salió del edificio él también. A partir de ese momento, pensó, el dúo iba a dar paso a una suerte de conga. Se habían encendido las luces de la gendarmería y se abrieron varias ventanas.

—¡Madre mía! ¡Un robo justo enfrente! —exclamó una potente voz masculina.

De repente, unos ladridos rompieron el silencio nocturno. Assane sintió que le vibraba el móvil en el bolsillo del pantalón.

«Gracias, Benjamin, por la llamada entre bastidores, pero ya estaba yo en primera fila».

Su presa zigzagueaba entre los árboles, a cubierto, en la oscuridad, bordeando la orilla del Groseau, situado más abajo. Assane se pasó una mano por el rostro sudoroso. Ahora que los gendarmes venían a buscarlo, se complicaba la partida.

Respiraba de forma agitada, pero aun así oyó el sonido de las puertas de la gendarmería al abrirse y cerrarse. Delante de él, el ritmo de su rival no se ralentizaba. Era casi sobrehumano. ¡Menuda forma física tenía! Salieron del término municipal de Malaucène y se adentraron en el carrascal. El ladrón optó por desviarse en dirección a un campo de lavanda. A lo lejos, Assane vio destacar contra el cielo claro y puro, a la luz de la luna, las alas esqueléticas de un viejo molino de viento. Se aferró a una de las lecturas preferidas de su infancia, los cuentos provenzales que le leía su padre, Babakar, por la noche. El cuento de la cabra y el lobo. ¿Quién era la cabra aquí? ¿Y el lobo?

La persecución no podía durar eternamente. A Assane empezaba a faltarle el aliento y le preocupaba el estado de su rodilla.

—¡Por aquí! —gritó un gendarme.

El gigantón lo dio todo por intentar dar alcance a su presa. Tenía la sensación de que a esta también empezaba a costarle.

Iba reduciendo poco a poco la distancia.

Tras la lavanda, llegaron a un olivar de árboles bien alineados. El suelo estaba lleno de piedrecillas. ¡Ojo! Cada vez se les hacía más peligroso avanzar.

Encima, se acercaban los gendarmes.

Assane estaba apenas a dos o tres metros del tipo de la capucha.

—¡Tenemos que escondernos! —gritó.

Se había fijado en un pequeño montículo a la derecha. Si lograban ocultarse detrás, las fuerzas del orden quizá continuasen todo recto y les perdiesen el rastro.

Sin embargo, el desconocido, insensible a su argumento, no ralentizó el paso.

La suerte ayudó a Assane —por fin—, pues el ladrón se tropezó con una piedra más grande que las demás y se cayó al suelo. Esta vez, dejó escapar un extraño grito, muy estridente. Entonces, Assane se frenó. Echó un vistazo tras él y vio los haces de luz de las linternas de los gendarmes contra las ramas de los primeros olivos.

¿Qué iba a hacer? Tenía que darse prisa. Apenas contaba con dos segundos como mucho para decidirse.

¿Coger el informe y esconderse detrás del montículo?

¿O bien ayudar a su presa a esconderse también para que los gendarmes los perdiesen de vista a los dos?

Assane se acercó corriendo al desconocido, que seguía en el suelo, y lo cogió en brazos. Le pareció muy ligero. Seguía sin verle la cara, cuyos rasgos permanecían en la sombra de la capucha y de la noche.

—Como te he salvado, me pertenece el informe —susurró.

Aún lo tenía el rival. En una funda cerrada con dos elásticos.

Assane corrió a paso sereno en dirección al montículo. Detrás de él había un foso, donde dejó al ladrón antes de tumbarse él también.

Las linternas recorrieron los árboles a izquierda y derecha.

—Van a intentar llegar hasta la carretera de Les Margauds —dijo un gendarme.

—O la de Vaison —dijo otro—. Separémonos.

—No los veo —dijo un tercero.

Los hombres los dejaron atrás y poco a poco fue haciéndose la calma. Entonces, Assane le arrancó literalmente la funda de las manos al desconocido, que se puso de inmediato en pie, sin embargo, sin plantar cara.

Entonces, fue cuando la luz de la luna le iluminó la cara, ya sin capucha.

Y Assane contuvo un grito al descubrir su rostro.

CAPÍTULO 29

¡Caïssa!

El ladrón que se había colado en la sede de BatiVentoux y que había logrado abrir la caja fuerte del jefe, la versión femenina de Arsène Lupin que había estado a dos pasos de vencerlo, ¡era la media hermana de su amigo Benjamin!

Qué sorpresa, ¿no?

—¿Tú? —balbuceó Assane.

—Pues claro que soy yo. ¿Qué te creías? ¿Que iba a quedarme encerrada por decisión de los dos patriarcas Férel y Diop?

—Pero ¿por qué has huido del despacho de Destange? Estamos colaborando para encontrar a Jules, ¿no?

—Es que no te había reconocido, cielo. Pensaba que formabas parte de la banda del hombre de la cicatriz.

—¿Piensas que nos están siguiendo?

Caïssa se encogió de hombros para indicar su desconocimiento. Para dar explicaciones completas, tendría que esperar a reencontrarse con Benjamin.

Tras asegurarse de que los gendarmes se habían marchado siguiendo una pista falsa, Assane y Caïssa retrocedieron en dirección al coche en el que estaba Benjamin. Evidentemente, marcharon campo a través, siguiendo el curso del río Groseau, para evitar pasar por delante de la empresa constructora y de la gendarmería. A Assane seguía doliéndole la rodilla y Caïssa tenía algunos cortes superficiales, pero nada grave.

Benjamin estaba tan intranquilo que pensaba que jamás se le borrarían las arrugas de angustia que le recorrían la frente y las mejillas.

Cuando vio a Caïssa, tuvo que apoyarse en el capó del coche para no desfallecer.

—¿Tú? —espetó.

—Por Dios, os habéis puesto de acuerdo, ¿eh? —dijo la joven pelirroja.

Assane se sentó al volante y tomaron rumbo al hotel. No obstante, no dejaron el coche en el aparcamiento, sino en un área dispuesta a un centenar de metros de allí.

—Como os negabais a confiar en mí y llevarme con vosotros, he venido sola —se justificó Caïssa—. Ya le pediré perdón a Claire.

—Voy a enviarle un mensaje —dijo Assane—. Para tranquilizarla. Pensábamos que habían vuelto a secuestrarte. ¿No te lo has planteado?

—No. Más bien al contrario. Cuando llamé a mi madre para avisarle de que todo estaba bien (por así decirlo), también le dije que probablemente os pasaríais por la galería con un nombre falso. Assane, no ha colado lo de Sernine. Me llamó justo después de vuestra visita y por eso me he venido en TGV.

—¿Sabías lo del local de Malaucène?

—No, pero he estado rebuscando en el piso que tiene mi padre en la plaza del palacio. No os olvidéis de que tengo las llaves. Cogí el coche de mi madre y me vine a Malaucène. Vamos, que he seguido las mismas pistas que vosotros.

—¿Cómo has sabido lo de BatiVentoux? —preguntó Benjamin—. Si me llevé los papeles que estaban guardados en el local de la calle Cabanette.

—Había más, escondidos bajo el parqué del pasillo. Es un escondite típico de papá. Al día siguiente quedé con Destange y le hice abrir la caja fuerte para quedarme con la contraseña.

—¿Cómo? —preguntó Assane.

—Presentándome como estudiante de Arquitectura, cosa que soy. Admiradora del trabajo de su empresa, cosa que no soy. Digamos que el que a Destange le gusten las mujeres más jóvenes que él hizo el resto.

Benjamin le propinó un codazo a Assane.

—Y tú que decías que no nos seguían…

—¡Y era verdad! Caïssa no nos ha seguido, sino imitado. Me quito el sombrero, señorita Férel.

—Aubry, si no te importa. Señorita Aubry.

Había llegado el momento de abrir la funda que habían robado de la caja fuerte del director de la empresa, ¿no?

En ella se leía el nombre de Férel.

Lo que encontraron en el interior fue toda una revelación: presupuestos, facturas, fotografías del exterior del peñasco y, especialmente, un plano, en una gran hoja de papel vegetal, que representaba el interior, como si deseasen acondicionarlo para hacerlo… habitable.

No, era imposible.

¿Jules Férel había contratado a la constructora para que acondicionasen el peñasco de San Juan? Pero ¿con qué objetivo? ¿Estaba en su interior? ¿Se había refugiado en aquella fortaleza tras lo sucedido esa noche en su casa?

Assane estudió el plano al detalle. ¡Era asombroso! La empresa había previsto la instalación de un grupo electrógeno silencioso y la extracción de agua de una capa freática lo bastante profunda para proporcionar agua al interior del peñasco.

Benjamin no se olvidó de contarle a Caïssa el descubrimiento de la memoria USB de cristal y el archivo que contenía. Luego, le entregó la lista que había imprimido en el hotel.

La joven llegó a las mismas conclusiones que ellos: toda esta historia parecía girar en torno al ajedrez creado por Rosa Bonheur. Pero ¿cuál era el papel de su padre en todo esto? ¿Y por qué lo estaban buscando? ¿Quién era el hombre de la cicatriz en forma de diamante? Encontrar a Jules les permitiría obtener las respuestas a tan cruciales preguntas.

—Creo que lo único que podemos hacer es volver a la puerta de San Juan —dijo Caïssa.

Pero Benjamin se mostró en desacuerdo.

—No podemos acceder al peñasco aunque los planos sean ciertos. No se menciona el sistema de apertura de la puerta ni encontramos nada en la roca durante nuestra primera investigación.

—Ya —respondió el gigante con la mirada fija en el plano del informe—. Pero fíjate aquí, por ejemplo. Son los conductos de un sistema de ventilación. Y quien dice «conductos» dice…

—¡Entrada! —completó Caïssa.

Partieron de inmediato en dirección a la puerta de San Juan sin pasar por el hotel. Sedientos, compartieron lo poco que quedaba de agua tibia en una botella que encontraron en el maletero del coche.

Tenían mucha prisa.

Al vehículo le costaba subir la pendiente, pero apenas tardaron unos minutos en llegar a su destino. No se habían cruzado con nadie durante la subida. Caïssa desplegó sobre el capó del coche el plano que había robado de la caja fuerte de Destange y trató de orientarse con respecto a la bóveda.

—¿Dónde crees exactamente que se sitúa el conducto de ventilación? —preguntó Benjamin.

Assane posó el dedo índice en la parte derecha del plano y luego trazó un arco en el aire para señalar el pequeño pinar situado a la derecha de la puerta.

—En esa maraña de árboles.

Sus dos compinches se mostraron de acuerdo.

—Opino igual que tú —dijo Caïssa.

Benjamin comprobó que le funcionaba bien la linterna pulsando varias veces el interruptor.

—Ahórrate los SOS para otra ocasión —bromeó Assane.

Al comenzar a explorar el frondoso bosque, iban resbalándose sobre la tierra blanda.

—Dame la linterna, Ben —dijo Assane—. Yo soy el más alto de todos. Iré iluminando el camino.

—No, mejor lo hago yo —dijo Caïssa—. Soy la más pequeña y la más ágil. Puedo pasar por debajo de las ramas.

Benjamin le entregó la linterna a su media hermana. Husmearon a izquierda y derecha, a la vez que subían la pendiente.

Y, de repente, un destello a mitad de camino de la puerta. Acababan de encontrar el conducto de ventilación, hábilmente escondido detrás de una roca y un arbusto de hojas aromáticas: el extremo de un tubo de plexiglás de unos cincuenta centímetros de diámetro, cuyo acceso impedía una rejilla de hierro con entrelazamientos muy finos.

—¿Qué hacemos? —preguntó Caïssa—. ¿Llamamos?

—¿De verdad crees que dentro está Jules? —dijo Benjamin.

Assane negó con la cabeza.

—¡Hola! —gritó Caïssa.

Su voz se oyó en un eco por toda la montaña.

—¡Señor Férel! —gritó a continuación Assane.

Pero no obtuvieron respuesta.

—Voy a entrar —resopló entonces la joven.

—¿Qué? —levantó la voz Benjamin.

Sin más espera, Assane propinó una patada con el pie izquierdo a la rejilla de hierro. Resistió al primer golpe, pero terminó cediendo al segundo.

—Me quedo con la linterna —dijo Caïssa.

Assane posó una mano firme sobre el hombro de la joven antes de darle un último consejo.

—Si ves que el extremo del conducto está muy alto y que, una vez en la cueva, no podrás llegar hasta él, no saltes.

—¿Te crees que soy tonta o qué?

Caïssa se introdujo en el conducto, con la cabeza por delante, mientras Benjamin, inquieto, se pasaba la mano por el rostro empapado en sudor.

—Espero que no haga ninguna tontería —dijo.

Su amigo se apresuró a replicar.

—Tontería sería no haberlo intentado.

Esperaron delante del agujero negro que se acababa de tragar a Caïssa. Cada treinta segundos, gritaban un «¿Vas bien?» y recibían un sí como respuesta cada vez más lejana.

Hasta que, a la quinta, dejaron de oír nada.

Se hizo el silencio. El silencio de la montaña, del monte Ventoux, del Gigante de la Provenza. Hasta habían dejado de respirar. Casi podrían haber oído el paso ligero de las hormigas sobre la tierra agrietada, que regresaban a su hormiguero.

La falsa quietud aún duro un tiempo más.

Hasta que la oyeron.

En el centro del peñasco, la voz de Caïssa vibró al unísono que sus respectivos corazones.

—¡Papá!

CAPÍTULO 30

Jules se encontraba en el corazón de la roca. ¿Cómo iban a llegar hasta su refugio? ¿Cómo iban a entrar en la fortaleza Férel?

—¡Vamos! —dijo Assane tomando de la mano a Benjamin.

Su amigo estaba temblando.

Se dirigieron ante la puerta, a donde el abombamiento era más convexo, y esperaron unos minutos. Entonces, oyeron un sonido que no era precisamente natural: una especie de silbido largo y potente.

¡La puerta se estaba abriendo! ¡La piedra se estaba desplazando! Caïssa había debido de activar el mecanismo desde el interior, siguiendo las instrucciones de Jules.

En este instante, había ya un hueco de unos cincuenta centímetros entre el suelo y la roca del que emanaba una cálida luz anaranjada. Con eso bastaba para que Benjamin y Assane se agachasen y, de cuclillas, accediesen a la cueva, que acababa de pasar de leyenda a realidad.

—Bienvenidos —dijo Caïssa, con gesto casi travieso, al recibirlos.

—¿Está aquí Jules? —se apresuró a preguntar Benjamin.

Caïssa le dijo que sí. Se incorporaron y se sacudieron la tierra, la arena y las ramitas que tenían por toda la ropa.

La estancia en la que se hallaban, iluminada por halógenos, parecía una combinación entre un muelle y un garaje. Un pasillo se adentraba en la roca.

—Papá nos está esperando. Está herido, pero vivo —anunció Caïssa.

Encontraron a Jules Férel, en pie, al final del pasillo. Apenas lograba mantener el equilibrio. Llevaba una camisa blanca con una mancha de sangre en la manga derecha.

—¡Papá! —gritó Benjamin corriendo hacia él.

—¡Hijo mío! —farfulló el marchante de arte.

Benjamin lo abrazó con precaución.

—También ha venido Assane —constató el padre sin efusividad—. ¿Y Claire? ¿Dónde está Claire?

—Hola, señor Férel —dijo el gigantón tendiéndole la enorme mano—. Claire no ha venido con nosotros esta noche, pero fue ella la que descifró su inscripción del tapete.

—No esperaba menos de vosotros tres —dijo Jules—. No me equivoqué. Es cierto que dudé sobre cómo actuar mientras me amenazaban quienes me visitaron aquella noche. Y pensé que la solución sería el código, que aún recordaba ligeramente. Si hubiera tenido más tiempo, habría mencionado este peñasco, al que ya pensaba venir a esconderme si lograba huir. Pero las circunstancias de esa noche no me lo permitieron.

Se volvió hacia Benjamin y Caïssa, que estaban uno al lado de la otra, frente a él.

—Mis dos hijos por fin se reúnen en torno a su padre herido —dijo—. Qué satisfacción me causa. Espero que a vosotros también.

Los dos hermanos permanecieron impasibles.

—Espero que no os hayan seguido —continuó de inmediato Jules, tambaleándose hacia su escritorio y dejándose caer en un sillón de cuero.

—No, por eso no te preocupes —respondió su hijo.

El marchante de arte esbozó una mueca: debía de dolerle terriblemente el hombro. Le corrían gotitas de sudor desde las gruesas cejas negras. Caïssa quiso limpiarle la herida y recolocarle la venda, pero Jules hizo un gesto con el brazo bueno. No le quedaban más gasas, que había comprado la noche de la tragedia en una farmacia de Gentilly.

—Tenemos que llevarte al hospital —dijo su hija.

Benjamin, mucho menos empático, recorría la estancia.

—¿Qué es esto, papá? —preguntó.

Con una mirada curiosa, examinaba la enorme sala en la que se encontraba una multitud de obras de arte, antigüedades y pinturas.

Férel se encogió de hombros. Benjamin oyó entonces el agudo ruido de un climatizador. Hacía frío.

—¿No lo ves? Es un almacén. La climatización del lugar permite mantener unas condiciones de conservación óptimas. La higrometría es perfecta; te lo garantizo. Aquí guardo las obras que no deseo enseñar, con las que comercio en secreto.

—¿Falsificaciones? —preguntó Benjamin.

Su padre apretó los dientes y trató de incorporarse. Probablemente le diese la impresión de estar mostrándose demasiado débil ante sus hijos.

—¿Has venido a ayudarme o a sermonearme? ¿Y qué pasa? El mercado de arte es como todos los demás. O nos comemos a los rivales o ellos nos comen a nosotros. Espero que no pretendas darme tú a mí lecciones de ética.

Se calló bruscamente. Era absurdo continuar. No tenían que enfrentarse, sino colaborar frente al adversario, que vigilaba agazapado en la sombra.

Caïssa trató de tranquilizar tanta masculinidad, que, para ella, se acaloraba demasiado pronto, haciendo la única pregunta que importaba en ese instante.

—¿Y si nos cuentas todo lo que ha pasado desde esa noche en la casa de la calle Georges Braque?

Su padre cerró los ojos.

—Sí, va haciendo falta y ya iba siendo hora. Pero tenéis que saber, hijos, que, si he preferido huir y esconderme en vez de avisaros, ha sido para protegeros y no poneros en peligro porque sí.

—Pues no lo has conseguido —dijo Benjamin—. Luego te contamos cómo hemos llegado hasta aquí, pero empieza tú.

Jules se incorporó en el sillón.

—Esa noche, después de que se marchasen nuestros amigos, me quedé a solas un rato en el despacho para continuar mi trabajo sobre las cinco figuritas de madera que guardo en la caja fuerte, de una paloma, un perro… En fin, no voy detallároslas todas. Apenas dos minutos después de haber abierto la caja fuerte, los vi entrar en el despacho por el ventanal que da al jardín. No pude hacer nada para impedírselo. Y aún sigo planteándome cómo pudieron saber que había sacado de la caja fuerte las cinco figuritas que venían a buscar. Porque no puede ser casualidad.

Benjamin lo interrumpió entonces para hablarle de las cámaras ocultas en el despacho y de la furgoneta blanca.

—Todo —apuntó Assane— conectado por Bluetooth.

Jules asintió.

—Las tuvo que instalar el falso equipo de France Télécom que vino hace unas semanas. Yo no lo había solicitado, pero se presentaron los técnicos. Cometí un descuido. —Esbozó una mueca antes de continuar—: Primero intenté negociar diciéndoles que había activado una alarma silenciosa, pero no me creyeron; además, eran muchos y muy fuertes. Fue entonces cuando empecé a grabar el mensaje en clave, como si estuviera jugueteando con el abrecartas por culpa de los nervios. La discusión no parecía ir a peor. No voy a decir que nos hablábamos como caballeros, pero, en ese momento, ni ellos ni yo considerábamos que el abrecartas pudiera usarse como arma. Luego, cuando me negué a cooperar, cambió su actitud. Uno de ellos disparó una vez en dirección al jardín, para hacerme entender que iban a serio. Ni siquiera tuve tiempo de coger la pistolita que guardo en uno de los cajones: cogieron las cinco piezas y se disponían a marcharse cuando Édith tiró algo en el pasillo. Entonces, se detuvieron, alerta. En ese momento, me di cuenta de que iba a ser imposible hacerles entrar en razón, así que aproveché para clavarle el abrecartas en la mano al que llevaba las figuritas.

—¿Cómo era? —preguntó Caïssa—. ¿Qué rasgos tenía?

—No sabría decirte. Llevaban pasamontañas.

—¿Todos?

—Sí, todos. En fin, continúo. Al tipo se le cayeron las piezas y otro disparó en mi dirección, aunque, por suerte, no me dio. Entonces, me tiré al suelo para recuperar las figuras y tiré del cable de la lámpara para dejar el despacho a oscuras. Fue un error, pues solo encontré una figurita, que me guardé; la del chihuahua. La de la paloma tuvo que salir rodando. Después quiso entrar Édith en el despacho, lo que asustó a los asaltantes. Se largaron. Y yo apenas tuve tiempo para tomar una decisión. Si me quedaba, tendría que reconocérselo todo a Édith; a ti, Benjamin, y a ti, Caïssa, y poneros también en peligro.

—Pero ¿en peligro de qué? —preguntaron sus hijos casi al unísono.

194

—Un poco de paciencia. Dejadme terminar el relato de la noche. Si me quedaba, tendría que reconocerlo todo, pero si huía y me escondía, podría recuperarme y decidir qué hacer a continuación. No tenía nada claro. La adrenalina, la pérdida de mis tesoros… Así que corrí hacia el jardín mientras Édith entraba en el despacho con mi pistola y el dedo en el gatillo. Disparó creyendo que apuntaba a uno de los ladrones, pero en realidad me dio a mí. En el hombro. No podía retroceder. La policía se iba a presentar tarde o temprano: estaba entre la espada y la pared. Me protegí la herida con un pañuelo que perdí a continuación en el jardín. A pesar del dolor, aguanté, salté el seto y salí a la calle. Mi única satisfacción era que llevaba una de las figuritas, pero también uno de mis objetos de mayor valor: una memoria USB con una lista muy importante. Para completarla, necesité meses y meses de arduo trabajo. Por suerte, solo la tengo yo. Mi adversario no lo había conseguido. Fui a una farmacia de guardia de Gentilly a que me vendaran la herida. Por suerte, la bala no había atravesado ninguna vena ni arteria importantes. El farmacéutico me aconsejó que fuera al hospital: al ver que era una herida de bala, tenía que declararla. Así que volví a huir. ¿Adónde podía ir? ¿A Avignon? No me parecía que fuese seguro. Llevaba en los bolsillos el móvil y dinero en efectivo. Cogí un primer taxi hasta Joigny, en Borgoña, y luego otro hasta Lyon, seguido de un último hasta Malaucène, para venir a mi refugio secreto, en plena noche, a pie y extenuado. Pretendía esperar a que todo se arreglase y entender lo sucedido antes de salir. Luego me di cuenta de que había perdido la memoria USB de cristal, no sé cómo.

Benjamin intervino en ese instante:

—No la has perdido. Toma.

Se sacó el objeto del bolsillo y a Jules se le iluminó el rostro.

—Pero ¿cómo la habéis…? —balbuceó.

Fue Assane quien explicó cómo la habían encontrado junto a la señal de peligro por desprendimientos.

—Sí —dijo Jules—. Ahí es donde está escondido el panel exterior de apertura de la puerta. Perdí el USB al abrirla. Tenía mucha fiebre y me encontraba fatal. No presté atención.

Contemplaba el USB como si se tratase del diamante más grande del mundo. Para él, tenía que valer incluso más.

—¿Y la paloma? —preguntó—. ¿Habéis encontrado también la figurita del pájaro, si, como creo, salió rodando por el suelo del despacho?

Fue entonces el turno de los visitantes de comenzar su relato, sin omitir el secuestro de Caïssa.

—Mi paloma frente a mi propia hija —constató el marchante de arte—. Es el único acuerdo que me calma la conciencia y que hace que la pérdida sea menos dolorosa.

Jules se levantó y cojeó ligeramente hasta una pequeña cómoda.

—Ya solo puedo oponerme a sus artimañas con Danican, el chihuahua, y mi lista. Con ellos tengo que ganar la partida.

—¿Qué partida? —preguntó Benjamin.

—¿Las artimañas de quién? —interrogó a continuación Caïssa.

—¿Por qué no nos habla del ajedrez vinculado a Rosa Bonheur, señor Férel? —preguntó entonces Assane—. ¿No cree que es buen momento?

CAPÍTULO 31

Pues sí. Benjamin había descubierto la sala secreta. Sus dos hijos habían ido a visitar el palacio de By y habían conocido a Cendrine Gluck. ¿Para qué seguir callado?

Por primera vez, en un ejercicio complicado para el marchante de arte, tenía que poner en palabras el secreto que llevaba tres largos meses guardando. Y, al hacerlo, Jules Férel tuvo la sensación de estar volviendo a descubrir la extraordinaria historia.

—Estamos hablando de un ajedrez de treinta y dos piezas, dieciséis blancas y dieciséis negras, además de un tablero. Ejemplares únicos, tallados en Estados Unidos a principios del siglo XX a partir de los bocetos efectuados por Rosa Bonheur en Francia, en sus últimos años de vida. El juego fue propiedad exclusiva de Archibald Winter, un magnate de la prensa estadounidense y campeón de ajedrez. Lo diseñó en estrecha colaboración con la artista francesa antes de encargarle la creación a uno de los mejores ebanistas de la costa californiana, en Santa Bárbara. Rosa Bonheur ya había pintado un enorme retrato de Danican, el fiel chihuahua de Winter. El empresario, entusiasmado, decidió entonces coleccionar los lienzos de la pintora y, más adelante, para unir su pasión por los animales y por el ajedrez, tuvo la idea de encargarle a Rosa las figuritas y la decoración del tablero.

Tras la muerte de Winter, fallecido por cáncer, el tablero y las figuritas fueron a parar a destinos distintos, repartidos por todo el mundo. Se trataba de una petición especial del difunto, escrita en su testamento. Fue Arthur Kennedy, su procurador, hombre de confianza y quizá también su mejor amigo, quien se encargó de la concienzuda dispersión.

—¡Qué tontería! —dijo Caïssa—. ¿Por qué hizo algo así?

—Aquí es donde se complica el asunto, hijos míos. A Archibald Winter le gustaban los animales tanto como detestaba a su exmujer y a sus tres hijos, a los que consideraba mediocres, sin ambición e incapaces de jugar una partida de ajedrez, pues desconocían las normas. Winter tenía claro que no iba a dejarles ni un centavo a sus descendientes. Los meses previos a su muerte, con la ayuda de Kennedy, el magnate vendió en secreto todos sus bienes y vació sus cuentas para que no quedara nada de dinero en ellas. Los tres hijos tan solo heredaron el enorme cuadro de Rosa Bonheur en el que salía su chihuahua, que los muy ignorantes, al parecer, quemaron por rabia y venganza. ¡Y nada más! Y eso que Winter contaba con decenas de millones de dólares, una fortuna colosal para aquella época.

—Pero ¿qué hizo entonces con tanto dinero? —preguntó Assane.

Jules Férel moderó los aspavientos antes de responder.

—Un tesoro. Adquirió bienes de gran valor (se desconoce cuáles) y los guardó en alguna parte, en una cueva de Ali Babá que hasta la fecha no se ha descubierto. Sin embargo, el testamento de Winter lo deja claro: su fortuna se encuentra en alguna parte, y el primero que sea lo bastante sagaz para encontrarlo será el único beneficiario.

Los tres jóvenes se habían quedado atónitos con tal explicación.

—Como os imaginaréis, los hijos trataron de encontrar el tesoro, rebuscando en todas las antiguas propiedades de su padre. Pero Winter no había dejado pistas, así que no consiguieron nada, igual que los cazatesoros que también lo buscaron. A principios de los años veinte, como nadie había encontrado ni una sola pista, el tesoro de Archibald Winter se convirtió en leyenda y los hijos no dejaban de propagar calumnias, asegurando que su padre debió de haber dilapidado su fortuna con mujeres de escasa virtud, hecho donaciones exageradas a asociaciones en defensa de los animales o incluso satisfecho vicios ocultos que, por decencia, preferían no nombrar. Sin embargo, y esto lo he averiguado, atentos, yo solo tras mil y una investigaciones llevadas a cabo a escondidas, el secreto del tesoro se halla en un único objeto, hijos míos.

—¡El tablero de Rosa Bonheur! —exclamó Assane.

Jules asintió mientras se servía un vaso de agua. Ofreció también a sus hijos y al gigantón de su amigo, que aceptaron.

—No sé cómo a Archibald Winter se le ocurrió una idea tan romántica y descabellada. A lo mejor la leyó en alguna de las aventuras de Arsène Lupin, que también le fascinaban. Para dejar una pista sobre dónde se ocultaba el tesoro, Winter tuvo que modificar el tablero. Su ebanista incluyó en él un cajón en el que se esconden el plano y las instrucciones para encontrar el tesoro.

—Qué barbaridad —balbuceó Assane—. Y qué chulo.

—Es imposible abrir el cajón tirando de él —precisó Jules—. Si se insiste, hay un mecanismo que suelta un ácido que destruye la preciada hoja. El cajón solo puede abrirse de una manera: hay que jugar una partida de ajedrez dispuesta por Archibald Winter y colocar las piezas correctamente un turno antes del jaque mate en las casillas del tablero. En esas condiciones, el cajón se abrirá de inmediato.

—¡Los dentados! —dijo Benjamin—. Los dentados bajo la paloma blanca.

Contempló la base de la figura del chihuahua que había recuperado su padre. En ella también se distinguían pequeñas excrecencias de madera hábilmente talladas, que no eran iguales a las de la pieza que habían tenido que entregar al hombre de la cicatriz.

El marchante de arte continuó:

—Para conseguir el mapa del tesoro, hay que contar con el tablero, las treinta y dos piezas y el desarrollo exacto de la partida. Cosa que no es nada fácil, pues, como ya os he dicho, Arthur Kennedy, el hombre de confianza, dio la vuelta al mundo tras el funeral de Winter para esparcir el juego y las figuritas. ¡Y yo lo he recompuesto todo! ¡Lo he encontrado todo! Está en la preciada lista que se halla en esta memoria USB.

—Entonces —concluyó Benjamin tragando saliva—, el tesoro sigue en el mismo sitio. Y estás en condiciones de encontrarlo.

Jules Férel asintió, sonriendo por primera vez.

—Pero ¿cuál es tu papel en todo esto, papá? —preguntó Caïssa—. ¿Cómo lo has descubierto? ¿Por qué pasó lo de esa noche de terror en vuestra casa?

—Por la reina —respondió su padre.

—¿Una pieza del juego? —preguntó Assane—. ¿Es la reina que se menciona en el mensaje en clave? ¿Por qué dijo que mentía?

—Espera un momento, Assane, y sabrás quién es de verdad la reina.

El padre volvió a servirse agua.

—Compré la primera pieza del ajedrez de Winter por casualidad, en una tienda de antigüedades, un domingo en Levroux, un pueblo cerca de Châteauroux, en Indre.

Me pareció una paloma muy rara: una forma nunca vista de representar un alfil. Unas semanas después, durante un viaje por la República Checa, lo llevé a que lo valorase un amigo anticuario que tiene una librería especializada en ajedrez en Praga. Se fijó en la particular forma de los dentados y me dijo que debía de formar parte de algún mecanismo. A la vez, al comparar la paloma con obras conocidas, me di cuenta de que había numerosas coincidencias entre la pieza y las palomas dibujadas por Rosa Bonheur. ¿Sería un ajedrez diseñado según los dibujos de Rosa o por la propia Rosa? Esa era la cuestión. Luego, en los archivos del palacio de By a los que Cendrine Gluck me dio acceso, encontré bocetos de las piezas y varias menciones a Archibald Winter. Rosa había dibujado un ajedrez para Winter y este, tras la muerte de la artista, lo había modificado para esconder el plano de su famoso tesoro. De ahí que se dispersasen las piezas.

Benjamin, Caïssa y Assane estaban embelesados con el relato. Jules continuó:

—Logré adquirir cuatro piezas más, para un total de cinco. Sin embargo, al elaborar la lista, no tardé en darme cuenta de que, por desgracia, no era el único en haberme percatado de que se podía descubrir el tesoro de Winter gracias al tablero de ajedrez y sus treinta y dos piezas. Otra persona, en alguna parte del mundo, se había propuesto recomponer el ajedrez. Y, cuando supe su nombre, me di cuenta de que la partida se iba a complicar, y mucho, pues tenía ante mí a la tataranieta de Archibald, que había conseguido, partiendo de cero, crear todo un imperio. Hablo de… ¡Elizabeth Winter!

—El «EW» del USB —comentó Assane.

—¡La reina! —exclamó Benjamin—. La que mencionabas en el mensaje en clave. La reina miente. «La reina» es el apodo de Elizabeth Winter.

Jules asintió.

—¿Elizabeth Winter? —mostró su asombro Caïssa—. ¿La fundadora y dueña de Chorus? ¿La que inventó el primer reproductor de música digital, la que revolucionó los ordenadores portátiles disminuyendo un kilo su peso y la que, según los rumores, está preparando un teléfono móvil de pantalla táctil?

—Esa misma, hija —dijo Jules.

—¿Por qué necesita el tesoro? —preguntó Assane—. Para tesoro ya tiene su empresa.

—No es cuestión de dinero —le corrigió el marchante de arte—. Que no te quepa duda. Para ella, el valor del tesoro importa mucho menos que su significado simbólico y la idea de vencer a la astucia de su antepasado. Además, resulta que Elizabeth Winter ha heredado de él la pasión por el ajedrez y su práctica a alto nivel.

Benjamin intervino:

—¿La conoces en persona?

—Obviamente —dijo Férel—. No podía ser de otra forma, pues posee veinticinco piezas y el tablero. Me lo pensé mucho antes de acudir, a principios de este año, a su mansión, situada en la isla de Santa Catalina, en la costa de Los Ángeles. Me recibió con una mezcla de alegría y temor, emociones que se percibían en su rostro. Me explicó que había adquirido el tablero por casualidad, igual que yo, en una subasta en Londres, y que empezó a investigar, a buscar, igual que yo, hasta obsesionarse. Pude ver el tablero y las piezas que guarda y expone, como reliquias, en la última planta de su mansión. Ni os imagináis lo que sentí al ver el tablero, al que tan poco le quedaba para poder abrir el cajón y desvelar su secreto. Entonces…

—¿Le ofreciste un trato? —lo interrumpió Benjamin.

—Mi idea era bien sencilla: como yo aportaba cinco piezas y dentro de poco iban a llegar a buen término mis investigaciones para encontrar las dos piezas que nos faltaban, le propuse colaborar para resolver el enigma de Archibald Winter y encontrar el tesoro; tesoro que compartiríamos según una proporción bien establecida de siete partes de treinta y tres para mí y veintiséis partes de treinta y tres para ella.

—¿Y? —Los tres jóvenes estaban en vilo.

—Se lo pensó durante mucho tiempo, antes de acabar aceptando.

—Y luego mintió —resopló Assane—. De ahí su mensaje. Ella es la responsable de la agresión en su casa. Quiso jugársela para no compartir; robarle las cinco piezas y la memoria USB para obtener los datos de las dos piezas que le faltan.

El marchante de arte suspiró y tardó en responder.

—Está claro que fue Elizabeth Winter quien contrató al equipo. O al menos eso es lo que yo creo, ya que llevamos un mes sin hablar.

—«La reina miente» —citó Assane—. Así se explica la primera parte de su mensaje en clave.

—¿El hombre de la cicatriz con forma de diamante trabaja para Chorus? —preguntó Caïssa.

—Estoy casi seguro de que sí.

—Pero ¿por qué busca con tanto ahínco hacerse con el ajedrez de su antepasado? —preguntó Benjamin—. Si Winter ya lo tiene todo: fama y dinero.

—Eso ya no lo sé —reconoció Jules—. Habría que preguntárselo. Pero alguna idea tengo sobre el tema. Yo creo que la reina quiere encontrar el tesoro para rendirle homenaje a Archibald después de tanto tiempo. Después de su muerte, la familia le dio la espalda a Archibald. Nadie honró su recuerdo ni reclamó su herencia, y es normal, ya que quiso esconderla.

Probablemente, Elizabeth Winter se sienta identificada con Archibald, su espíritu empresarial y su misantropía. Para ella, encontrar el tesoro supondría reconectar con el espíritu de su antepasado; compartir con él una parte de su psique y entablar, más allá de la muerte, una especie de complicidad intelectual. Es una posible explicación. A lo mejor os parece demasiado psicológica. Solo la reina podría decirnos la verdad.

—Para ella, encontrar el tesoro —resumió Caïssa— sería mostrar que se parece al pionero de la familia. Y rendirle homenaje, como dices.

—Es lo que yo creo, sí —dijo Jules—. Winter está obsesionada con completar el ajedrez y encontrar el tesoro para que no salga de la verdadera familia de Archibald, que, según ella, se resume en únicamente su persona.

Era una explicación verdaderamente interesante, pensaron los tres visitantes.

—Entonces, en resumen —dijo Assane—, a la reina le falta una figura, el chihuahua blanco aquí presente, y la memoria USB de cristal en la que se encuentran los datos que permiten adquirir las dos piezas restantes.

Jules se mostró de acuerdo.

—Que se encuentran, como habréis podido leer, en una colección particular en Johannesburgo (Sudáfrica) y en una galería de arte de Hanói (Vietnam). Si Elizabeth Winter consigue recuperarlas, encontrará el tesoro. Y no lo va a compartir. Para mí serán tres años de trabajo perdido.

—Y, sobre todo —dijo Benjamin con un matiz de sarcasmo—, millones de dólares.

Caïssa intervino:

—También está el desarrollo de la partida que permite disponer las piezas correctamente sobre el tablero. Sin eso no hay forma de abrir el cajón. ¿Dónde están esas instrucciones?

Jules se tocó la frente con el dedo índice de la mano izquierda.

—Aquí, hija mía. En mi cerebro y solo en él.

Por fin se relacionaban todos los elementos que habían ido reuniendo Caïssa, Assane y Benjamin. ¿Qué iban a hacer ahora?

Para empezar, llevar a Jules al médico o al hospital para que le curasen esa herida tan fea. Luego tendrían tiempo para reflexionar sobre la mejor estrategia que seguir. O al menos eso era lo que pensaban los cuatro en ese preciso momento.

Pero poco tiempo les duró, pues de repente se produjo una explosión ensordecedora que hizo vibrar las paredes del peñasco a su alrededor y los tiró al suelo.

CAPÍTULO 32

Benjamin, Assane y Caïssa eran, al fin y al cabo, aventureros novatos y, como tal, habían cometido errores.

Se pusieron en pie. Assane ayudó al marchante de arte, que parecía dolorido. ¿Acaso la caída le había reabierto la herida?

—Te han seguido —espetó Benjamin a Caïssa.

—¡Te habrán seguido a ti!

Assane puso fin a la inútil disputa.

—No es el momento. Tenemos que largarnos de aquí.

El techo de roca se iba desmoronando por zonas.

—No han dudado en usar explosivos —resopló Jules Férel—. Están locos, enfermos. No os preocupéis por la roca; resistirá.

Oyeron ruidos de pasos en el pasillo. Los asaltantes no tardarían en acceder al almacén.

—Marchaos —susurró el padre—. Yo no voy a poder seguiros el ritmo por culpa de la herida; nos darían alcance.

—No vamos a dejarte tirado, papá —alzó la voz Benjamin.

—Es la única solución —dijo Jules.

—Entonces, tenemos que llevarnos la memoria USB y la figura de Danican —dijo Caïssa—. Si no, la reina habrá ganado.

—Sería un error —insistió Jules—. He perdido la partida y punto. Winter ha sido mejor que yo. Si huis con los objetos, os perseguirán igualmente. Y sabe Dios lo que será capaz de ordenar a sus esbirros para lograr su objetivo. Hay una salida trasera que no figura en el plano que encontrasteis en la caja fuerte: el código es 200178. Después de quinientos metros bajo tierra, llegaréis a un claro pasada la carretera, cerca del estanque del Groseau. Poneos a salvo, chicos, ahora que estáis a tiempo. Yo me las apañaré solo; ya soy mayorcito. Si se lo doy todo, no me harán nada. Ya habéis sufrido bastante por mi culpa.

Benjamin y Caïssa sufrían al ver a su padre, extenuado, renunciar de semejante forma. Al dejarlo atrás, todo parecía perder el sentido. Ellos dudaban, pero Assane no. No pensaba ser prisionero de los esbirros de Elisabeth Winter, así que obligó a Benjamin y a Caïssa a avanzar.

—¡Señor Férel, por fin! —dijo entonces una voz de fuerte acento estadounidense detrás de ellos.

Assane reconoció la voz del hombre de la cicatriz con forma de diamante.

—Podremos hacer más siendo libres que estando presos —susurró Assane a sus compañeros.

En el fondo, el discípulo de Lupin sabía que tanto Benjamin como él solo se habían mostrado ante aquellos tipos bajo un disfraz, lo que les concedía bastante ventaja.

En el momento en que introdujeron en el pequeño panel digital la contraseña de seis dígitos que abrió la puerta blindada y se adentraron en un subterráneo cuyas paredes sostenían gruesas placas de acero, Assane, Benjamin y Caïssa intuyeron que, aunque la jugada había terminado con ventaja de Winter, aún quedaba mucha, incluso muchísima, partida por delante.

CAPÍTULO 33

En el tablero, todo estaba dispuesto para hacerle jaque mate a Jules Férel en un par de movimientos. Sin embargo, mientras no cayese el rey, aún quedaba cierta esperanza de ganar.

Quizá no fuese una concepción muy ortodoxa del juego. Sin embargo, Caïssa sabía que el primer movimiento del peón era lo que daba comienzo a la partida y que era decisiva para los dos jugadores; que la victoria y la derrota se preparaban con mucha antelación y que no había tregua ninguna.

Los tres llegaron a París en el coche de Claire, en un ambiente apesadumbrado. A la altura de Mâcon, Férel hijo recibió la llamada de Romain Dudouis, el sargento de la comisaría del distrito XIV. Quería informarlo, después de haber hablado con Édith, de que una furgoneta de cristales tintados acababa de dejar a Jules Férel en la puerta de las urgencias del hospital de Vaison-la-Romaine. El hombre, en bastante mal estado, estaba extremadamente cansado, casi en coma. Un cirujano le había practicado una intervención para repararle un músculo del hombro y descartar de forma definitiva todo riesgo de hemorragia.

Tal y como el marchante de arte había previsto, los hombres de la reina no eran asesinos: en cuanto tuvieron en su posesión las dos figuras y la memoria USB de cristal, soltaron al prisionero, que ya no les servía de nada y que incluso los estorbaba.

Para la policía y para Édith, el caso estaba cerrado. Obviamente, tomarían declaración a Jules, pero este hablaría lo menos posible.

Los tres amigos se arrepentían enormemente de haber conducido a los secuaces de la reina hasta la guarida de la puerta de San Juan y hasta Jules. Pensándolo bien, llegaron a la conclusión de que no servía de nada flagelarse. Por mucho que Benjamin y Assane hubieran vivido muchas aventuras juntos, no tendrían que haberse embarcado en una de esta envergadura. En cuanto a Caïssa, de veinte años, se había lanzado al vacío sin paracaídas. Todo había sucedido muy deprisa.

Sí, habían cometido un error y les habían seguido el rastro con total discreción. ¿Y entonces?

Estaban obligados a mirar hacia delante.

Claire se reunió con los tres aventureros en la tienda de Benjamin, en la calle Verneuil. Decidieron dar un paseo junto al Sena para contarle a Claire los últimos acontecimientos —se lo debían, junto con las disculpas de Caïssa—, pero también para tratar de trazar un plan para evitar que Elizabeth Winter ganase la partida.

Assane era, de todos, el que más animado estaba. Al igual que su héroe literario, no aceptaba la derrota, sobre todo cuando tenía la victoria al alcance del… monóculo.

El grupo bordeó la fachada de la antigua estación de Orsay, en el muelle Anatole France, dominada por su reloj gigante.

—Espero que le vaya todo bien a papá —dijo Benjamin.

Caïssa lo tranquilizó: estaba en buenas manos. Además, se recuperaría antes sabiendo que sus hijos y Assane iban tras la pista del ajedrez, pisándole los talones a la reina.

—Tienen las figuras restantes y la lista —recapituló el gigante—, pero, mientras Jules no revele el desarrollo de la partida, no podrán abrir el cajón.

Claire, que no tenía precisamente los nervios a flor de piel, trató de tranquilizar a su amigo de toda la vida. Al fin y al cabo, era solo dinero. Lo más importante era que Jules estaba a salvo y que la escapada a Vaucluse no había tenido consecuencias para los tres aventureros.

Tomaron la pasarela de Solferino en dirección al jardín de las Tullerías. Aún brillaba el sol con intensidad y hacía relucir la piedra gris del Louvre. Abajo, el Sena resplandecía. Al mirar hacia el oeste, vieron la cúpula del Grand Palais iluminada por el sol. Hacia el este, la aguja de Notre Dame parecía sostener el cielo.

—Sí, Claire, tienes razón —dijo Benjamin—. Es solo dinero, un tesoro. Pero no podemos quedarnos solo con eso. Actuando así, la reina se ha descartado a sí misma, con robos, agresiones…

—Y un secuestro —añadió Caïssa.

Caminaban entre los árboles del enorme jardín, en dirección al Palacio Real.

—Es verdad que los métodos de Winter son tirando a violentos —dijo Claire—. No la conozco, pero una mujer de su entereza, una emprendedora que ha levantado el imperio de Chorus empezando en el garaje de sus padres, no aceptará fácilmente la derrota. Está acostumbrada a ganar cueste lo que cueste.

El grupo llegó ante una librería situada frente a la estación de metro de Palais-Royal, decorada con tuberías multicolor. Benjamin entró en ella y le preguntó a una de las libreras si contaban con algún libro biográfico de Elizabeth Winter.

La joven asintió y desapareció en el almacén, de donde sacó un grueso volumen.

—Me venís de perlas. No me había dado tiempo a guardarlo en su sitio.

Ocupaba toda la cubierta una foto de Elizabeth Winter, con gesto serio, hasta testarudo —la empresaria era célebre por no sonreír nunca—, en pie delante de un montón de ordenadores. El título, *Jaque a la reina.* Estaba firmado por una tal Fabienne Beriot, periodista de investigación de la revista *L'Objecteur,* y editado por Lafitte. La biografía, a juzgar por su título, prometía estar a la altura.

—Lo recibimos ayer —apuntó la librera.

Benjamin lo pagó y se marchó con el libro bajo el brazo.

—«Conoce al enemigo y, sobre todo, conócete a ti mismo, y serás invencible» —recitó—. No sé quién lo escribió, pero tiene razón.

Benjamin no quería olvidarse del caso. Era su oportunidad de demostrar a su padre su valor. Llevaba mucho tiempo esperando a que llegase el momento y se encontraba cerca de lograrlo. Para Jules Férel, no era más que un joven poco capaz, de pasado turbio, que seguía siendo un adolescente y que solo servía para heredero, con el que tenía una relación cordial, pero sin complicidad. Iba a demostrarle a Jules —y a Édith— que era capaz de tomar la iniciativa: ganarle a la reina, abrir el tablero de ajedrez dibujado por Rosa Bonheur y concebido por Archibald Winter, y hacerle entender a la reina que las reglas del juego se respetan hasta que acaba la partida. Luego, encontraría el tesoro y lo invertiría sabiamente. Y así se produciría el tan esperado relevo entre Férel padre e hijo.

Compartió su declaración de fe con sus amigos, y Assane, obviamente, se mostró de acuerdo.

—Estoy contigo, Ben —dijo—. Si encontramos el tesoro de Archibald Winter, me plantearé mi proyecto de centro escolar para adolescentes con problemas.

—Que es muy importante para ti desde hace mucho —sonrió Claire.

—Desde hace muchísimo —añadió Assane—. Desde que murió mi padre.

Pero, antes de hacer proyectos, tenían que volver a la partida y pasar a la acción. El grupo de amigos subía ahora la avenida de la Ópera, en dirección al Palacio Garnier.

Las terrazas estaban repletas esa tarde de julio, pero lograron encontrar una mesa libre delante de una cafetería contigua a una tienda de *macarons*. Assane se sentó frente a Benjamin, entre Claire y Caïssa.

Sin embargo, no era el momento para galanteos. Ya tendría tiempo para eso más adelante, cuando estuvieran en posesión del tesoro. El descanso del héroe, pensó Assane siguiendo el ejemplo de su ídolo.

¿Cómo volver a tomar la delantera?

—El hombre de la cicatriz y su equipo deben de seguir en Francia —comenzó Assane—. Algo podremos hacer mientras no hayan despegado.

—¿Organizar un golpe para recuperar las figuras y el USB? —dijo Benjamin—. Lo dudo mucho. No tenemos forma.

—Habría que encontrar la ubicación desde la que van a despegar. Me inclino por un avión privado, fletado por Chorus.

Caïssa y Claire se mostraron de acuerdo. Assane continuó:

—Si no conseguimos nuestro objetivo en tierra, podemos intentarlo durante el vuelo. O en el destino.

—¿Volar a California? —se sorprendió Benjamin.

—¿Qué problema hay? —respondió el gigante.

—No tenéis billete; puede que ni siquiera pasaporte válido —dijo Claire—. Y os recuerdo que, desde cierto 11 de septiembre, las autoridades de Estados Unidos no se toman en broma a los que llegan a su territorio.

—Yo me ocupo de llamar a unos colegas —dijo Assane—. Tengo a conocidos en algunos aeropuertos que reciben vuelos privados. En limpieza, equipajes, mantenimiento de las instalaciones… En Bourget, Toussus-le-Noble… No vamos a tardar en enterarnos.

Pidieron unas bebidas, pero se pusieron de acuerdo en no brindar hasta más adelante, una vez que Jules estuviese a salvo y tuviesen el tesoro en su posesión.

El desafío era inmenso, pero eso les animaba.

Assane, confiado, les recordó un concepto de suma importancia.

—Mientras que Winter desconozca la partida que hay que jugar en el tablero y la disposición de las piezas para abrir el cajón, y mientras que Jules esté inconsciente, la reina no podrá hacernos jaque mate.

Era su única esperanza.

El hombre de la cicatriz con forma de diamante hacía rodar entre los gruesos dedos dos de las cinco figuritas: una cabeza de gato y otra de perro.

—¿Cuánto nos queda para llegar al aeropuerto? —preguntó en inglés al hombre que conducía la furgoneta.

Estaba sentado atrás. Acababa de ver un letrero que indicaba el nombre de una ciudad, Beaune, que le traía el difuso recuerdo de un vino tinto que había probado mucho tiempo atrás en un hotel de Buenos Aires.

—El GPS indica que faltan tres horas y cincuenta y dos minutos.
El hombre asintió en silencio antes de decir.

—*Sube el aire. Hace calor.*

Su interlocutor siguió sus órdenes sin levantar la vista de la carretera.

El hombre de la cicatriz se sacó la memoria USB del bolsillo y volvió a sonreír, en un gesto que le deformó el diamante de la mejilla. El cristal no brillaba. Las ventanillas tintadas impedían que el sol penetrase en el habitáculo. Le vibró el móvil; era la jefa. Descolgó.

—*He recibido el mensaje* —dijo Elizabeth Winter—. *Por fin lo habéis conseguido.*

—*Nos falta el desarrollo de la partida de ajedrez.*

—*¿No está en el USB?*

—*No.*

Se hizo un silencio sepulcral al otro lado de la línea.

—*Férel ha bajado los brazos* —apuntó el hombre—. *Nos lo ha entregado todo: las figuras y el USB. Los tres chavales han escapado, pero no nos interesan.*

—*Son valientes* —dijo Winter—, *pero ahora mismo no son más que morralla para nosotros.*

—*Hemos dejado a Férel en el hospital más cercano. Estaba en coma. Luego le he enviado la lista por medio de su servidor protegido. Tiene las dos direcciones que le faltan.*

—*Sí, mis abogados están negociando con el coleccionista de Johannesburgo y la galería de Hanói. Ese tema no me preocupa lo más mínimo. No tardarán en llegar el peón negro y el caballo blanco que faltan. El problema es que, mientras no tengamos el desarrollo de la partida… ¿Le has insistido a Jules Férel?* —preguntó con un tono serio.

—*Le aseguro que lo he intentado todo, pero el marchante estaba al borde de la inconsciencia. Repetía una sola palabra sin parar: «imortal», «immortal»… No tenía nada más en la cabeza. Estaba delirando.*

Elizabeth Winter preguntó nerviosa:

—¿Qué palabra dices que repetía? Vuélvemela a decir pronunciándola lo más claramente posible.

—«Immortal» —dijo el hombre.

El conductor probó con un «inmortal» con acento cantarín.

—Sí, esa es. «Inmortal».

Se oyó una exclamación al otro lado de la línea. Elizabeth Winter repitió:

—«Inmortal», eso es.

—Sí, esa es la palabra.

—Muy bien —dijo entonces la reina—. Ya lo tenemos todo. Podéis volver tranquilos. ¿A qué hora tenéis el vuelo?

—Pero —balbuceó el jefe de la misión— ¿y la partida que hay que jugar? ¿La lista de las jugadas?

—Ya te he dicho que no hace falta —aclaró Elizabeth Winter, repentinamente alegre—. Cuando reciba las dos piezas de Sudáfrica y Vietnam, abriremos el tablero. ¿A qué hora tenéis el vuelo?

El hombre de la cicatriz estaba bastante perdido.

—Despegamos esta noche, sobre las once, creo. Con sus clientes franceses, españoles y alemanes, que nos acompañarán en el Challenger de Chorus.

La reina no dijo nada más. Y, como ya había obtenido todas las respuestas que quería, colgó sin más, como era tradición en su familia.

CAPÍTULO 34

Assane no perdió el tiempo: llamó al amigo de un amigo, que trabajaba de mozo en el aeropuerto de Bourget, situado al noreste de París, de donde despegaban o aterrizaban la práctica totalidad de los aviones privados con destino a la capital.

Le confirmó el despegue de un Challenger de la empresa estadounidense Chorus. La hora de despegue estaba programada para las 23:30, pero podía cambiar.

—¿Tienes la lista de pasajeros? —le preguntó Assane a Sahbi, su contacto.

—La provisional, sí. ¿Quieres que te la envíe por correo electrónico?

—Gracias, tío. Te debo una.

—Estamos en contacto.

Esa era precisamente la idea. El grupo se iba a separar. Un nuevo mazazo para Caïssa, pero esta vez lo entendió: era muy peligroso tratar de recuperar los objetos antes del despegue de los esbirros de la reina. No iban a organizar un atraco a mano armada ni un ataque de gran envergadura. No tenían ni ganas ni capacidad. En cambio, se le había ocurrido una idea a Assane, inspirada en una de sus lecturas, como era evidente.

Sin embargo, los dos amigos tendrían que atravesar el Atlántico y los Estados Unidos a bordo del *jet* fletado por Chorus y actuar por la noche, mientras dormían los esbirros.

El hombre de la cicatriz no correría el riesgo de guardar las piezas y la memoria USB en el equipaje de bodega, si es que llevaba.

Así pues, se repartieron los papeles. Caïssa se marcharía con Édith Férel a Vaison-la-Romaine para cuidar de su padre y organizar el traslado a una clínica parisina. Claire se quedaría en París. A su vuelta, Caïssa iría a su casa, que serviría de base de retaguardia de su loca aventura y desde donde se informarían sobre el estado de Jules si no tardaba en volver en sí —cosa que todos esperaban—.

Robar los tres objetos y salir del avión sin que los descubriesen: un desafío que debían llevar a cabo los dos hombres haciéndose pasar por caballeros.

Assane perfeccionó el guion durante el trayecto en coche entre la galería de Benjamin y su piso de Montreuil, y se lo expuso una vez más a su cómplice cuando llegaron a su casa. Férel hijo, durante el atasco del trayecto, devoró las cien primeras páginas de la biografía de la reina.

El contestador del teléfono fijo de Assane estaba lleno de mensajes de su jefe, de la tienda de artículos deportivos, que lo colmaba de insultos sobre sus repetidas ausencias injustificadas.

—¡Estás despedido! —concluía en su último mensaje.

—Por fin libre —filosofó el gigante—. Razón de más para entregarme en cuerpo y alma a la búsqueda del tesoro de Archibald Winter. De todas formas, yo no estoy hecho para esta vida.

Había consultado la lista de pasajeros del avión que le había facilitado Sahbi. Hacerse pasar por dos empresarios franceses con destino a la sucursal de Chorus en Los Ángeles —puesto que la sede central se encontraba en Palo Alto, cerca de San Francisco— era demasiado peligroso.

—Es un mundo muy pequeño en el que seguramente se conocen todos —dijo Assane—. Nos pillarían. Si queremos subir al avión, tendremos que hacernos pasar por dos azafatos. Así nos dejarán en paz. No tendremos que hablar con ellos, sino al contrario: callarnos para no molestar a los mayores.

Benjamin se reajustó las gafas antes de echar un vistazo al reloj.

—Espero que estés de broma. Faltan tres horas para el vuelo; ¿tú te crees que nos basta con robar dos uniformes para que nos dejen subir al avión? Además, yo no sé servir champán. Siempre me sale más espuma que líquido.

Assane le guiñó un ojo y llamó por el móvil a Moussa. Moussa era el primo de Sahbi, que formaba parte del equipo nocturno de limpieza de las oficinas de Bourget.

—¿Crees que podrías acceder a distancia a la red informática del aeropuerto desde mi ordenador? —le preguntó a Benjamin.

Este asintió.

—Sí, si hay alguien allí que pueda abrirme una pasarela.

—Lo hay: Moussa.

—Pero ¿qué quieres que busque exactamente?

—El nombre de los azafatos del vuelo. Serán como mucho dos o tres, además de dos pilotos. En resumen, tienes que introducirte en el sistema y sustituir el nombre de dos de los tripulantes de cabina por nuestros respectivos nombres. Bueno, tú me entiendes. Vamos a volver a utilizar nuestros pasaportes falsos.

Benjamin abrió los ojos como platos.

—Pensaba que nos los habían confiscado. ¿Los tienes guardados?

—¡Vaya que sí! Aún nos valen.

—Pero —objetó Férel hijo— ¿qué vamos a hacer con los dos que deberían subirse a ese vuelo?

—Vamos a neutralizarlos. Como caballeros, obviamente. Solo el tiempo necesario, de forma que justifique la necesidad de sustitutos.

Benjamin se llevó las manos a la cabeza. ¿Sería capaz de llegar hasta el final de esta operación? Empezaba a plantearse que quizá estaban yendo demasiado lejos.

Pero Assane lo animó.

—¿Por qué tienen que ser los mismos los que ganen siempre, tío? Tenemos que conseguirlo, por tu padre, pero sobre todo por ti y por mí. Por los dos, en resumen.

Sus palabras acabaron fácilmente con las dudas de su amigo.

Moussa le dio acceso a la red del aeropuerto de Bourget, y Benjamin consiguió, con algo de nerviosismo, cambiar el nombre de los azafatos del vuelo: muy apropiado, pues solo había dos tripulantes de cabina a bordo para una docena de pasajeros.

A continuación, tenían que dirigirse a Bourget, pues el vuelo despegaba dentro de poco menos de dos horas, eso si no lo adelantaban. Los dos aventureros prepararon el equipaje y los disfraces. Assane optó por una barba postiza, más bien corta, y se oscureció las cejas y las mejillas. Benjamin decidió, por su parte, afeitarse la barba de unos días. Su amigo insistió en que se quitase las gafas y se pusiera lentillas de colores para lucir los ojos verdes en vez de marrones.

—Sabes que no puedo con ellas —protestó Benjamin—, sobre todo a bordo de un avión.

Pero Assane terminó saliéndose con la suya, como de costumbre.

—Encontraremos uniformes en el aeropuerto.

Cogieron los pasaportes falsos con las fotos que más se parecían a su aspecto del día, una botella de sevoflurano sin etiqueta, un paño, una cajita con comprimidos de Rohypnol y varios fajos de billetes en euros y dólares que guardaba Assane en su caja fuerte. Contaban con los controles fronterizos menos estrictos reservados para los peces gordos, que, a diferencia de la plebe, solo viajaban en *jet* privado.

Los dos amigos apenas tardaron unos cuarenta minutos, por la A3, en llegar al aeropuerto. Assane no estacionó en el aparcamiento reservado al personal, sino en el de un hotel situado en la calle La Haye. Terminaron el trayecto a pie.

A esas horas no había mucha gente en el vestíbulo. Assane y Benjamin debían a toda costa evitar la sala VIP, donde los futuros pasajeros del Challenger debían de estar ya disfrutando de un piscolabis acompañado por copas repletas de champán.

Cerca de una puerta de servicio, se encontraron con Moussa y Sahbi, que los hicieron entrar en el espacio reservado al personal de cabina.

—Aquí están —se limitó a decir Moussa, señalándoles una puerta.

Assane le dio un abrazo a cada uno y lo mismo hizo Benjamin, aunque estuviese temblando de miedo.

—A partir de ahora, chicos, volved a vuestros puestos y haced como si no nos conocierais —concluyó Assane.

Los dos tripulantes de cabina, un hombre y una mujer, descansaban en la sala. La estancia de al lado, en la que se encontraban los dos cómplices, servía de vestuario. En ella había un escritorio con un ordenador y un teléfono, además de un aseo contiguo.

—Vas a ir a buscar a la chica y decirle que tiene una llamada —le susurró Assane a Benjamin.

Este siguió sus órdenes. Durante ese instante, el gigante se escondió en el aseo. Sacó la botella de sevoflurano y empapó el paño con él, evitando en la medida de lo posible aspirar el potente anestésico que había robado tiempo atrás en el hospital en el que trabajaba Claire. A título informativo, se había dicho para justificar el hurto.

—¿Aquí? —preguntó una voz femenina.

—Sí, sí, el teléfono ese de ahí —farfulló Benjamin.

La azafata se sentó ante el escritorio. Entonces, apareció Assane en silencio a su espalda y le apretó el paño contra la nariz. La joven quedó inconsciente al segundo.

Ya no había vuelta atrás.

Assane vertió más servflurano en el paño y se lo guardó en la bolsa. Luego entró en la estancia en la que se encontraba el azafato y le dijo, con tono cansado, que tenía que cambiar una bombilla defectuosa.

—¿Una bombilla? —se sorprendió el azafato con un fuerte acento inglés.

Se estaba limando las uñas.

—*But what is a «bombilla»?*

Esa fue su última pregunta. Assane se había situado detrás de él y le había llevado el paño a la nariz. El hombre trató de forcejear, pero el potente anestésico no tardó en acabar con su espíritu combativo.

—¡Date prisa! —le susurró el gigantón a Benjamin—. Ayúdame a llevarlo al aseo, con su compañera.

—¿Cuándo crees que se despertarán? —jadeó su amigo mientras lo ayudaba.

—Cuando estemos sobrevolando Reikiavik —respondió Assane.

Desvistió al azafato, por suerte de complexión robusta, y se puso su uniforme, que no lucía el nombre de ninguna aerolínea, sino una simple chapa con un nombre: Pierre. Un comodín de miedo.

Solo quedaba encontrarle uniforme a Benjamin. Y deprisa, pues ya eran casi las once. Buscaron por todo el piso, en los armarios de la sala de descanso, pero no encontraron nada.

—Por un pequeño detalle… —bufó Assane—. Siempre es un pequeño detalle…

—¿No podrías llamar a alguno de tus amigos?

Assane marcó el número de Sahbi, quien le indicó dónde se encontraba la lavandería.

—Puede que haya manchas de zumo de tomate en el cuello de la camisa o en los puños, pero es lo que hay —se disculpó.

Los dos amigos siguieron las indicaciones de Sahbi y acabaron dando con un uniforme de la talla de Benjamin.

—Nos vamos —dijo entonces Assane.

Tras un breve control de pasaportes en la aduana —que no les causó ningún problema—, salieron del edificio y corrieron por la pista en dirección al *jet* privado, un Challenger de buen tamaño. Los dos amigos subieron a bordo cuando los motores comenzaban a rugir.

Los dos pilotos los recibieron con gesto serio.

—*What the fuck?* —se enfadó el comandante—. *Where were you?*

Los examinó y continuó, de nuevo en inglés:

—¿Sois los sustitutos franceses? Me han dicho las autoridades del aeropuerto que nuestros dos azafatos habituales no iban a poder coger este vuelto.

Assane asintió y le explicó que llegaban tarde debido a que los controles habían durado más de lo previsto.

—Os estábamos esperando para hacer subir a los pasajeros. He dado instrucciones para intentar despegar a la hora.

Llegada prevista a La Guardia, a la una de la madrugada, hora local.

Los dos amigos se estremecieron.

¿La Guardia? ¿Uno de los aeropuertos de Nueva York? ¿No iban a Los Ángeles? ¿Se habían equivocado de avión? A Benjamin se le descompuso el rostro. No entendía nada. Assane dejó su equipaje en el compartimento reservado al personal, se recolocó la corbata y procedió a ejercer su labor en la cocina, abriendo y cerrando los compartimentos sin saber bien qué hacer, pero para aparentar delante de los pilotos. Benjamin lo imitó. Assane no dejaba de darle vueltas a la cabeza. Nueva York… Nueva York…

Y, de repente, lo entendió todo. El avión no tenía suficiente autonomía para llegar a Los Ángeles en un vuelo directo, por lo que tenía que hacer escala para repostar en Nueva York. No pasaba nada. Solo tendrían que adaptar el plan.

Por fin subieron los pasajeros, entre gritos y carcajadas. Llevaban trajes a medida y todos portaban un maletín y una o dos maletas de cabina. A juzgar por su estado, habían disfrutado plenamente de las célebres uvas fermentadas, espumosas o no, de las que tan orgullosa está Francia. «Mejor así —pensó Assane—. Así se dormirán antes».

Assane se fijó en que, extrañamente, no había ninguna mujer a bordo.

La delegación se instaló en la parte delantera de la cabina, que disponía de grandes asientos de cuero en grupos de cuatro. Las mesitas eran de madera de calidad, y el suelo, de moqueta. Todo rezumaba lujo. Las copas de champán ya estaban sobre las mesas, en posavasos en los que figuraba el logotipo de Chorus, un árbol frondoso lleno de frutas y atravesado por un arcoíris.

Los empresarios no prestaron la menor atención a los dos azafatos.

Una vez que hubo terminado el embarque, Benjamin y Assane se miraron con discreción. ¿Dónde se encontraban el hombre de la cicatriz con forma de diamante y su equipo? ¿Habían cambiado de planes?

Por fin respiraron cuando vieron a un segundo grupo correr por la pista hasta la pequeña pasarela que permitía subir a bordo. El jefe pasó por delante de ellos sin mediar palabra, seguido por sus cuatro secuaces. No se fijaron en los dos empleados ni encontraron parecido alguno entre el azafato y el viejo marino de la barcaza con el que se habían encontrado en el muelle de Ivry-sur-Seine. De todas formas, habría sido casi imposible.

El grupo se instaló algo apartado, en una zona de la cabina separada de la primera por una gruesa cortina, mientras el comandante iniciaba su perorata en inglés.

Assane se ocupó de cerrar la puerta del avión. Por suerte, un pequeño dibujo lo ayudó a hacerlo en cuestión de segundos y con seguridad.

Habían completado la primera fase de su delirante plan: subir a bordo del *jet* privado fletado por Chorus.

Como caballeros. Sin un solo disparo y sin derramar una sola gota de sangre.

Pero aún quedaba lo más difícil: pasar a la segunda parte del plan, la más delicada, que les permitiría robar la memoria USB y las dos piezas de ajedrez y recuperar la ventaja.

El avión empezó a rodar por la pista.

—¿Has viajado alguna vez en clase *business*? —le preguntó Assane a Benjamin.

—Sí, con Jules, una vez, para ir a una subasta en Seúl.

—Yo nunca. De hecho, es la segunda vez que vuelo. La primera vez fue a Dakar, en turista. En fin, ¿qué hacemos ahora?

—Ayudarlos a empinar el codo, para cansarlos. El alcohol emborracha el doble en las alturas.

—Buena idea.

Assane y Benjamin, en la cocina, prepararon las bebidas que iban a servir antes del despegue. Descorrieron las cortinas y entraron en la cabina, donde las conversaciones eran cada vez más ruidosas. Se atenuaron las luces: estaban a punto de despegar.

—¡Alexandre! —gritó una voz.

Benjamin olvidó de volverse, a pesar de que ese fuera el nombre que llevaba inscrito en su chapa de azafato.

—¡Alexandre!

Esta vez, Benjamin acudió al hombrecillo calvo que se contoneaba de gusto en su asiento.

—¿Podrías servirnos una copa de champán antes de llevarnos al séptimo cielo?

Sus colegas se rieron de tan básico chiste. Benjamin asintió.

—Claro, señor.

Entonces, sirvió a los pasajeros. En la otra zona de la cabina, Assane les preguntó a los hombres de la reina si querían algo de beber, pero se encontró con una rotunda negativa.

—Déjanos descansar hasta nueva orden.

El gigante se fijó en que el jefe llevaba consigo un bolso de cuero. ¿Contendría las piezas de ajedrez y el USB de cristal?

El comandante informó a los pasajeros y a los azafatos de que el despegue del Challenger era inminente. Los dos amigos, que llenaban una y otra vez las copas del champán gran reserva, se miraron. Era el momento de dirigirse a sus asientos y ponerse los cinturones de seguridad.

Se aguantaron las ganas de guiñarse el ojo con complicidad.

Bienvenidos a Lupin Airlines.

CAPÍTULO 35

La escala en Nueva York obligaba a Assane y a Benjamin a modificar sus planes.

Media hora después del despegue, los primeros pasajeros empezaban a quedarse dormidos, y los dos amigos, también cansados, se reunieron en la cocina, situada en la parte delantera del avión. La aeronave contaba con dos espacios en los que podían estar a solas: uno junto a la cabina de vuelo y otro en la parte posterior, cerca de la zona en la que se encontraban los esbirros de la reina, además de las dos figuritas y la memoria USB.

—Tenemos que hacernos con ellas poco antes de aterrizar —dijo Assane—. Idealmente, a falta de media hora para llegar a Los Ángeles.

—Eso no va a cambiar nada —respondió Benjamin—. En cuanto el tipo se dé cuenta de que tiene vacío el bolso, ordenará a sus compañeros que registren toda la cabina, incluso hasta los pilotos. No va a dejar que nadie se baje del avión. Hasta podría pedirles a los pilotos que contactasen con la policía de Los Ángeles. Podríamos encontrarnos con un comité de bienvenida muy especial.

—Ya, pero, cuanto más tarde actuemos, menos lo oiremos quejarse. Y lo de la poli no lo veo. Es una misión confidencial. No creo que a la reina le gustase ver en la prensa las peripecias de su búsqueda del ajedrez de Rosa y Archibald.

El que las dos zonas de la cabina estuviesen separadas por una gruesa cortina simplificaría ligeramente la labor a los dos cómplices: para hacerse con las piezas, solo tendrían que neutralizar al hombre de la cicatriz y a sus esbirros, no a todos los pasajeros.

Así pues, debían armarse de paciencia y ejercer lo mejor posible su labor de azafatos cuando el avión volviese a despegar de La Guardia.

—Deberíamos dormir un par de horitas, ahora que estamos a salvo. Teniendo en cuenta la escala, llegaremos a Los Ángeles a las cinco, hora local. Estaremos en plena forma.

Cerca de una de las consolas que contenían botellas de perfume, fulares, relojes y demás regalos de lujo reservados a los invitados del avión, Assane había encontrado el plan de vuelo.

—Lo ideal —dijo después de haberlo consultado— sería robar el contenido del bolso mientras sobrevolásemos la frontera este de Arizona.

Afinaron el plan y se permitieron una siesta, ya que todos los empresarios estaban dormidos, salvo uno solo, que pulsaba con fuerza las teclas de su ordenador portátil, con el rostro bañado por su luz azul.

Assane y Benjamin se despertaron cuando los llamaron desde la cabina. Dos hombres tenían hambre y sed. Assane fue a servirles mientras Benjamin aprovechaba para preguntarles novedades a los pilotos con la excusa de llevarles agua fresca. Estaban llegando a La Guardia.

El avión aterrizó sin problemas en la noche profunda. A pesar de la tensión, los dos parisinos se maravillaron con el perfil de Nueva York y la punta luminosa del Empire State Building, símbolo de la ciudad junto con la Estatua de la Libertad.

La escala duró poco menos de dos horas. Como no se abrieron las puertas del avión, no se procedió a ningún control ni de aduanas ni de inmigración.

El avión volvió a despegar, y la megalópolis iluminada no tardó en ser nada más que un lejano recuerdo. El Challenger sobrevoló la Pensilvania rural de punta a punta, y tuvieron que esperar a Pittsburgh, la gran ciudad situada en el extremo oeste del estado, para distinguir luces en el suelo. El cielo estaba despejado y estaba siendo un vuelo sin turbulencias.

En la segunda parte de la cabina, a la que acudió Assane con discreción, seguían durmiendo dos hombres, mientras que había tres despiertos, incluido el jefe, quien seguía guardándose el bolso contra el vientre y hojeaba una revista sobre viajes.

—¿Cuándo van a desear desayunar, caballeros? —preguntó Assane.

El hombre de la cicatriz refunfuñó mientras miraba el reloj.

—¿Cuánto nos queda para llegar?

—Tres horas y media, aproximadamente.

—Sírvenoslo una hora antes de llegar. Ya despierto yo a mis amigos.

Assane se inclinó. Perfecto. No esperaba menos de ellos.

Se acercaba el instante fatídico; a los dos amigos les latía cada vez más fuerte el corazón. Sabían que solo tenían una oportunidad de robar las dos piezas y la memoria USB, y que el menor granito de arena en la maquinaria podía echarlo todo a perder.

Normalmente, ante una operación así, Assane habría salido a tomar aire y estirar las larguísimas piernas andando o corriendo. Pero allí, en ese habitáculo tan estrecho, con el pasillo central como única pista de ejercicio, se notaba anquilosado.

Positivo… Pensamiento positivo… Eso siempre. Era la única forma de evitar el granito de arena. Pues, si se les colaba en la maquinaria, sería culpa suya y no del azar.

Todo estaba listo.

En la pantalla en la que se observaba el mapa de Estados Unidos, el pequeño icono que representaba el avión acababa de superar Denver, en Colorado. Faltaba una hora y cuarto de vuelo.

Había llegado el momento de la acción.

Tras asegurarse de que todos los empresarios siguiesen durmiendo o saciados, Assane y Benjamin se dirigieron a la cocina de la parte trasera del avión. Allí, encontraron las bandejas del desayuno, que incluía bollería, yogur artesanal y fruta. Cogieron cinco y retiraron el plástico protector. Assane guardaba en el bolsillo interior de la chaqueta la cajita con los comprimidos, que había pulverizado poco después de despegar de La Guardia. Benjamin alineó las bandejas ante sí y Assane, con mucha destreza, espolvoreó el Rohypnol entre las rodajas de cítricos dispuestas en un pequeño cuenco.

—La acidez de la naranja y del pomelo taparán el regusto algo amargo del somnífero —le había precisado Assane, casi con pedantería, a su compañero de aventuras mientras le exponía el plan.

Benjamin procedió a servir el desayuno, haciendo todo lo posible por controlar el temblor de las manos. Assane se paseaba por el pasillo central, con porte elegante.

—¿Té? ¿Café? —preguntó.

Sirvió a los cuatro esbirros, pero el hombre de la cicatriz rechazó cualquier bebida.

—Vuelve dentro de un rato —dijo.

Benjamin y Assane se retiraron y corrieron la cortina, aunque dejándola entreabierta. Por la rendija, vieron a los pasajeros disfrutar de los cítricos, frescos y sabrosos.

—Aún hay que esperar tres o cuatro minutos —resopló Assane—. Lo bueno del Rohypnol es que hace efecto deprisa.

Sin embargo, el hombre de la cicatriz dudó durante largo rato. Se comió el minicruasán y la pequeña napolitana, pero no tocó ni el yogur ni el cuenco de fruta. ¡Qué mala pata! Benjamin le tiró de la chaqueta a Assane.

—¿Qué hacemos?

El hombre de la cicatriz pulsó el botón de llamada a los azafatos.

—¡Voy! —dijo Assane—. Si pide café, podríamos preparárselo muy cargado y así el amargor del somnífero no nos amargará el día, por así decirlo.

Benjamin obedeció, no sin dejar de preguntarse cómo era posible que su amigo estuviese de humor para contar un chiste en esas circunstancias. Él estaba muy angustiado y, por si fuera poco, se le movía la lentilla derecha.

Regresó diez segundos después, con gesto contrariado.

—El caballero quiere un té verde.

Assane no bajó los brazos. Tenía que darse prisa en pensar. Ni un grano de arena ni un gajo de naranja iban a poner en peligro su estrategia. El gigante se había fijado en que, en el compartimento de los regalos, había cajas de té de lujo de una gran marca parisina.

—Ve a buscarme dos en la parte delantera —le susurró a Benjamin—. Y tráeme la botella de sevoflurano que tengo en el bolsillo interior de la mochila.

Assane se sentó en un asiento plegable. El rugido de los dos motores del avión, por sorprendente que pareciese, lo ayudó a concentrarse. Sí, lo iban a intentar. Benjamin regresó con dos cajas metálicas que contenían dos mezclas de té: Aromas del Atardecer y Verano en Kazajistán. Tiró las hojas del segundo a la basura y vertió una pequeña cantidad de sevoflurano en la caja, que cerró lo más herméticamente posible.

Al verlo, Benjamin asintió. Ya lo entendía todo. Era arriesgado, pero podía funcionar. Lo más importante era que el hombre de la cicatriz no se diera cuenta de que lo habían dormido. Si no, al despertarse, podría acusar a sus agresores.

Assane se acercó hasta él y se detuvo a la izquierda de su sillón, con las dos cajas de té en la mano. Se percató de que los otros cuatro ya se habían quedado dormidos. Tenían que darse prisa, pues el jefe iba a empezar a sospechar.

—Puedo ofrecerle Aromas del Atardecer y Verano en Kazajistán —anunció el azafato con una voz melodiosa.

—Me da igual. Pero te aviso de que no me gusta el sabor demasiado afrutado.

—Le recomiendo que los huela —propuso el gigante.

Tendió la caja de Kazajistán delante del rostro de su enemigo y la abrió. El hombre de la cicatriz se inclinó hacia delante y aspiró antes de echarse hacia atrás.

—¡Qué mal huele! —protestó.

Assane dio un paso atrás. ¿Habría inhalado demasiado poco?

El rival bostezó y empezó a parpadear. La cabeza le cayó hacia delante.

Se había quedado inconsciente.

CAPÍTULO 36

Había llegado.

El instante decisivo de su plan.

Un robo en pleno vuelo, a treinta y cinco mil pies de altura, en un espacio cerrado.

Benjamin se dirigió a la parte delantera de la cabina, junto a la cortina, para vigilar a los empresarios. El gigante se hizo con el bolso y lo abrió. El corazón le latía tan deprisa que notaba cómo le golpeaba las vértebras, casi con la intención de romperlas.

Allí estaban las dos piezas, protegidas en cajitas de plexiglás con espuma.

Assane las abrió y extrajo las piezas, que se guardó con delicadeza en el bolsillo interior de la chaqueta. Entonces, volvió a cerrar los estuches y los introdujo en el bolso.

Pero ¿qué hacer con la memoria USB de cristal?

Assane dudó. Tendría que sopesar pros y contras, pero no era el momento. Cada segundo era crucial. El hombre —o alguno de sus esbirros— podría despertarse de un momento a otro. Cada organismo reacciona de forma distinta a los somníferos y anestésicos, así que no podían fiarse del prospecto.

Estaba claro que el jefe del grupo le había enviado a la reina la tabla que contenía el USB. Incluso si, como decía Jules Férel, desconfiaba de la red como de la peste digital, sin duda Elizabeth Winter no iba a esperar al regreso del grupo a Los Ángeles para ponerse en contacto con los coleccionistas de Johannesburgo y Hanói. Dejar en el bolso la memoria USB aumentaba las posibilidades de que el hombre, al notar los tres elementos en su interior, ni siquiera lo abriese. O que, al abrirlo, se diese cuenta de que ahí estaban las dos cajitas, en vertical, y el USB en su sitio. En tal caso, ni siquiera se pararía a verificar su contenido.

Así pues, Assane decidió dejar el USB de cristal en el bolso, que colocó sobre el asiento, y se retiró hacia la cocina, desde donde llamó a Benjamin, que estaba en la parte delantera del avión. Su amigo no tardó en descolgar.

—Ya está —se limitó a decir el gigante.

Los dos amigos, cada uno en una punta del avión, hicieron una breve pausa para recuperar el aliento, cosa que les hacía más falta que nunca.

El anuncio del aterrizaje por parte del copiloto despertó a la mayoría de los pasajeros de la parte delantera de la cabina.

—Caballeros, tengo el placer de anunciarles que llegaremos a Los Ángeles dentro de aproximadamente treinta minutos. Serán las 5:25, con el cielo despejado, cuarto creciente y temperatura exterior de dieciséis grados. Muchas gracias.

¡Zafarrancho de combate para los dos azafatos! Por todas partes empezaron a pedirles café, el desayuno, un vaso de agua y alcoholes fuertes. En la otra zona de la cabina, tres hombres de cinco se acababan de despertar, con gesto aturdido y visiblemente mareados. Pidieron café y agua.

Benjamin se puso manos a la obra y Assane acudió a ayudarlo. Uno de los esbirros se estaba desperezando; su jefe fue el último en salir del sopor. La pequeña cantidad de anestésico inhalado apenas había durado quince minutos.

Assane se lo apuntó mentalmente. Había sido un experimento práctico.

Entonces, fue el hombre quien pidió un vaso de agua, y Assane se lo llevó. Cuando fue a dejarlo en la mesa, el ayudante de la reina abrió el bolso. El gigante contuvo la respiración y se obligó a sonreír.

Pero el pasajero, tranquilizado por el brillo del cristal y por la presencia de las cajitas de plexiglás, volvió a cerrarla.

So far, so good, como se dice en Los Ángeles.

Benjamin había contemplado la escena desde la cocina y por fin volvía a respirar.

—Aterrizaje —dijo la voz del piloto.

Los dos amigos tomaron asiento en sus sillas plegables y se pusieron el cinturón.

El hombre bebía el agua a pequeños sorbos. Cuando hubo terminado, dejó el vaso ante sí y cogió el bolso de cuero para dejarlo sobre el asiento de al lado.

Fue entonces cuando frunció el ceño. Se fijó en un hilo azul oscuro atrapado en el mecanismo de apertura. Qué raro.

Al otro lado de las ventanillas, la tierra se extendía ante los ojos de los pasajeros, con las luces de la ciudad como luciérnagas eléctricas, casi nucleares. Volvían a la civilización.

Las ruedas del avión rozaron una primera vez la pista del Aeropuerto Internacional de Los Ángeles, LAX, antes de posarse definitivamente.

En el preciso instante en que los pilotos accionaron el empuje inverso para frenar el vehículo, se oyó un grito en la cabina.

El hombre de la cicatriz, saltándose todas las normas de seguridad, se desabrochó el cinturón y se levantó de su asiento.

—¡Me han robado las piezas de ajedrez! —gritó.

CAPÍTULO 37

Para Assane y Benjamin, fue toda una sorpresa. En sus respectivos cerebros frenéticos, empezaron a parpadear miles de lucecitas rojas.

Entonces, se desabrocharon el cinturón y acudieron a la cabina de pasajeros. Los cinco hombres estaban en pie, enfrentándose con la mirada.

¿Consideraba el tipo de la cicatriz que entre sus esbirros se escondía un traidor?

Sería estupendo, pensaron los dos amigos, pero, aun así, no bastaba.

Assane, al dejar la memoria USB, había pensado que frenaría toda eventualidad, pero su enemigo era muy astuto.

El tipo lo fulminó con la mirada. Los dos falsos azafatos se tensaron: los cinco hombres iban a entrar en un pánico casi paranoico, y quizá los disfraces no bastasen. Algunos rasgos y actitudes no engañaban. Se los podía reconocer.

—¿Qué le ocurre? —insistió Benjamin—. Habla usted de un robo.

—¡Sí! —dijo su interlocutor, mientras que por el otro lado de la cortina se asomaban cabezas—. Tenía varios objetos dentro de este bolso y han desaparecido.

El comandante tomó la palabra.

—Les ruego que permanezcan sentados con el cinturón de seguridad puesto hasta que se apague la señal luminosa.

Pero nadie le prestó atención, pues Benjamin dio un paso de lado y, desequilibrado, se cayó de bruces en el pasillo central. Assane no hizo caso a la caída de su amigo. Se coló detrás del hombre de la cicatriz, se sacó las figuritas del bolsillo y las escondió.

Entonces, Benjamin se levantó, con gesto confuso. Se había protegido al caer, pero se había golpeado la barbilla con un reposabrazos. Se deshizo en disculpas.

—Le pido disculpas —dijo—. Caballero, si le han robado, tiene que llamar a la policía. ¿Quiere que les pida a los pilotos que se comuniquen con…?

Pero el hombre, tras mirar con complicidad a sus secuaces, lo interrumpió:

—No. No aviséis a nadie en tierra. Vamos a solucionar este incidente entre nosotros. Este avión es de Chorus y yo soy el jefe de seguridad de Chorus, Ray Kilkenny.

Buscó un documento de identidad para demostrarlo y se acordó de que estaba dentro de su chaqueta, doblada sobre el asiento de al lado. La cogió y se la puso. Luego, introdujo la mano en el bolsillo interior y sacó una tarjeta con el dibujo de un árbol y un arcoíris.

—Voy a poner de inmediato al corriente al comandante —dijo Benjamin.

Assane, por su parte, se había escapado al otro lado de la cabina para tranquilizar a los empresarios.

A partir de ese momento, los dos azafatos se retiraron de su vista. Todo estaba dispuesto y solo tenían que esperar que no se interpusiese ningún obstáculo en el camino de su victoria.

Una vez que se hubo detenido el avión en el punto de estacionamiento, el comandante fue a hablar con Ray Kilkenny, que volvió a presentarse.

—Nada de pasarela —ordenó—. No va a salir nadie de este avión hasta que se lo haya registrado. Cuerpo y equipaje.

Se oyeron gritos en la parte delantera de la cabina. ¿A qué se debía ese follón? Estaban todos cansados.

—Nos gustaría poder ir al hotel, al menos para darnos una ducha —protestó un empresario alemán—. Tenemos una reunión a las once.

Los demás levantaron la voz para mostrarse de acuerdo.

—No vamos a tardar nada —dijo el hombre de la cicatriz—. Mis hombres son verdaderos profesionales. En cuanto los hayan registrado, podrán desembarcar y marcharse a su hotel. Siento mucho este desafortunado episodio, pero lo que me han robado no es de mi propiedad, sino de Elizabeth Winter.

En cuanto pronunció el nombre de la reina, se hizo el silencio.

—Imagino que la señora Winter presidirá su reunión, así que, tanto por su bien como por el mío, preferiría que no le disgustase el robo.

Los pasajeros se mostraron de acuerdo con sus palabras y los clientes de Chorus se pusieron en fila en el pasillo central, preparándose para un registro minucioso que, para preservar la intimidad de todos, iba a tener lugar en la cocina delantera, con la cortina cerrada.

Pero no se encontró nada, ni en aquellos hombres ni en los dos azafatos ni en los pilotos.

Bueno, en realidad sí se encontraron cosas curiosas, fuera de lugar en un avión e incluso en un viaje de negocios. Sobre todo en las maletas. Pero ninguna pieza de ajedrez. Nada que llevase la seña, el estilo ni la firma de Rosa Bonheur.

Así, en el culmen del disgusto, Ray Kilkenny autorizó a los pasajeros y a los integrantes de la tripulación a bajar del avión. ¿Qué podía hacer si no? Eran empresarios, clientes importantes. Los registros no habían dado sus frutos: las piezas no estaban ni en su posesión ni en el avión. No podía mantenerlos *ad vitam aeternam* en la cabina, pues llamaría la atención de las autoridades aeroportuarias, cosa que no deseaba.

Assane y Benjamin bajaron por la pasarela en la templada noche californiana. La brisa olía a queroseno. Iban abrazados a sus respectivas mochilas. Habían acordado no intercambiar una sola palabra antes de atravesar la aduana y el control de inmigración.

Un pequeño autobús los esperaba en la pista, a una decena de metros del Challenger. La aeronave no parecía tan alta como antes de despegar en Bourget. ¿Acaso acusaba el avión el cansancio de la larga travesía por el mundo? ¿O quizá lo colmase la sensación de vergüenza?

El conductor del autobús, tumbado sobre el volante, se incorporó cuando aparecieron los primeros pasajeros.

Minutos después, los dos falsos azafatos se adentraron en una gran sala gris y, tras una serie de preguntas intrusivas, dejaron atrás el mostrador de inmigración. Un funcionario vestido de uniforme azul oscuro les selló los falsos pasaportes. No tenían nada que declarar en la aduana, pues el frasco de anestésico y el bote de pastillas estaban vacíos.

¿Seguirían a los empresarios en dirección a la fila de taxis, bostezando y rascándose las axilas como ellos?

No. Assane y Benjamin se quedaron en el vestíbulo del aeropuerto.

Iban a esperar al hombre de la cicatriz.

En el avión, Ray Kilkenny estaba furioso.

—¡Las putas piezas siguen aquí! —bramó escupiendo perdigones—. ¡En el puto avión! Y si tenemos que desmontarlo pieza por pieza, lo desmontaremos.

Había registrado personalmente a sus esbirros y, naturalmente, no había encontrado nada.

Así pues, comenzó a registrar de forma meticulosa el avión. Los cinco hombres rebuscaron en los compartimentos del equipaje, pero no contenían nada. Examinaron todas las butacas, metiendo la mano debajo de los cojines. Luego desmontaron íntegramente las consolas. Kilkenny mandó a paseo las cajas de té, los relojes, los fulares y los olorosos perfumes, la mayoría de los cuales cayeron en la moqueta.

Nada. No había nada.

Tampoco bajo la moqueta ni en los compartimentos de la cabina de vuelo. Hizo regresar a uno de los pilotos y le preguntó si había alguna tubería o conducto que diese acceso a la bodega de debajo de la cabina.

—No puede decirlo en serio —respondió el comandante—. De ser así, se despresurizaría el avión.

En tal caso, las dos figuritas habían desaparecido por completo. En pleno vuelo.

¿A través de una ventanilla intacta? ¿Se habían marchado ellas solas volando? ¿O se habían quedado atrapadas en alguna nube que rondase por allí cuando sobrevolaban Kansas o Misuri?

¿Acaso el avión se había adentrado durante unos segundos en la cuarta dimensión?

No. Ray no creía en la fantasía ni en la magia. De hecho, le horrorizaban. Tenía que haber un truco y lo iba a encontrar.

Para mayor precaución, el hombre de la cicatriz solicitó a las autoridades aeroportuarias que guardasen el avión en un hangar cerrado y que nadie pudiese acercarse a él.

Luego, se bajó del Challenger y se dirigió a los servicios de inmigración.

De camino, trató de no pensar en el inaudito rapapolvo al que le iba a someter Elizabeth Winter, antes de comunicarle su despido inmediato sin la menor indemnización.

Así comenzaba su viacrucis por la terminal del aeropuerto, con gesto ausente. Caminaba con un paso mecánico, tratando de pensar en una posible solución, en algo que lo orientase hacia el buen camino.

—Uy, disculpe.

Era uno de los puñeteros azafatos. El mismo de antes, el lampiño, de ojos marrones siempre arrugados y sucio acento francés. ¡Qué torpe! Se le había echado encima y le había vertido el café sobre la americana y parte de la camisa.

—Lo siento mucho, de verdad —dijo Benjamin—. Menos mal que tenía el café frío.

Ray masculló varias blasfemias inaudibles. Estaba demasiado agobiado como para enfadarse y gritar.

—¿Puedo ayudarlo de alguna forma? —preguntó Benjamin.

—Sí —dijo Ray—. ¡Lárgate! ¡Fuera de mi vista!

Le señaló la salida, la noche, lo desconocido, y a continuación se quitó la americana y la dejó sobre el primero de una fila de asientos metálicos situada delante de una tienda de buñuelos que aún no había abierto.

Benjamin obedeció disculpándose una vez más y se alejó. Ray agitó la parte delantera de la camisa, intentando que se secase antes. Uno de sus hombres le preguntó si necesitaba ayuda.

Como única respuesta, Ray levantó un dedo, no precisamente el de señalar la luna.

—Debería limpiarla con agua —añadió igualmente Benjamin.

Pero Ray solo deseaba una cosa: largarse lo antes posible. Se la soplaban tanto la camisa como la americana.

A diferencia del segundo azafato, sentado en una silla metálica. Acababa de terminarse una botella de agua con gas y se levantó, situándose entre el hombre de la cicatriz y la silla en la que este había dejado la chaqueta, que quedaba oculta tras su corpulencia.

—Buenas noches, de todos modos —dijo deteniéndose para tirar, con la mano izquierda, la botella vacía a la papelera contigua.

Con la mano derecha, hurgó con destreza en el bolsillo interior izquierdo de la americana de Ray Kilkenny y sacó, con la punta de los dedos, las piezas de ajedrez.

El avión está en la pista, entre fuertes, fortísimas, vibraciones. ¿Por eso se ha caído Benjamin, azafato de pacotilla? No, claro que no. Pero atrae las miradas y se cae a los pies del hombre de la cicatriz, que no puede sino seguirlo con la mirada… y acudir en su ayuda.

—¡Por Dios! —protesta Kilkenny.

Mientras tanto, Assane no pierde un segundo. Nadie le está prestando atención. Se saca las dos figuras del bolsillo de la chaqueta con su nombre falso, se inclina sobre la butaca que tiene ante sí y se dispone a introducir las figuras en el bolsillo interior derecho de la chaqueta del jefe. Es peligroso, pero es la única solución. Sin embargo, a la derecha, nota algo, un objeto. ¿Un tarjetero? ¿Una billetera? Benjamin ya se está levantando. Entonces, Assane introduce las piezas de madera en el bolsillo de la izquierda. Son piezas pequeñas, sin filo. Ray Kilkenny, nervioso y contrariado, no va a notar su presencia. No las va a encontrar.

Al menos, esa es la esperanza y la tabla de salvación de este caballero ladrón de la actualidad.

Assane se despidió de nuevo del grupo y se dirigió a la salida, guardando en el puño cerrado las dos piezas del ajedrez de Rosa.

En la parte delantera de cola de los taxis, se volvió a encontrar con su amigo Benjamin, que estaba tiritando a pesar del calor.

—Maurice Leblanc era fan de Edgar Allan Poe. ¿Lo sabías? —dijo Assane.

—No, pero se nota, amigo —respondió Benjamin, tomando asiento en la parte de atrás del primer vehículo disponible.

El discípulo de Lupin se sentó a su lado, y el taxista, de una sola pierna, que podría haber pasado por el hermano de Assane, les solicitó la dirección de destino.

Le dieron un número al azar en Hollywood Boulevard. Decidirían sobre la marcha.

—¿Te suena *La carta robada* de Poe? —preguntó Assane cuando arrancó el coche amarillo.

—¿Lo tienen en edición de bolsillo en las librerías de los aeropuertos?

El conductor del taxi dio un respingo y, con un volantazo, se dirigió hacia la salida del aeropuerto.

En el asiento de atrás, los dos amigos acababan de chocar la mano antes de gritar de alegría.

CAPÍTULO 38

Tras un breve paseo matinal por un Hollywood Boulevard casi desierto, Assane y Benjamin se olvidaron momentáneamente de su euforia para concentrarse en los siguientes movimientos.

En realidad, habían disfrutado del paseo por la mítica arteria y Assane no había podido evitar saltar de estrella a estrella del suelo, dando prioridad en la medida de lo posible a las actrices, los actores y los directores qué más le gustaban. Se detuvieron en un *diner* a la altura del Teatro Chino, la mítica sala de cine, y su célebre pagoda verde, para disfrutar de unos buñuelos con azúcar glas por encima, acompañados de té y de un café muy aguado. Luego no tardaron en cansarse de pasear y de la sucesión de edificios heterogéneos que recordaban más a la sociedad de consumo contemporánea que a la brillante leyenda del barrio.

¿Quizá fuese porque ellos ya iban a escribir su propia leyenda? Encontrar el tesoro y presentar ante el mundo del arte el ajedrez inédito firmado por Rosa Bonheur.

Assane y Benjamin no estaban en Los Ángeles de turismo.

¿Debían contactar con Elizabeth Winter para negociar? En tal caso, ¿cómo lo harían? ¿Acudirían a la isla de Santa Catalina y llamarían a la puerta de su mansión? ¿O se plantarían de forma igual de improvisada en la sede de Chorus en Los Ángeles? ¿Cómo garantizar su seguridad ante Ray Kilkenny, indignado por la mala pasada que le habían jugado?

Poco después de las nueve de la mañana —las seis de la tarde en París—, Benjamin llamó a su madre con el móvil para preguntar por su padre. Édith y Caïssa se encontraban con él en una ambulancia que se dirigía a París. Jules estaba estable, en una especie de coma que no preocupaba a los médicos, pero que impedía al comerciante mantener ningún tipo de contacto con su entorno. El traumatólogo lo había operado por segunda vez del hombro en Vaison-la-Romaine, y probablemente no sufriese secuelas tras unos meses de rehabilitación.

—Tu padre va a ingresar en la clínica de Parc Monceau —dijo Édith—. Se ha ocupado Isidore. Allí se recuperará rápido y en excelentes condiciones.

Isidore Beautrelet era un amigo de su padre, antiguo alumno de la Escuela del Louvre, igual que Jules, que se había pasado a un ámbito aún más lucrativo que el del arte: la sanidad de la gente adinerada. Benjamin le dio las gracias a su madre y le rogó que lo mantuviese al corriente. La relación entre madre e hijo había mejorado ligeramente.

—¿Y vosotros? —preguntó Édith.

—Pásame a Caïssa, por favor.

Solo ligeramente.

A su media hermana le contó todas sus hazañas, brevemente, sin entrar en detalles. El dato principal, para la joven, era que Elizabeth Winter no podía abrir el cajón del tablero y hacerse con el mapa del tesoro. Eso era lo primordial.

—¿Y si...? —continuó Caïssa—. ¿Y si no hubiera mapa? Al ver a papá en la cama del hospital, se me ha pasado por la cabeza. ¿Y si alguien hubiese intentado ya forzar el cajón y se hubiese destruido el papel?

¿Qué podía responder? Nada. Solo podían intentar abrir el cajón siguiendo las normas.

—¿Te vas a ir a casa de Claire cuando ingresen a Jules? —preguntó Benjamin.

—Sí, claro. Pero, si papá se despierta, volveré para mantenerlo al corriente de vuestros avances. A lo mejor puede ayudaros.

Assane y su amigo tenían que tomar una decisión.

—Para empezar —dijo el gigante—, vamos a alquilar un coche. Aquí sin vehículo no hay nada que hacer.

En Los Ángeles, se podía tardar más de una hora en atravesar un distrito, y el centro de la ciudad, que a la vez era el barrio histórico, y el distrito financiero, estaba rodeado por varias autovías de ocho carriles.

Encontraron una agencia de alquiler de coches, que les ofreció un enorme SUV de altísimo consumo por el precio de lo que costaba un minicoche en París. Assane presentó el pasaporte falso y contrató el alquiler para tres días, con pago en efectivo. Para ello, deshizo el fajo de dólares que había sacado de la caja fuerte.

Una cosa estaba clara: Elizabeth Winter no iba a contactar con ellos por el simple motivo de que no podía. Desconocía quién actuaba en nombre de Jules Férel y no tenía el número ni de Benjamin ni el de Assane.

—Te propongo que vayamos a la sede de Chorus, en Pacific Palisades.

El barrio bordeaba el océano Pacífico, al oeste de la ciudad y al norte de la célebre playa de Santa Mónica. Estaba lleno de residencias de lujo, propiedad de las estrellas de la zona, que preferían el aire marino de la costa a la sequedad de las colinas de Mulholland Drive. La zona contaba con numerosas y magníficas rutas de senderismo. La sucursal del grupo se había construido en Asilomar Boulevard, frente al mar; era un edificio íntegramente de cristal, de escasa altura, que no desfiguraba el paisaje.

—De acuerdo, vamos. Pero ¿para qué, en concreto? —preguntó Benjamin.

—Para ver al enemigo, aunque sea de lejos. Tomarle el pulso. Acceder a su territorio para conocerlo mejor. No vamos a pasarnos el día comiendo hamburguesas o bebiendo batidos mientras protegemos las dos piezas de ajedrez que tenemos. Ahora mismo no nos sirven de nada.

El GPS del enorme vehículo indicaba un trayecto de aproximadamente cincuenta minutos. Los dos amigos encendieron la radio en una emisora de rock alternativo.

A la altura del campo de golf del club de campo de Los Ángeles, pasado Beverly Hills, a Benjamin empezó a vibrarle el móvil.

—¿Caïssa? —preguntó Assane sin apartar la vista del tráfico, que entonces era más denso.

—No, un número desconocido.

Descolgó.

La conversación entre Elizabeth Winter y Ray Kilkenny, en el despacho de la reina, en el tercer y último piso de las oficinas de Asilomar Boulevard, duró poco menos de un minuto. Puesto que su jefe de seguridad —y asuntos confidenciales— le había anunciado la terrible noticia por teléfono, no le servía de nada volver a hablar con él. Lo que menos quería era conocer los detalles del ingenioso robo, por miedo a perder su legendaria templanza. Tenía una reunión decisiva para el futuro de su próximo proyecto de teléfono con pantalla táctil, a las once, con los empresarios europeos que habían viajado en el jet.

—Solo tienes que encontrar las dos figuras, Ray —dijo la reina—. Porque tienen que estar en suelo estadounidense. A menos que te las robasen antes de despegar de Francia.

—No, eso lo tengo claro —respondió el hombre de la cicatriz con tono cansado—. Vi que las llevaba en el bolso después del despegue.

—Encuéntralas. A primera hora de la tarde voy a recibir el caballo y el gato que faltan. Solo me restarán las dos de las que estabas a cargo. Encuéntralas, Kilkenny. Es la única forma que tienes de que no te…

Probablemente fuese a decir «despida», pero la reina se echó atrás, porque no terminaba de convencerle aquella palabra. Las consecuencias no eran acordes con la magnitud del fracaso, si este se confirmaba. Tenía algo más en mente, pero no había necesidad de verbalizarlo delante de Kilkenny, experto en la materia.

El hombre de la cicatriz salió confiado del despacho. Lo iba a conseguir. O eso o desaparecería. Marcharse de Chorus no iba a suponerle ningún problema. Al fin y al cabo, tenía una buena cantidad de contactos e, incluso si Winter echaba a perder su reputación, podría recurrir al Pentágono y hasta a la Casa Blanca, en calidad de veterano de la segunda guerra de Irak. Además, con la de pasta que tenía en su cuenta de Belice, hasta podría jubilarse de forma muy merecida. No, lo que le apenaba era que lo hubiesen engañado como a un principiante y pasar del Austerlitz de Malaucène al Waterloo de Los Ángeles.

Sin embargo, a lo largo de la mañana tuvo una epifanía, mientras hablaba con dos de sus hombres en su despacho, situado en el sótano del edificio, de espaldas al mar. Estaban estudiando la lista de pasajeros y las imágenes de las cámaras de seguridad tanto en Bourget como a su llegada a LAX. Entonces, se enteró de que los dos azafatos del vuelo —dos inútiles, a su parecer— eran en realidad sustitutos, que habían reemplazado en el último momento al personal previsto. Cuando llamó a Bourget para que se lo confirmasen, le hablaron de que habían encontrado al titular en ropa interior en el aseo del personal, en la planta *superior, en compañía de la azafata, que, en cambio, sí estaba vestida. Ray no le había dado importancia en un principio a esta información; los franceses estaban habituados a toda clase de malentendidos indecentes. Hasta que ordenó mentalmente todos los elementos.*

Analizó los rasgos de los dos azafatos. ¡Qué imbécil había sido! ¿Cómo no se había dado cuenta de que el más bajito y lampiño se parecía sin gafas a Jules Férel? ¿La nariz? ¿El nacimiento del pelo? ¿Las orejitas? Y el gigantón negro, añadiéndole una peluca blanca, era el marino de agua dulce del muelle del extrarradio, ¡por el amor de Dios!

Benjamin Férel. Assane Diop.

Los dos jóvenes a los que había acudido la joven Caïssa y con los que había encontrado la puerta de San Juan del monte Ventoux. Sus hombres los habían seguido desde muy lejos, y los jóvenes habían huido antes de su llegada.

Ni que Férel y Diop sintieran un placer enfermizo al quedarse en la sombra.

Pero todo aquello quedaba atrás.

Kilkenny continuó sus investigaciones con la ayuda de sus cuatro hombres. Seguía sin saber cuál era el método empleado para sustraerle las figuras en pleno vuelo, pero era cuestión de honor averiguarlo lo antes posible.

Eran las 11:10 cuando el hombre de la cicatriz entró en la sala en la que estaba teniendo lugar la reunión entre la reina y sus clientes europeos. Se agachó para susurrarle al oído a su jefa:

—Ya sé quiénes tienen las figuras.

—Pero ¿las figuras las tienes? —respondió Winter en voz baja.

—Aún no, pero pretendo…

—Pues no vuelvas hasta que las tengas.

—No tardaré.

En el pasillo, Kilkenny tecleó en el móvil el número que había encontrado su más fiel ayudante.

Tras cuatro largos tonos, descolgaron.

—¿Quién es? —preguntó Benjamin.

—Es usted el señor Férel, imagino.

El francés permaneció en silencio.

—Soy Ray Kilkenny. ¿Se acuerda?

Con el índice que tenía libre, Benjamin dibujó el contorno de un diamante en la mejilla para indicarle a Assane la identidad de su interlocutor. Permaneció en silencio.

—Debería tener con usted dos objetos que son en realidad propiedad de mi empleador.

—No —intervino Benjamin activando el altavoz—. Pertenecen a mi padre.

—Eso no es lo que dice el contrato firmado entre ambas partes.

—El contrato nunca ha existido como tal. Además, de todos modos, Kilkenny, quedaría invalidado por incapacidad de una de las dos partes. Le recuerdo que mi padre está en estos momentos en coma.

—Lo siento mucho —respondió el hombre con una voz casi melodiosa—, pero la bala la disparó su madre, señor Férel, no uno de mis hombres.

Benjamin no supo qué responder, y Ray aprovechó el silencio.

—Recuperaremos las figuras de la forma que sea. Usted decide si quiere que lo hagamos por las buenas… o por las malas.

Se interrumpió la conversación. Kilkenny había colgado.

Assane detuvo el coche en el arcén, lo que dio lugar a un concierto de cláxones, y le arrebató el móvil a Benjamin. Se bajó del vehículo, dejó caer el teléfono sobre el asfalto ya ardiente de Los Ángeles y lo pisoteó hasta romperlo.

—¡Oye! —gritó Benjamin.

—No nos queda otra —dijo Assane, que rompió el suyo de forma parecida—. No seré yo quien te diga que estos aparatos, por prácticos que sean, también son unos chivatos redomados. Kilkenny nos ha descubierto. Está en su casa, en su ciudad, con sus hombres y con medios casi ilimitados.

—Entonces, ¿qué hacemos?

—Lo más importante es no caer en la casilla de la reina. *Exit* Pacific Palisades.

Benjamin abrió los brazos.

—¿Y luego? Eso no es ninguna táctica.

—Atacar.

—¿Echarles el guante al tablero y a todas las piezas?

—Sí.

Benjamin suspiró.

—Mi padre nos dijo que había visto el tablero en la mansión de Winter, en la isla de Santa Catalina. Plantarnos allí y llevárnoslo todo es algo presuntuoso, ¿no? Es de suponer que la reina tiene muy bien protegidas sus posesiones.

—Vamos a ir. ¿Qué tenemos que perder? Si lo conseguimos, podremos encontrar el tesoro nosotros mismos. Y si nos enfrentamos a la reina, le propondremos un trato: las piezas que tenemos frente a una parte del tesoro, tal y como había propuesto tu padre. Pero vamos a ser más exigentes que Jules. Porque, a no ser que les revelase a los esbirros de la reina el desarrollo de la partida cuando accedieron al peñasco, también podemos aprovechar esa carta.

—Sí, ya lo sé. Pero te olvidas de que, con la ayuda del hombre de la cicatriz, podría obligarnos a revelárselo sin darnos nada a cambio.

—Tú la conoces mejor —se pronunció Assane—. ¿Te has leído su biografía?

—Por encima; no he tenido mucho tiempo desde que lo compré. Te voy a ahorrar la parte de su triste infancia, en una familia en la ruina por culpa de un excéntrico antepasado. Creó Chorus, no sin numerosos golpes bajos. Además, sus técnicas de dirección han generado mucho debate, que es lo menos que se puede decir.

—Ray es el vivo ejemplo de que la reina siempre pretende obtener lo que desea, empleando cualquier medio, incluso fuera de la legalidad.

—Según Beriot, eso sobre todo —precisó Benjamin—. Esta mujer tiene pinta de actuar tanto porque le gustan el juego y los retos como porque desea hacerse con una gran fortuna. De ahí que le gusten tanto el ajedrez y las nuevas tecnologías. En resumen, la autora dice que lo que anima a Elizabeth es una especie de sed de venganza. No hacia Archibald, sino más bien hacia su propio padre y abuelo. Vamos, los dos Winter que decidieron rendirse en vez de luchar por recuperar la fortuna de la que se les había privado. Por ese motivo, la reina nunca duda en actuar con mano dura.

Assane se pasó la mano por las mejillas.

—Pues vamos a hacer lo mismo. Y actuar con mano dura, si no te parece mal. En mi opinión, deberíamos ir a la mansión.

Se volvieron a subir al imponente vehículo. Assane arrancó con estrépito y maniobró entre el tráfico, provocando de nuevo un ruidoso concierto de cláxones.

El gigante le pidió a Benjamin que reprogramara el GPS.

—Deberíamos buscar un puerto deportivo por la zona.

—Para coger un ferri que nos lleve a la isla…

—No —le corrigió Assane—. Para alquilar un barco y llegar a Santa Catalina por nuestra cuenta. Y desembarcar en la isla lo más cerca posible de la mansión.

—Que está en el extremo noroeste, según el libro de Beriot. En la parte más asilvestrada de la isla, lejos de las zonas residenciales.

—Razón de más para no coger el ferri. Perderíamos mucho tiempo atravesando la isla. Además, si nos detectan, no podremos aprovechar el elemento sorpresa.

Benjamin frunció el ceño.

—Pero sabes pilotar barcos, ¿no?

Assane no respondió, y Benjamin decidió tomarse el silencio como un «sí, puede». Sacó un mapa de carreteras de la guantera y recorrió la costa con el dedo índice.

—El puerto principal más cercano es el de Marina del Rey —anunció Benjamin, que reprogramó de inmediato el GPS.

Unos treinta minutos por la Interestatal 405.

—Me quiere sonar ese nombre —dijo Assane—. Creo que es uno de los puertos artificiales más grandes del mundo para embarcaciones de recreo. No debería costarnos mucho encontrar un barco con el que llegar a la isla.

Pero Benjamin no estaba tan entusiasmado como su amigo. De verdad tenía la esperanza de que Assane supiera pilotar embarcaciones y que su colega no estuviese fanfarroneando. ¿Y si las autoridades les pedían el permiso? La guardia costera se encargaba de controlar el tráfico hacia Santa Catalina, ya que la carretera discurría junto al Parque Nacional de las Islas del Canal, lugar protegido.

Assane seguía demostrando confianza. Guardaba suficiente munición en la mochila, mucho más efectiva que la de los fusiles de asalto: un montón de billetes verdes con la imagen de Benjamin Franklin. Billetes de cien dólares.

Una vez estacionados en el amplio aparcamiento de Marina del Rey, Assane y Benjamin inspeccionaron los pantalanes del inmenso complejo náutico, en los que había amarrados lanchas motoras, barcas personalizadas y yates muy lujosos, de nombre altisonante y casco impecable.

No fue fácil encontrar un barco disponible para alquileres cortos. Benjamin no se había equivocado al preocuparse.

Como tampoco se había equivocado Assane al no dudar del éxito de su plan.

Un hombre de larga barba rubia y puntiaguda, que bebía cerveza en la cubierta de un yate de diez metros, escondido detrás de unas gafas de sol azuladas, les ofreció sus servicios. Tenía cinco barcos y no iba a ser demasiado quisquilloso. El yate en el que se encontraba era una embarcación segura y fácil de manejar.

Benjamin preguntó por el precio. Sin patrón. Para esa misma tarde.

—¿Oficial? —preguntó el dueño.

—Extraoficial —le corrigió Assane.

Es decir, sin licencia y sin nada. Acordaron diez mil dólares y que los dos franceses debían dejar sus pasaportes como fianza.

Chocaron la mano para formalizar el contrato. Eran las siete y media de la tarde.

El dueño del barco les dio unas cuantas instrucciones sobre los motores, insistió en que debían encender las luces y aseguró a Assane —y sobre todo a Benjamin, que estaba más nervioso que su cómplice— que ese yate no era más difícil de pilotar que un coche cualquiera.

—Además, han tenido suerte —comentó el tipo—. Va a hacer buen tiempo hasta mañana. Solo tienen que evitar el parque natural, para que no les den el coñazo los guardabosques.

—Por eso no se preocupe —le aseguró Assane con una sonrisa.

El hombre soltó las amarras mientras les deseaba una buena tarde a esos dos primos, que le habían pagado el equivalente al volumen de negocio de una semana entera.

Lo que no sabía era que no volvería a ver nunca más su barco favorito.

CAPÍTULO 39

Assane llevaba el control del barco, con una mano en el timón y la otra en el acelerador. El dueño tenía razón: no era más difícil de pilotar que un coche, en definitiva, y quizá lo más complicado sería amarrarlo. Pero el gigante ya se preocuparía de esa cuestión llegado el momento.

La embarcación contaba con un radar y un GPS que les facilitó la tarea: la isla de Santa Catalina se situaba a treinta millas náuticas del puerto de Marina del Rey; es decir, unos sesenta kilómetros.

Eso no era nada.

El agua estaba en calma y el yate se dirigía hacia el horizonte. A tal velocidad, tardarían hora y media en llegar a la finca de Elizabeth Winter.

Benjamin estaba preocupado —como era normal en él— por la oscuridad, que cada vez se iba haciendo más densa, pero los modernos instrumentos de pilotaje del yate terminaron tranquilizándolo ligeramente. Además, a Assane se lo veía muy confiado y seguro de sí mismo. Permanecía en pie, erguido, en el puesto de mando, con la mirada tranquila y serena fija en el mar.

Férel hijo subió a cubierta para disfrutar de la brisa marina. El aire fresco y las salpicaduras de diminutas gotas de agua salada le sentaron francamente bien. Aprovechando la última luz del día, se sentó en una mullida banqueta de popa y abrió la biografía dedicada a la reina: quizá encontrase nueva información. El agudo ruido de los dos motores no le impedía leer.

Diez minutos después, Benjamin se asustó al ver llegar a Assane.

—He encontrado el piloto automático —dijo el gigante, estirándose y bostezando—. No te preocupes, tío. El barco mantiene el mismo rumbo y no parece que haya muchos icebergs por la zona. ¿Qué estás leyendo?

Benjamin le mostró la cubierta con la foto de Elizabeth Winter, con más decisión que nunca.

—Resulta que vamos a la residencia favorita de la reina.

Assane esbozó una mueca.

—Sí —explicó Benjamin—, según Fabienne Beriot, la mansión de Santa Catalina es una de las treinta propiedades que posee la reina por todo el mundo. Un ático en Central Park, un piso en la plaza Dauphine de París, un palacete en Venecia… Pero esta es su sitio favorito en el que vivir. La llaman la «mansión de las treinta conchas», vete tú a saber por qué.

—Tiene una agencia inmobiliaria entera ella sola. Está claro que, con la fortuna que tiene, si busca el tesoro de su abuelo, no es por necesidad.

— Hablando del bribón de Archibald… Me había saltado la parte que habla de él al principio del libro, pero la autora se ha remontado muy atrás en el tiempo y resulta que viene ¡de una familia francesa! Su abuelo vivía en Levroux, en Berry, y era panadero.

—¿En Levroux? —le interrumpió Assane—. ¿No fue allí donde encontró tu padre la figura de la paloma?

Assane aprovechó para llevarse la mano al bolsillo de la chaqueta y comprobar que seguía allí el preciado botín.

—Sí, creo que sí —continuó Benjamin—. El abuelo de Archibald se llamaba Jean Hiver. La familia se cambió el apellido al inglés cuando llegaron a Nueva York. Luego, atravesaron el país para fundar una pequeña cadena de panaderías en San Francisco y Los Ángeles. Eran pequeños comerciantes acomodados. Hasta que llega Archibald, con su imperio de la prensa, y la familia Winter pasa a nadar en la abundancia.

—Así que los franceses también tenemos algo que ver en esto —dijo Assane.

—Es un asunto francoestadounidense que exige una estrecha colaboración.

—Por eso a Archibald le gustaba tanto viajar a Europa, y más en concreto a Francia, para participar en torneos de ajedrez. Seguro que hablaba bien francés. De hecho, creo que hasta…

Assane no pudo continuar, pues sonó una alarma en la cabina: una especie de sirena, acompañada por el frenético parpadeo de un piloto rojo.

—¿Nos estamos quedando sin combustible? —preguntó Benjamin.

El gigante se dirigió hacia la cabina y vio que el sistema había detectado un objeto en su trayectoria.

Entonces, surgió ante ellos un pequeño punto, que destacaba contra el horizonte de color rosa pálido.

Una masa de tierra inmóvil, como si descansara sobre el agua. Los laterales estaban oscuros, sin vegetación.

—Nos van a descubrir —dijo Assane.

Y, de repente, tras ellos sonó el ruido de un motor. Los dos amigos se volvieron. No era un barco, sino un helicóptero que surcaba el cielo a toda velocidad en dirección a la isla. ¿Acaso trasladaba a la reina?

—En el ajedrez —dijo Benjamin—, se puede mover libremente, en todas las direcciones y tantas casillas como quiera. No como los insignificantes peones que somos nosotros.

No distinguían luz alguna en el horizonte. ¿Dónde estaba la mansión de Elizabeth Winter? ¿Más al este? ¿O al otro lado del cabo?

Vieron que el helicóptero empezaba a descender. El helipuerto debía de estar junto a la casa, ¿no? Así es como los multimillonarios diseñan su vivienda. Assane corrigió el rumbo del yate para seguir la trayectoria que había tomado el helicóptero, y la embarcación cortó las olas más rápido que nunca.

¿Qué se iban a encontrar en las inmediaciones de la isla? ¿Cómo los recibirían? ¿Podrían desembarcar en alguna parte sin que los vieran?

No los estaban esperando, pero eso daba igual. El piloto y los pasajeros del helicóptero tenían que haberse percatado de la presencia de aquella embarcación que se dirigía directamente a la isla. Eso si no contaban con un radar en la costa que no los hubiera detectado ya.

—Reduce la velocidad —aconsejó Benjamin.

Estaban a menos de media milla náutica de la isla. Una vez más, Benjamin no pudo evitar pensar que todo aquello era una auténtica locura y que se enfrentaban a alguien mucho más fuerte que ellos. Pero ¿no es verdad que las grandes aventuras merecen la pena porque permiten a quienes las viven superarse y hacerse más grandes de lo que son?

—Se me ha venido a la cabeza una frase de Mark Twain —dijo Assane, como si le leyera la mente a su amigo de toda la vida.

Y era normal. Lo compartían todo, hasta sus cuestiones más personales.

—«No sabían que era imposible, así que lo hicieron».

Era un poco así, la verdad. Una frase muy adecuada para el momento.

Y eso fue lo último que escuchó Benjamin antes de que se desatara el caos.

Ya veían la costa rocosa y escarpada. Assane acababa de divisar un lugar más seguro al este: una especie de pequeña plataforma natural; una playa de tierra y hierbajos en alto.

De repente, sonó la primera detonación.

La siguieron varias ráfagas, que salpicaban agua a su alrededor.

¡Estaban disparando desde la orilla! ¡Les estaban disparando!

Las balas impactaron en el parabrisas de la cabina.

—¡Al suelo! —exclamó el gigante, que de inmediato se dejó caer.

Hubo una segunda ráfaga, seguida al momento por una tercera.

Volvió a sonar la alarma en cabina. El parabrisas acababa de romperse en mil pedazos y olía a hierro ardiendo. Entonces, de la parte trasera del yate brotaron dos haces de fuego. ¡Los depósitos!

—¡Quieren matarnos! —jadeó Benjamin.

Las detonaciones se oían cada vez más cerca.

El caos. Caos en el Pacífico.

Assane y Benjamin levantaron la cabeza. El fuego iba avanzando por el barco en su dirección.

Tenían que reaccionar urgentemente.

Debían saltar: bajarse de aquella balsa a punto de naufragar, en la que ni siquiera Caronte se habría atrevido a permanecer.

Assane y Benjamin no tuvieron más remedio que lanzarse al agua oscura y helada.

CAPÍTULO 40

Los dos amigos nadaban tratando de no perderse de vista. Detrás de ellos, el yate era una bola de fuego. Las olas causadas por las explosiones los sumergían l. El agua estaba tan fría que Benjamin sintió como si cientos de pequeños peces carnívoros le estuvieran mordiendo las extremidades. Se le pasó por la cabeza una idea que le arrancó una sonrisa irónica: menos mal que aún llevaba las lentillas, porque sabe Poseidón lo que habría sido de sus gafas al arrojarse al mar.

El gigante dejó de bracear por un momento para asegurarse de que aún llevaba las figuritas en el bolsillo.

Había cesado el tiroteo. La noche jugaba en su favor, pues, fuera del área iluminada por el fuego del yate, se hacía casi imposible divisarlos en el agua desde la orilla.

No estaban lejos de tierra. No tardarían en pisar terreno firme, que seguiría siendo hostil, sin duda, pero en él, al menos, podrían moverse con más facilidad y confianza.

Teniendo en cuenta que era posible que los tiradores se hallasen en la plataforma en la que tenían pensado desembarcar, cambiaron el rumbo hacia las rocas, con Assane a la cabeza. Había visto una especie de grieta en la costa, un agujero que parecía llevar a una cueva.

También terminó avistándola Benjamin, y, tras aumentar el ritmo de las brazadas, acabaron llegando hasta ella. Férel hijo estaba al borde del agotamiento, pero logró aguantar.

Accedieron al interior de la roca, donde, al instante, el mar se les antojó menos hostil. Las olas se habían calmado. Avanzaron hasta lo que parecía una piscina natural con un techo oscuro repleto de estalactitas.

¿Habían logrado ponerse a salvo? ¿Habían dejado atrás el frenético recibimiento a la isla en la que residía Elizabeth Winter? ¿O acaso vaticinaba la batalla que estaba por venir?

Benjamin y Assane esperaban que no fuera así, pues, aun con la mejor de las voluntades, no serían capaces de soportar una batalla en territorio desconocido y hostil.

Assane nadó hasta el fondo del estanque hexagonal, donde encontró una sucesión de escalones naturales que les permitirían salir del agua.

¡Por fin!

Primero se elevó, tratando de agarrar con los dedos entumecidos las pequeñas rocas planas que lo ayudarían a subir. Se fijó en una primera roca, seguida de una segunda, y se alzó para salir de la piscina de agua salada. Assane permaneció un breve instante tumbado sobre la roca para recuperar el aliento, pero Benjamin lo llamó, así que se incorporó de inmediato para echarle una mano a su amigo de toda la vida.

Se quedaron tumbados uno al lado del otro, abrumados por todo lo que acababa de pasar.

Benjamin balbuceó:

—¿Aún llevas encima las figuras?

Assane lo tranquilizó. No podían imaginarse una situación peor que una en la que las piezas de madera estuviesen flotando en la inmensidad del Pacífico, llevándose consigo el tesoro, perdido para siempre.

Se pusieron en pie a duras penas. Se encontraban sobre una especie de espolón sobre el estanque, donde el aire era cálido y tranquilo. Assane levantó la cabeza.

A su alrededor, se extendía la oscuridad.

—Tenemos que seguir para llegar hasta la casa —dijo el gigante—. Pero ¿por dónde vamos?

—Lo más importante es ir con cuidado —agregó Benjamin—. Después de lo que acaba de pasar, podemos deducir con seguridad que no van a darnos una cálida bienvenida.

Consiguió arrancarle una sonrisa a Assane.

—Muy bien, tío. Tener ánimos para soltar una frase así en esta situación es muy lupiniano, ¿sabes? Lo que indica que ya te has adaptado a nuestras aventuras.

—¡Ojalá! —suspiró Benjamin.

En ese momento, apareció ante ellos una intensa luz: linternas de haces muy brillantes.

—*Welcome!* —retumbó una voz que no les costó identificar.

Ante ellos estaba Ray Kilkenny, flanqueado por sus cuatro ayudantes.

—Por fin descubro vuestros verdaderos rostros, Diop y Férel —exclamó—.

¿Qué podían hacer? ¿Huir? ¿Darse la vuelta y volver a tirarse a la piscina?

Tenían que apresurarse para tomar una decisión, pero sus enemigos fueron más rápidos. El hombre de la cicatriz con forma de diamante sacó una curiosa pistola, con un cañón muy largo, y el individuo a su derecha hizo lo propio.

Los dos aventureros escucharon dos ruidos secos casi simultáneos.

Assane notó un pinchazo en el cuello, justo por encima del omóplato izquierdo, mientras que Benjamin sintió un dolor agudo en el hombro.

—Cuando está muy concentrada —explicó Kilkenny en un tono casi travieso—, la datura te transporta rápidamente a otro mundo: el suyo. Al firmamento de los sueños… o, más bien, de las pesadillas.

Los dos amigos descubrieron entonces que acababan de clavarles dos dardos hipodérmicos. Quisieron quitárselos, pero ya habían perdido toda fuerza y lucidez.

Kilkenny consideró oportuno aclarar.

—Lo más difícil será regresar.

Assane y Benjamin se desplomaron entonces sobre el suelo rocoso y se golpearon contra él sin sentir absolutamente nada.

CAPÍTULO 41

Assane y Benjamin volvieron en sí al mismo tiempo.

Primero cesaron las sensaciones, y luego fueron las imágenes las que desaparecieron en sus respectivas mentes confusas.

Abrieron un ojo, inquietos, ante la posibilidad de encontrarse en un mundo paralelo. Luego, el otro. Estaban acostados sobre un enorme colchón cubierto por una sábana gruesa diseñada con círculos multicolor entrelazados.

Assane se incorporó primero y movió de un lado a otro la cabeza para estirar y relajar los músculos del cuello, y Benjamin lo imitó. Los dos amigos se dieron cuenta entonces de que los habían despojado de su ropa empapada y de que iban ataviados con una túnica y pantalones de algodón beis.

¿Dónde estaban?

Sin duda, en casa de Elizabeth Winter, en la isla de Santa Catalina.

¿Cuánto tiempo habían permanecido en este estado provocado por la planta alucinógena? Lo desconocían.

Aunque aquel sitio no les fuese familiar —y por lo tanto les fuese hostil, en cierto sentido—, se les antojó más acogedor que todos los lugares que habían visitado durante sus alucinaciones. La estancia en cuyo centro se hallaba el colchón era circular, de paredes blancas y el techo muy alto e inclinado, hecho de juncos y ramas.

—Por fin habéis despertado —dijo Ray Kilkenny al entrar. Él también había dejado de lado su estricta vestimenta habitual e iba ataviado como los dos prisioneros.

—Bienvenidos a la mansión de las treinta conchas, que es como se llama la humilde morada de Elizabeth Winter —continuó, abriendo los brazos y sonriendo—. La reina está presente y os espera con cierta impaciencia. Incluso nerviosismo, diría yo.

En un destello de lucidez, Assane se palpó los bolsillos de los pantalones, pero, por supuesto, le habían arrebatado las dos figuritas.

—No te preocupes —dijo el hombre de la cicatriz—. Ahora las vas a ver, dispuestas en el tablero de ajedrez de Rosa Bonheur y Archibald Winter. Las dos piezas que faltaban han llegado esta noche procedentes de África y Asia. El ajedrez está ya completo; puedo anunciarlo con orgullo.

Benjamin quiso hablar, pero se le quedaron atascadas las palabras en la garganta y solo pudo dejar escapar dos sonidos guturales.

—Es perfectamente normal —comentó Kilkenny—. La datura es una planta muy curiosa, cuyos efectos nocivos y beneficiosos aún se siguen descubriendo. Los indígenas que vivían en las islas cercanas a Santa Catalina la llamaban *momoy*.

Assane también trató de hablar, en vano.

—Sé que no debería, pero me da curiosidad saber si habéis visto halcones o coyotes durante las alucinaciones. ¿No? Porque los sacerdotes lo consideraban buena señal. Pero lo importante es suministrar la dosis correcta. He bañado los dardos yo mismo con una mezcla que llevaba muchísimos años probando. Una concentración demasiado baja tiene el mismo efecto que beber dos o tres vasos de *bourbon*, lo cual es bastante triste. Pero demasiada concentración puede derivar en la muerte.

El hombre de la cicatriz continuó con cierta indulgencia:

—Tengo un pequeño laboratorio en la mansión, ya que abunda la datura en los jardines de la isla. Las autoridades hacen la vista gorda, tanto en esto como en todo lo demás. Aquí reina Elizabeth Winter sin preocuparse por nada.

—Kilkenny —logró articular Assane—, no tienes derecho…

Había hablado. Y Benjamin también se sentía capaz.

—Ni os imagináis cuántas puertas abre el dinero —dijo Ray.

Era un lugar común y una verdad; los dos amigos lo sabían, así que se abstuvieron de responder para ahorrar fuerzas.

—Veo que estáis empezando a recuperaros, así que os voy a llevar ante Elizabeth Winter. Como ya os he dicho, la reina está deseando conoceros.

—¿Ha…? ¿Ha… encontrado el mapa del tesoro? —preguntó Benjamin.

—Un poco de paciencia, Férel. Diop, ¿puedo fiarme de ti? ¿Voy a poder llevarte ante la reina sin tener que atarte las manos? No llevas arma, pero no me fío de tus arrebatos.

Assane tranquilizó a Kilkenny. No dudaba de que la violencia —ya— no tenía cabida a esas alturas de la aventura.

—No hemos venido a hacer daño a nadie —precisó de todos modos el gigante—. A diferencia de ti, que no has dudado en dispararnos.

Ray se echó a reír.

—Estaba todo controlado, Diop. Solo quería que fueseis como dos pececillos indefensos cuando os acercaseis a la isla.

Los dos amigos se pusieron en pie.

—Por aquí —dijo Kilkenny, señalando la puerta—. Podéis pasar.

Ya había amanecido sobre California, y los dos amigos pudieron contemplar las resplandecientes aguas del Pacífico a través de los grandes ventanales que iluminaban la planta baja de la mansión.

Assane y Benjamin recorrieron varias estancias en las que los muebles de coleccionista se codeaban con objetos más modernos. No se cruzaron con nadie. En cada habitación había al menos un ordenador, y los muebles eran beis o blancos, para un conjunto muy luminoso. Por muy delicada que fuese la situación en la que se encontraban, la mansión de las treinta conchas estaba envuelta en un extraño letargo que los relajaba.

¿Cómo sería el edificio desde el exterior? Probablemente un enorme conjunto de vidrio y acero a lo Frank Lloyd Wright, con varias terrazas inmensas a su alrededor y un jardín con vistas al Pacífico.

Numerosos lienzos salpicaban las paredes de las habitaciones y los pasillos: cuadros enmarcados a la antigua usanza, con marcos gruesos adornados con diseños de flores doradas. Todos eran obras de Rosa Bonheur, originales, por supuesto: caballos, vacas, ovejas, perros, cabras e incluso leones. Todo un zoológico al óleo inmóvil y silencioso, pero ejecutado con tanta fuerza que parecía como si los animales deambularan en libertad junto a los invitados.

—Justo enfrente —dijo Kilkenny mientras subían dos largas escalinatas seguidas—. La reina os está esperando detrás de esta puerta. Yo me voy a quedar aquí, por si acaso.

Entonces, entraron en una luminosísima habitación con techo de cristal muy alto.

Assane y Benjamin se detuvieron.

El enfrentamiento con la reina, ese personaje sombrío que los perseguía desde el comienzo de sus aventuras, no podía esperar más.

CAPÍTULO 42

Elizabeth Winter se hallaba a solas en el centro de la enorme sala desprovista de muebles, salvo por la mesita de madera toscamente tallada sobre la que se encontraba el tablero de ajedrez dibujado por Rosa Bonheur y diseñado según las instrucciones de Archibald Winter.

A Assane y Benjamin se les fue la mirada al ajedrez al completo, con sus treinta y dos piezas, lo que no disgustó precisamente a la reina, sino todo lo contrario.

—Adelante, caballeros —dijo con una voz muy grave, casi ronca—. Os estaba esperando para comenzar la partida. Os lo debo.

Los dos amigos le vieron por fin el rostro, tal y como figuraba en las fotos que acompañaban a los artículos de prensa: radiante. Una bellísima mujer que acababa de cumplir los cincuenta años, de pelo blanco y corto, que no disimulaba sus curvas y cuya frente ancha dirigía la atención hacia sus grandes ojos negros de una vivacidad extrema, que dejaban entrever el espíritu sagaz y raudo de la líder de Chorus.

—Habéis tenido el detalle de venir a mi mansión de las treinta conchas para completar el ajedrez y entregarme las piezas que me faltaban, incluido el chihuahua blanco, Danican, el perro al que tanto quería mi antepasado: pieza principal de este juego dibujado por la magnífica Rosa Bonheur y diseñado por el inteligentísimo Archibald Winter. ¡Paz a tan nobles almas! Veréis, queridos Benjamin y Assane; este ajedrez ilustra a la perfección lo que debería ser el mundo de la creatividad: una mezcla entre la genialidad artística francesa del siglo XIX y el ingenio y el sentido práctico de los estadounidenses. Y a veces, como es mi caso, los dos se unen en una misma persona.

Assane y Benjamin se habían quedado de piedra ante aquella mujer. Les habría gustado reaccionar, saludarla al menos. Sin embargo, tuvieron que contentarse asintiendo brevemente con la cabeza, con una deferencia involuntaria.

¿Acaso seguían bajo los efectos de la inyección de datura? No, estaban seguros de que no. Simplemente los había trastornado conocer a la mujer más poderosa e influyente del mundo. Tenían que recomponerse.

—Como podéis contemplar —dijo, incitando con un gesto a sus dos invitados a acercarse—, por fin está completo el ajedrez.

Por primera vez, Benjamin y Assane pudieron contemplar todas las piezas: los peones con cabeza de gato, los molinos en calidad de torres, las palomas que sustituían a los alfiles, los caballos y, por último, Danican, el perro, como rey y también como reina.

—Hacía más de noventa años que no se juntaban todas las piezas —continuó la reina—. Pero yo me he ocupado de solucionarlo, con vuestra ayuda y la de Jules Férel; lo reconozco. Una injusticia escandalosa.

El tablero ya era en sí mismo una obra de arte. Los bordes estaban compuestos por flores y plantas talladas en la madera, y la caja en la que se encontraba el famoso cajón que contenía el mapa del tesoro estaba muy finamente trabajada, con cuadros tallados que representaban paisajes de la isla de Santa Catalina y la costa de California.

—Rosa trabajó con las descripciones de mi tatarabuelo y las numerosas fotografías que le envió a By —comentó Winter—. Pero ya sé que estoy hablando con entendidos. Por cierto, uno de mis grandes sueños es poder adquirir algún día ese palacio. Con el paso de los años, yo también he llegado a conocer y a adorar a tan extraordinaria artista. Sería capaz de cualquier cosa, como he sido ahora y como siempre lo soy. Por ejemplo, de neutralizaros temporalmente con la datura. Me imaginaba que os negaríais a cooperar.

—¿Por qué nos has esperado? —preguntó con interés Assane.

— Para compartir este momento tan especial con quienes lo estaban esperando tanto como yo.

—Imagino que el motivo es otro completamente distinto —respondió Benjamin, para poner fin al duelo—. No conoces el desarrollo de la partida que hay que jugar, así que no van a servirte de nada las piezas.

La reina dio un paso adelante, cerró los ojos y asintió.

—Tu padre nos lo ha revelado —se limitó a decir—. Creo que, cuando lo encontramos en su almacén secreto de la ladera del monte Ventoux, había perdido toda esperanza de derrotarme. Se había resignado. No debió de dejároslo claro. No captasteis el mensaje.

—Claro —dijo Benjamin—. Y, aun así, sé pensar por mí mismo y no tengo que aceptar ni cumplir todas las órdenes que dicta mi padre.

Assane le puso una mano en el brazo a su amigo para tranquilizarlo.

—¿Cuándo te ha hablado Jules sobre la partida? —preguntó—. Porque no estaba en la memoria USB. Nos dijo que lo tenía todo en la cabeza, así que la solución solo puede habértela dado él.

—Así es —reconoció la reina—. No quise firmar ningún contrato con Férel cuando vino a visitarme. No suelo compartir mis triunfos, ni tampoco mis fracasos, por cierto. Asumo lo que haya ocurrido y su precio, sea cual sea. Si hubiera tenido la mitad de las piezas o menos y me hubiera faltado el tablero de ajedrez, a lo mejor habría aceptado el trato que me ofrecía. Pero todo era cuestión de tiempo y recursos. Cinco piezas que robar; cinco piececitas de madera dentro de una caja fuerte: no era una operación especialmente compleja. Esperé a que Férel averiguase dónde estaban las dos últimas piezas antes de atacar.

—Es un farol —intervino Assane—. Tendrás las piezas de Jules, pero no ha podido decirte nada sobre la partida. Es imposible. Estaba casi inconsciente cuando nos fuimos de la puerta de San Juan.

La reina esbozó su mejor sonrisa.

—Le dijo a Ray Kilkenny una simple palabra: «inmortal». Con eso bastó, por suerte.

Assane y Benjamin se miraron con cautela.

—¿Inmortal? —dijo Férel hijo—. Mi padre debía de estar delirando. Siempre ha sido un megalómano con deseos de pasar a la historia.

—No —dijo la reina en un tono que no admitía réplica—. Con «inmortal» se refería a la famosa partida, evidentemente. Al igual que Kilkenny, no tenéis ni idea sobre la historia del ajedrez. No es culpa vuestra. Fue una partida sublime, única en la historia, jugada por Adolf Anderssen y Lionel Kieseritzky en 1851 durante la Exposición Universal de Londres. Anderssen ganó con blancas y le hizo jaque mate sacrificando su reina y varias piezas más. Al final de la partida, solo le quedaban dos caballos y unos pocos peones; sin embargo, todas sus piezas tenían bajo control al rey negro, impidiéndole moverse. Enfrente, su oponente no había perdido ninguna pieza y, aun así, solo pudo constatar su derrota. Esta partida marcó, para muchos historiadores, los inicios del ajedrez moderno.

La reina se acercó a sus dos invitados y les entregó una libreta, en la que había dibujado un tablero de ajedrez.

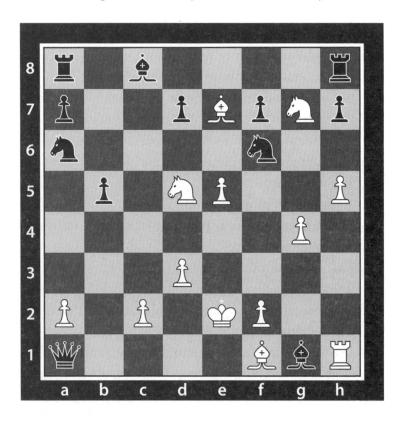

—Esa es la posición del tablero antes del jaque mate. Pero necesitaba todas las piezas, ya que el mecanismo solo se activa cuando se ha jugado toda la partida. Yo creo, caballeros, que esta disposición de las piezas en el tablero es la que tiene que abrirlo. Algunas mentes obtusas se sorprenderían al saber que he esperado a que os despertarais para actuar. Pero sé que estáis tan implicados en esta búsqueda como yo, desde hace menos tiempo, sin duda, pero no habéis escatimado en esfuerzos. Así que, en honor a vuestra generosidad, tenía que ofreceros este espectáculo. Podéis considerar mi actitud como orgullo o incluso locura; me da igual. No me importa lo que nadie piense de mí. Igual que Archibald Winter, mi antepasado. Eso es lo que nos une, entre otros rasgos de nuestro carácter; eso es lo que me convierte en su descendiente directa, en su verdadera heredera. Por eso tenía que ser yo quien descubriera el tesoro escondido.

La reina hizo una pausa antes de gritar con voz aguda.

—¡Yo y nadie más!

Benjamin trató de calmar tan inquietante entusiasmo.

—Eso si mi padre estaba diciendo la verdad sobre la partida.

—Y si el mecanismo no ha resultado dañado con el paso del tiempo —agregó Assane.

—Solo hay una manera de averiguarlo, caballeros —dijo Elizabeth Winter.

Regresó junto al tablero y procedió a mover las piezas. No se limitó a colocarlas según el diagrama que figuraba en la libreta, sino que jugó todos los movimientos, de memoria, desplazando las blancas y luego las negras; esforzándose en cada jugada para que las bases dentadas encajaran bien en el tablero y así controlar el dispositivo.

Benjamin y Assane la observaron jugar la partida con destreza, sin vacilar mínimamente. Sus dedos largos y diestros revoloteaban sobre la obra de arte.

Al final de tan extraño *ballet,* Winter cogió el caballo negro para acabar con el chihuahua blanco en f6. Luego colocó la paloma blanca con el pico manchado de sangre en e7. En ese momento, el tablero de ajedrez reproducía el diagrama de la libreta.

CAPÍTULO 43

Los tres espectadores de la escena contuvieron la respiración. Ningún ruido debía interrumpir el silencio; ningún otro sonido que no fuese el del cajón al abrirse por fin.

Assane, Benjamin y Elizabeth Winter miraban fijamente el rectángulo de madera.

Que no parecía querer salir de la caja.

Ni ahora ni tal vez nunca.

Se produjo una vibración; una simple vibración seguida de otra.

La reina miró el tablero de ajedrez y, a continuación, el cajón aún cerrado.

—No —balbuceó—. No, es imposible. Todo se ha hecho según las normas. ¡Todo! No he cometido ningún error en la partida. No he podido fallar.

Esta última frase sacó a Assane de su asombro. ¿Cuál había sido el problema? ¿Acaso la famosa partida «inmortal» era una pista falsa que Jules Férel había revelado adrede? ¿O quizá el mecanismo estuviese defectuoso?

Poco le importaba. El incidente suponía una nueva oportunidad para recobrar el control.

Elizabeth Winter volvió a jugar la partida, asegurándose en cada movimiento de encajar correctamente la base dentada de las piezas en el tablero. Pero el resultado fue el mismo: el cajón permaneció cerrado.

A Assane se le ocurrió entonces una idea. ¿Y si…?

Podría funcionar o no, pero estaban muy cerca de la meta, de resolver el enigma que había llevado a su mejor amigo y a él a vivir su primera gran aventura juntos.

Iba a intentarlo; a jugársela. Como Lupin. Tampoco sería ni la primera ni la última vez.

Se inclinó hacia Benjamin y le susurró unas pocas palabras al oído.

—¡Pero si nunca has jugado al ajedrez! —masculló su amigo.

Elizabeth Winter se había dado la vuelta y los contemplaba con una mirada sombría. La decepción había dado paso a la ira. Assane dio un paso adelante.

—Ha llegado el momento de firmar el contrato que le negaste a Jules Férel. Pero han cambiado las condiciones.

Benjamin continuó:

—La prorrata que había propuesto mi padre queda anulada tras el fracaso. Esta es nuestra propuesta: la mitad del tesoro para nosotros y la mitad para ti.

La expresión de la reina se mostró impertérrita.

—Vamos, Elizabeth. Prácticamente nos lo has reconocido hace un rato: esto no lo has hecho para aumentar aún más tu inmensa fortuna. Para eso ya está Chorus. Consideras que eres la única persona digna de obtener el tesoro de tu abuelo, pero la situación ha cambiado. Si logramos jugar la partida y se abre el cajón, ¿prometes compartir el tesoro de tu antepasado con nosotros?

Los dos amigos habían apostado a lo grande. Pero ¿qué se estaban jugando, en realidad? Sin conocer el desarrollo de la partida, Winter no podría abrir el cajón. Era imposible jugar los miles de millones de combinaciones en el tablero y dejarlo todo al azar.

Por primera vez en la vida, la reina se sintió acorralada. Reaccionó instintivamente.

—¡Jamás! —gritó—. ¡Jamás! ¡Jamás! ¡Yo soy una Winter y vosotros no sois nada!

—Te contradices —dijo Assane con una sonrisa.

A su oponente se le tensó el rostro.

—Nada más despertarnos, nos has dicho que nos merecíamos presenciar el descubrimiento del tesoro.

—¡El descubrimiento, sí! —espetó la líder—. ¡Pero no tenéis ningún derecho sobre él!

—Sin embargo, yo diría —continuó Assane— que el testamento de Archibald Winter es muy claro al respecto: quien encuentre el tesoro se lo queda. Esta aventura no entiende de sangre, ya que el primer Winter hizo todo esto para que sus hijos, su propia sangre, no heredasen nada.

—¡Os odio! —gritó la reina—. ¡Os odio! ¡Os odio!

Empezó a tambalearse, antes de dar un paso a la derecha y otro a la izquierda, y agarrarse *in extremis* contra la pared. Luego se recompuso y profirió un gemido estridente. ¿Se estaba volviendo loca?

—¡Os odio! —volvió a gritar—, porque sé que, en el fondo, tenéis razón. Sin vosotros, habría tenido el tablero y las piezas, pero me falta la partida. Sin vosotros, aquí termina mi búsqueda. Y, una vez que se haga pública, lo perderé todo, especialmente el espíritu del tesoro. Soy la única digna sucesora de Archibald a lo largo de los años y no quiero que se rompa ni salga a la luz mi relación con él. Estoy dispuesta a compartirlo con vosotros, pero solo con vosotros. ¿Os queda claro? Solo con vosotros, a cambio de vuestro silencio.

Jules había averiguado bien lo que motivaba a Elizabeth Winter, recordaron Assane y Benjamin. Se lo había dejado claro en la cueva de Malaucène: el orgullo. La convicción de que esa herencia, más espiritual que material, la designaba a ella sola como digna de recibir el tesoro de Archibald Winter.

—Tienes que recomponerte, Elizabeth —dijo Benjamin con una tranquilidad forzada—. No tienes otra opción.

—Acepto vuestra oferta —murmuró.

—Y dejarás que te acompañemos en busca del tesoro.

—De acuerdo.

Los dos amigos se miraron.

Ahora le tocaba a Assane revelar su táctica.

—Adelante, jugad —jadeó la reina, señalando el tablero de ajedrez—. Si conocéis la partida, volved a poner las piezas en su posición inicial y ¡a jugar! Ya he cedido demasiado. Podría haberos dejado morir. ¡Abrid el cajón! ¡Es una orden!

—En realidad no soy yo quien puede resolver el enigma —dijo Assane.

Le aguantó la mirada sombría antes de preguntar.

—¿Me prestas el teléfono?

CAPÍTULO 44

Elizabeth Winter, desconcertada, se palpó los bolsillos de la túnica. No notó el relieve del teléfono, hasta que recordó que lo había dejado en la habitación de al lado.

—Un segundo —dijo.

Salió de la estancia de inmediato.

—¿De qué vas? —se preocupó Benjamin.

—Tranquilo, tío. Estoy probando una cosa. Ya lo verás. No tenemos nada que perder y mucho que ganar.

—Pero ¿a quién quieres llamar? ¿A mi padre? Si seguía inconsciente hace unas horas y es poco probable que se haya despertado desde entonces.

—No sabemos cuánto tiempo llevamos aquí. Además, no voy a llamarlo a él.

—¿A Caïssa?

—A Caïssa, la diosa del ajedrez.

La reina regresó en ese justo instante. Llevaba en la mano un móvil muy curioso y plano, cuyo exterior estaba compuesto únicamente por una pantalla sin botones.

—Es un prototipo —aclaró Winter, entregándoselo a Assane—. El DigiPhone. Para marcar, pulsa las teclas digitales que aparecen en la pantalla.

—¿A qué día estamos? —preguntó Assane.

—A 14 de julio —respondió la dirigente.

—Un día perfecto para acabar con fuegos artificiales —comentó Benjamin.

—¿Qué hora es? —continuó Assane.

—Las 16:30.

El gigante hizo un cálculo rápido. Era factible. Claire estaría o de guardia o en su piso de Saint-Ouen, con el teléfono encendido en la mesita de noche. O al menos así era cuando Assane dormía a su lado.

Observó la pantalla del DigiPhone, que se encendió nada más tocarlo. Entonces, aparecieron diez círculos con un número cada uno.

—No hace falta que marques el prefijo —dijo la reina—. Ya lo hace el móvil por sí solo.

Transcurridos unos segundos, descolgaron en la otra punta del mundo.

—Claire, soy Assane.

Oyó el frufrú de las sábanas y el ruido de un objeto al caer al suelo.

—¿Assane? ¿Dónde estás? ¿Está Benjamin contigo? ¿Dónde estáis? No sabíamos nada de vosotros y estábamos preocupadísimas.

—Va todo bien.

Su amigo lo miró, y se vio obligado a corregir.

—Va a salir todo bien. ¿Puedes pasarme a Caïssa?

—Está dormida. ¿Sabes qué hora es en París?

—Sí, ya lo sé. Despierta a Caïssa, por favor. Con cuidado al principio y, si no se despierta, puedes zarandearla o tirarle un cubo de agua fría al careto. Claire, sabes que puedes confiar en mí.

Entonces, respondió:

—No, eso era antes.

—Por favor, Claire; es muy importante. Necesito hablar con Caïssa.

—Un segundo.

—¿Por qué has llamado a la hija de Férel? —preguntó Elizabeth Winter—. ¿Crees que conoce la partida? ¿Que su padre se lo habrá contado?

—Dame un minuto —sonrió el discípulo de Lupin.

—¿Assane? —susurró una voz somnolienta, la de Caïssa.

Assane dudó sobre si pulsar la tecla que representaba un altavoz, pero al final decidió no hacerlo.

—Caïssa, estoy con Benjamin y Elizabeth Winter. Frente al tablero de ajedrez. Espero que Claire también me esté oyendo, porque me gustaría compartir este momento con vosotras.

—¿Habéis encontrado el mapa del tesoro? —preguntó Caïssa—. Pero la partida… ¿Qué partida habéis jugado?

—Eso es justo lo que nos falta.

—¿Por qué nos has llamado? —dijo Caïssa—. ¿Estáis con Winter? ¿La tenéis al lado? No entiendo nada. ¿Dónde están las piezas que le robaron a Jules?

Benjamin cogió el DigiPhone y resumió la situación en unas pocas frases.

—Hemos llegado a un acuerdo —dijo Assane.

—¿Estáis seguros de verdad de que la reina no os va a engañar?

—Ojo —dijo la voz distante de Claire—. ¿Podemos confiar en ella?

—¿Cómo va Jules? —continuó Assane sin responder a la pregunta.

—Sigue inconsciente —anunció Caïssa—. No va a poder ayudarnos con la partida. Y no hay nada en la memoria USB. ¿No os dijo papá nada al respecto?

—No —respondió el gigante—. Pero estoy seguro de que tú puedes ayudarnos, Caïssa. Me cuesta creer que Jules no tuviera guardada la partida en alguna parte.

—¿Quieres que vaya a buscar en el despacho de papá?

—No —la corrigió Assane—. No creo que Jules se hubiese arriesgado a dejar escrito el desarrollo de la partida. Lo tenía guardado en el cerebro. Nos lo dijo. Y les dio a los secuaces de la reina una pista falsa para ganar tiempo. —Assane hizo una pausa antes de continuar—: Está claro que la partida buena tiene que estar en otra cabeza además de la suya.

Benjamin abrió los ojos como platos. Por fin había entendido adónde quería llegar su amigo.

—En la tuya, Caïssa —levantó la voz—. Está en tu cerebro. Jugabas mucho al ajedrez con él, ¿verdad? ¿No te ha enseñado últimamente ninguna partida? ¿No es posible que, sin revelarte nada, a escondidas, como de costumbre, te hiciese memorizar una partida concreta? ¿Famosa o histórica?

Caïssa permaneció en silencio un tiempo, durante el cual Assane habilitó el altavoz. Entonces, la joven respondió:

—Sí, ahora que lo dices. Desde que llegué a París a finales de junio, hemos jugado varias partidas en secreto en el estudio que me ha alquilado. Pero siempre acababa repitiendo la misma. Él jugaba con las negras, y yo, con las blancas. Y acababan ganando las negras.

En ese momento, Winter, Férel y Diop ya no eran enemigos: eso era cosa del pasado. Iban a combinar su inteligencia para encontrar el tesoro de Archibald Winter.

Assane continuó:

—¿Podrías reproducirla para nosotros ahora mismo?

—De memoria —precisó Winter.

—Va a ser difícil —dijo Caïssa—. Necesitaría un tablero de ajedrez.

—Si lo necesitas, tan buena jugadora no serás —dijo la reina con desdén.

Assane y Benjamin la fulminaron con la mirada. Luego este último se dirigió a su media hermana.

—Caïssa, debes de tener en el bolso el ajedrez que compraste en la tienda.

—¡Es verdad! —espetó la joven—. Además, es en el que jugaba con papá.

Benjamin apretó los puños.

—Pues sácalo e ilumínanos. —Y no pudo evitar agregar—: Y, si todo sale bien, te regalo el último plazo.

Caïssa fue a buscarlo, y en la residencia de Elizabeth, ubicada en la isla de Santa Catalina, se oyó el trajín de un piso de dos habitaciones de la periferia de París. Los tres protagonistas estaban esperando un tímido «¡eureka!».

—¡Lo tengo! —dijo Caïssa.

—Voy a prepararte un café bien cargado —le ofreció Claire.

Benjamin pensó que a él le habría venido bien una jarra entera. Veinte cafés, uno tras otro.

—En fin, voy a jugar la partida —dijo Caïssa— y Claire os irá indicando los movimientos. ¿Sabéis cómo se indican?

Winter dijo que sí. La reina se había apresurado a acercarse al tablero y había vuelto a colocar las figuras en su lugar de partida.

—Peón en d4 —anunció Caïssa sin más espera.

Las blancas empezaban siempre. Assane corrigió:

—Gato en d4.

—Creo que puedo prescindir de sus traducciones —espetó Winter.

Iban a jugar la partida conteniendo la respiración.

—Caballo en f6 —continuó Caïssa.

La reina movió el caballo negro de la derecha a f6. Pero Assane intervino y agarró a la reina de la muñeca.

—Ya sigo yo, gracias —se limitó a decir—. La idea ha sido mía. Moveremos las piezas Benjamin y yo. Tú limítate a mirar.

Winter, que no estaba acostumbrada a recibir órdenes, dio, no obstante, un paso atrás. No supo qué responder y se cruzó de brazos viendo el curioso espectáculo de los dos jóvenes franceses que jugaban una partida a distancia, dictada a más de nueve mil kilómetros de separación gracias a la magia de las ondas.

—Peón en c4.

Assane y Benjamin estaban extremadamente concentrados, aunque les temblaban las manos. Y Caïssa seguía jugando. El tablero de ajedrez no tardó en cobrar vida antes de perder todo el orden.

—Es una partida magnífica —balbuceó la reina.

—Torre en d4 —dijo Caïssa—, para el vigésimo movimiento.

—Se acerca el golpe de gracia —dijo Winter, con el corazón latiéndole a toda velocidad—. El jugador negro ha desplazado sus piezas hasta aquí. Están tan bien colocadas que va a poder hostigar al rey blanco retrocediendo, hasta hacer jaque mate.

Mientras pronunciaba estas últimas palabras, Benjamin acababa de colocar la torre negra en la casilla d4. El dentado se encajó en la ranura del tablero y notaron una minúscula vibración.

Era importante no perder el hilo de la partida, permanecer concentrados.

Caïssa continuó hasta el penúltimo movimiento.

—Rey en g4.

El rey blanco se comió un gato negro, pero, con ese movimiento, iban a hacerle mate.

Elizabeth, que se había dado cuenta de que se trataba del último movimiento, dejó escapar un curioso gritito.

—Y caballo en e5.

El caballo negro saltó a la casilla y acabó con toda posibilidad de retirada por parte del rey blanco. El rey blanco estaba bajo dominio de las piezas negras. Había llegado a su fin. El combate había terminado.

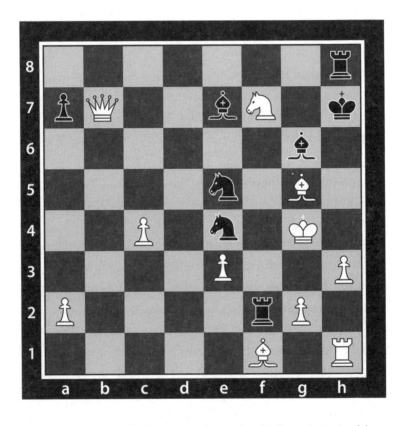

Entonces, cuando Assane colocó el caballo sobre el tablero, este volvió a vibrar.

Todos miraron hacia el cajón.

Caïssa y Claire se concentraron para oírlo abrirse.

Se resistía.

Hasta que…

CAPÍTULO 45

Se oyó el sonido, muy débil, de un engranaje al moverse.

Toc, toc, clac.

El cajón de debajo del tablero no se abrió repentinamente, sino que sobresalió apenas un centímetro, espacio suficiente para tirar de él.

Elizabeth Winter quiso introducir el índice en él, pero Assane se adelantó. En el escondrijo había una hoja amarillenta y arrugada por el paso del tiempo.

—¡El mapa! —balbuceó la reina.

No se atrevió a cogerlo, sin duda por temor a que el papel, con el menor de los contactos, se convirtiera en polvo. Assane y Benjamin también se quedaron boquiabiertos ante un objeto de aspecto tan corriente que había ocupado, o incluso monopolizado, la existencia de un importante número de personas en los últimos años.

Benjamin no pudo evitar pensar en Jules. Qué emocionado habría estado su padre si hubiera podido estar allí con su hijo.

Elizabeth Winter se decidió a deslizar con mucho cuidado la palma de la mano por debajo del papel, sin coger la hoja para no arriesgarse a dañarla. El gigante se percató de que estaba temblando. La reina tenía los ojos llorosos. Era evidente su emoción. Pero en la hoja no había nada escrito.

—¡No! —gritó Benjamin, que hasta entonces había mantenido la compostura.

—¿Y al trasluz, quizá? —balbuceó la reina, levantando la hoja contra la luz.

—O a lo mejor está escrito con tinta invisible —propuso Assane.

Benjamin se había acercado al cajón y había introducido los dedos de la mano derecha, la más ágil, para asegurarse de que el compartimento no contuviese nada más.

Tratando de alcanzar el fondo del cajón, tocó un trocito de madera móvil, e insistió.

Clac. Algo rodó junto a sus dedos.

—¡Ahí va! —gritó.

Los demás se volvieron hacia él, alerta.

Entonces, sacó el objeto del cajón.

CAPÍTULO 46

Era una figurita de madera.

Una figura sobre una base, como todas las demás. Representaba dos rostros, uno frente al otro, sonrientes, tranquilos: dos personas que dejaban claro que se amaban sin tener que mirarse a los ojos.

El rostro de Rosa Bonheur. La Rosa de la madurez; la Rosa rica, célebre y segura de su talento. La artista mostraba en su rostro la satisfacción de un éxito que nadie le había regalado, sino que había conseguido con valentía y abnegación.

A su lado, el rostro de una mujer más joven, de aspecto sensible, con el pelo recogido en un moño.

—Rosa Bonheur y Anna Klumpke —dijo la reina con la voz temblorosa—. Anna nació en San Francisco, pero vivió la mayor parte de su vida en el palacio de Thomery con la artista. Fue la última alegría de Rosa. Se escribían con regularidad hasta que Anna le pidió permiso a la artista para pintar su retrato. Rosa acababa de perder a su compañera, Nathalie Micas, así que agradeció el trabajo y la compañía de Anna. Hizo todo lo posible para tenerla a su lado, en Thomery. A su muerte, Rosa le legó tanto su patrimonio como su memoria. Ella también pintaba. Rosa incluso le había construido un estudio en el jardín.

¿Entonces?

Para Assane, la búsqueda del tesoro tenía que continuar. Archibald Winter no había escrito nada en el papel, pero había dejado la figura tallada como último enigma por resolver.

¿Dónde estaba el tesoro?

La respuesta solo podía ser el lugar donde se habían reencontrado Rosa Bonheur y Anna Klumpke.

El discípulo de Arsène Lupin estaba abierto a todo tipo de posibilidades. Al igual que su mentor literario, tenía que pensar siempre más allá de lo evidente. En su cabeza, todos los elementos recopilados los últimos días estaban relacionados de una forma inesperada. ¿Seguiría siendo el efecto de la datura? Assane confiaba en su perspicacia y estaba seguro de su buen juicio.

Anna y Rosa por un lado.

Danican y Winter por el otro. Hiver, por su apellido original.

Y el punto de convergencia geográfica que los vinculaba a todos, pensó Assane. Lejos de allí.

Al otro lado del Atlántico.

Muy cerca de la altitud cero, como allí, al menos en los instrumentos de medida clásicos y no según las escalas de la historia del arte. Pero también de los enigmas y de las aventuras.

Assane no dejaba de darle vueltas a la cabeza. El palacio de By. El hogar de Rosa Bonheur, en Francia, junto al bosque de Fontainebleau.

—¡El tesoro está en Francia! —exclamó Assane.

—¿Cómo? —preguntó la reina.

—Winter escondió el tesoro en el palacio de By —explicó Assane—. Fue allí cuando solo le quedaban unos meses o incluso unas pocas semanas de vida. La figura que representa las dos caras nos indica dónde está escondido el tesoro de la reina.

Benjamin intervino:

—Es el destino final, pero también es donde empezó todo, o casi.

—A mí me lo vais a contar —susurró la reina.

Elizabeth Winter estaba plagada de dudas. ¿Debía confiar en el extraño individuo que acompañaba a Férel hijo? ¿En el vigilante de grandes superficies que, según las investigaciones de su jefe de seguridad, había vivido una adolescencia terrible y un inicio accidentado de su edad adulta?

—Tenemos que ir al palacio con esta última pieza, que puede que aún no haya revelado todos sus secretos. Allí encontraremos el tesoro.

—¿Y lo has deducido, Assane, con solo ver la hoja y la figura? —preguntó Elizabeth.

—Este doble busto no estaba aquí dentro porque sí —dijo el gigante—. Puede que me equivoque, sí, pero es lo que yo creo y de ahí no me voy a mover. Al fin y al cabo, gracias a mi intuición hemos abierto el cajón, ¿no?

Su convicción era contagiosa, y la reina vio tanta confianza en la mirada del joven Férel que espetó:

—Está bien. Saldremos esta noche. Kilkenny organizará el vuelo.

El hombre de la cicatriz se tensó, casi cuadrándose como un militar.

—Fleta un avión. Haremos una breve escala en Nueva York.

¡Con la de tiempo que hacía que quería visitar el palacio de la artista a la que tanto adoraba!

—Y pide una franja en el aeropuerto de Orly en vez de en el de Bourget —agregó la reina, que había pensado en todo—. Ahorraremos un tiempo muy valioso.

Ni siquiera Benjamin logró disimular su entusiasmo.

—Nos hemos quedado sin pasaportes —le recordó—. Los dejamos en el puerto, como fianza del barco.

La mujer restó importancia al comentario.

—Ray, ocúpate también de ese tema.

El tipo, que ya estaba al teléfono, asintió. Assane sonrió al darse cuenta de que el hombre de la cicatriz, que había sido su pesadilla, iba a ser a partir de ese momento su ángel de la guarda.

—En fin, caballeros —dijo la reina—. Seguimos.

CAPÍTULO 47

El vuelo de regreso fue más tranquilo. Assane y Benjamin, con falta de sueño, se desplomaron en sus respectivos asientos nada más despegar y no se despertaron hasta que estuvieron sobrevolando Cork —Irlanda—.

Kilkenny, que también iba a bordo, había hecho maravillas: había conseguido reservar una pista en Orly y obtenido del cónsul de Los Ángeles —amigo de la reina y amante de la tecnología de Chorus— una autorización especial de entrada en territorio francés para los ciudadanos Férel y Diop.

Una cómoda berlina los esperaba en la pista del aeropuerto y los llevó a la calle Rosa Bonheur de Thomery.

Llegaron poco antes de las nueve de la noche.

Antes del despegue, Benjamin había llamado a Cendrine Gluck, quien los esperaba en la escalinata del palacio, en compañía de sus cuatro hijas.

Desde Santa Catalina, Assane había llamado a Claire y Caïssa para citarlas en el palacio. Los dos amigos querían compartir con ellas los últimos momentos de la aventura, pues se lo merecían plenamente.

En el gran salón de la planta baja, situado bajo el estudio de la artista, las jóvenes Gluck sirvieron un piscolabis acompañado de refrescos alrededor de la gran mesa.

Como preámbulo, la reina se disculpó con los invitados por los métodos tan expeditivos que había empleado en sus operaciones su jefe de seguridad. No trató de justificarse, pues no era el momento de debatir sobre la responsabilidad de cada uno.

Todos esos cerebros reunidos en torno a la mesa tenían que aliarse para dilucidar si el tesoro de Archibald Winter había migrado o no de la costa californiana al palacio de Île-de-France.

¿Cómo continuar la investigación con las únicas pistas de una hoja de papel vieja y una figurita de madera? Después de haber resumido su periplo californiano, Assane se dirigió a Cendrine Gluck.

—Archibald Winter murió ocho años después que Rosa Bonheur —dijo—. ¿Sabe si el millonario volvió al palacio después de la muerte de Rosa, unas semanas antes de su propia muerte, cuando su enfermedad ya lo había consumido?

—Es imposible saberlo con certeza —explicó la encargada de la finca—. No he encontrado ningún registro de los invitados. Algunas de las visitas sí que aparecen registradas en sus diarios y cuadernos, pero, quitando eso… Habría que buscar en los archivos, como estaba haciendo el señor Férel. Es una labor titánica.

Benjamin continuó:

—¿Ha oído hablar de algún escondite secreto en el palacio? ¿De una escalera oculta? ¿De un subterráneo que pueda conducir a otra parte?

—Me temo, señor Férel, que edificios así son más frecuentes en las novelas que en la realidad. En anteriores obras se han sondeado todas las habitaciones del palacio y puedo asegurarle que no existe nada de lo que dice.

—¿Y en el jardín? ¿Un agujero en el suelo? No me diga que no existen leyendas en torno a este lugar.

Caïssa intervino:

—La vida de Rosa Bonheur, la artista local, es la única leyenda.

La encargada le sonrió y pidió ver la figura que representaba a Rosa y Anna.

—Son los rasgos de Rosa, sí —dijo.

Caïssa y Claire examinaron los dos bustos.

—¿No tendrá usted un tablero de ajedrez…? —le preguntó Assane a Cendrine Gluck.

Estaba pensando en un mecanismo similar —aunque menos complejo— al del tablero adquirido por la reina.

—No —respondió la encargada—. Por cierto, Benjamin ya me había hecho esa misma pregunta. Al igual que su padre antes que él. Pero Rosa no jugaba al ajedrez, y creo que ni siquiera conocía las reglas. Y Anna, que yo sepa, tampoco jugaba.

—Encontraremos la solución en la figurita —proclamó Caïssa—. Si no nos dice nada, es que te has equivocado al volver, Assane.

Su seguridad dejó boquiabierto al gigante. Sin embargo, eso no quería decir que estuviese equivocado: solo que tenía que llevar su razonamiento al extremo. Y a eso estaba acostumbrado, al igual que Arsène, que siempre valoraba los pormenores de las situaciones para sacarles el máximo partido.

Benjamin también observó los dos rostros serenos. Debía dar con una solución. Todo había empezado gracias a él, y lo lógico sería que también acabase gracias a él, aunque Assane y él estuviesen tan unidos.

Disculpándose con su anfitriona, visitó de nuevo todas las habitaciones y subió al desván, hasta los archivos. Cuando estaba a punto de dar la medianoche, todo el grupo hizo lo propio y procedió a inspeccionar la última residencia de Rosa Bonheur.

Hay momentos en la existencia que vivimos de forma más intensa que otros; momentos excepcionales.

Benjamin llevaba en la mano la figurita de las dos caras. En el despacho de Rosa, se detuvo y la examinó con aún más atención bajo la brillante luz de una lámpara, colocándola de perfil. Fue entonces cuando se percató de que los dos perfiles no se fusionaban, sino que se complementaban. Era curioso, porque los respectivos rostros de las dos compañeras eran muy diferentes; sin embargo, el escultor había logrado, al añadir un rizo al cabello de Anna y al curvar ligeramente las mejillas de Rosa, crear un dentado visible al observar la figura de perfil.

Férel hijo lo confirmó cerrando los ojos y pasando los dedos índices sobre la figura. Lo que notó fue el contorno de una llave.

¡UNA LLAVE! Parecía una locura, pero ¿acaso la aventura no era ya una locura desde el principio?

Benjamin bajó la escaleras, se detuvo frente a Cendrine Gluck y le preguntó si había alguna habitación del palacio de la que no tuviera la llave.

La encargada frunció el ceño.

—No, señor Ferel. No entiendo muy bien a dónde quiere llegar con su pregunta. ¿Quiere decir que…?

Benjamin había dejado de escucharla. No escuchaba nada más. Tampoco veía, a su alrededor, ni el salón ni a quienes se encontraban allí en ese momento. Todas las imágenes que había recopilado durante su visita a la finca de By se le aparecieron en su mente, desplazándose a una velocidad asombrosa. Tenía que encontrarla. Lo tenía claro: una cerradura enorme, desproporcionada. La había visto antes en alguna parte. Pero ¿dónde?

¿En la planta baja?

¿En la de arriba?

¿En el dormitorio de Rosa?

Las respectivas cabezas de Rosa Bonheur y Anna Klumpke eran la llave maestra del tesoro. Qué estampa tan bonita.

Y, de pronto, se le ocurrió una idea: se recordó en el mirador durante su primera visita. Encima del estudio, al que se accedía desde los archivos. Durante un instante de gracia en el que parecía haberse detenido el tiempo, desde allí había visto bailar a Caïssa.

Benjamin llamó a Assane, a su media hermana y a Claire, quienes, al notarlo agitado, corrieron hacia él.

—¡El palomar! —jadeó—. La cerradura del palomar.

Subió al desván y pasó por encima de las cajas de los archivos. Todos seguían al Arquímedes de By, que parecía haber tenido, por fin, una revelación.

Benjamin se detuvo a los pies de las escaleras que conducían al mirador.

—Assane, necesito una escalera de mano.

—¿Una escalera de mano?

—Una escalera de mano.

El gigante lanzó una mirada inquisitiva a la encargada.

—Acompáñeme —dijo.

Tres minutos más tarde, estaban subiendo a la azotea. A Assane le estaba costando la vida cargar con el objeto por las estrechas escaleras, pero tenía que ayudar a su amigo, así que dejó la escalera de mano a los pies del mirador. Benjamin orientó los peldaños superiores hacia el palomar.

En el exterior, era noche profunda. Soplaba un viento fuerte, tibio, relajante y cargado de aroma a naturaleza. Elizabeth Winter, Ray Kilkenny, Claire, Caïssa y las cuatro jóvenes Gluck se encontraban en el mirador, en fila, como si fueran a ver un espectáculo.

Benjamin subió la escalera de mano, con las respectivas cabezas de Rosa Bonheur y Anna en la mano derecha.

—El palomar está vacío —dijo Cendrine Gluck—. Y si quiere la llave, imagino que debe estar en mi despacho, junto con las demás llaves del palacio.

—¿Está usted segura? —preguntó Benjamin.

¿Se estaba hartando la encargada de semejante incidente nocturno?

Pero Assane había entendido lo que pretendía su amigo, al igual que Claire y Caïssa.

—Si la pieza de madera abre la cerradura del palomar —susurró la joven rubia—, es que ahí está el tesoro de la reina.

Pero la encargada no cambió de opinión.

—¡Repito que ese sitio está vacío!

Benjamin introdujo las dos cabezas en la enorme cerradura y probó a rotarlas. La madera parecía resistirse a entrar. El joven insistió, aunque sin forzar. Hasta que pareció encajar.

Se abrió la cerradura.

Benjamin tiró de la puerta de madera.

Y rechinaron las bisagras.

CAPÍTULO 48

Una nueva puerta que se abría, quizá esta vez para revelar el verdadero tesoro.

Desde su posición, Elizabeth Winter alumbró con la linterna de su DigiPhone en dirección al palomar.

El pequeño espacio parecía vacío, pero Benjamin se negaba a reconocer la posibilidad de que fuera otra pista falsa. ¡No! Una pieza de madera encontrada en California que abría un palomar en Île-de-France. Tenían que hallar algo.

Assane, que se había reunido con su amigo, palpaba el suelo desvencijado del palomar.

—Señora Gluck —dijo—, le pido permiso para levantar estas tablas.

—¡No! —gritó la encargada.

Pero la reina, que no soportaba más presenciar la escena como testigo pasivo, ordenó a Assane y Benjamin que continuaran.

—La indemnizaré —dijo Winter—. Por esto y por todo lo demás, para que pueda reformar el palacio y renovar el jardín.

Gluck acabó cediendo. Al fin y al cabo, ¿qué era lo peor que podía pasar, sino añadir un nuevo episodio a la leyenda de Rosa?

Assane rompió una primera tabla, seguida de una segunda, y Benjamin lo ayudó a extraerlas. El crujido de la madera resonaba en la noche.

—¿Os ayudo? —preguntó Kilkenny.

Ninguno de los dos amigos respondió. Assane acababa de advertir un resplandor en el nuevo agujero.

—¡Hay algo ahí dentro! ¡Algo que brilla!

Y como los tesoros siempre brillan, por definición, a los que estaban allí reunidos se les aceleró el pulso.

Benjamin introdujo la mano por debajo del suelo y sacó una caja de madera de tamaño mediano, en cuya tapa habían tallado un retrato de Danican, el fiel chihuahua del multimillonario.

—El tesoro de los Winter —jadeó la reina—. ¡Por fin es mío!

Aunque no tardó en corregirse, pues había hecho una promesa.

—¡Por fin es nuestro!

No quedaba ninguna duda al respecto. Benjamin y Assane se acercaron a los demás en el mirador para abrir juntos la caja.

¡Qué ironía! Jules Férel se había pasado días enteros allí buscando un tesoro que estaba a pocos metros de él.

Fue Férel hijo quien abrió la tapa y descubrió el tesoro.

Treinta y dos piezas de un ajedrez muy especial, ya que, en esta ocasión, las figuras no estaban talladas en madera, sino en piedras preciosas.

Figuras de perros y palomas idénticas a las que Jules Férel y Elizabeth Winter habían querido reunir recorriendo todo el planeta.

Pero, en este caso, estaban compuestas por diamantes, esmeraldas, rubíes y zafiros: piedras enormes y magníficamente talladas. El chihuahua de diamante debía de pesar alrededor de treinta quilates y él solo valía una fortuna.

—Qué maravilla —balbuceó la reina, que lloraba de emoción.

Para ella, se trataba de la culminación tras largos años de búsqueda. Por fin había recuperado la fortuna de la que su antepasado había privado a mala fe a su familia. Pero, sobre todo, lo había desafiado a pesar del paso del tiempo, más de un siglo, y había resuelto un enigma diseñado para las mentes más brillantes.

Benjamin, por su parte, pensó en la emoción que sentiría su padre ante el descubrimiento. Assane también se estremeció frente al triunfo. El gigante se había embarcado en la aventura sin dudarlo ni vacilar ni un solo momento, junto a su mejor amigo. ¡Y lo había logrado! Quizá se tratase del primer triunfo de una larga serie que estaba por venir. Así debería ser.

Con el dinero del ajedrez, ante él se abrió un mundo de posibilidades.

—Hay una carta en el fondo —apuntó Caïssa, también emocionada.

Elizabeth Winter se atrevió a apartar las figuras para abrirse paso y, con la mano temblorosa, sacó la carta de la caja: una carta íntima, un correo familiar, que primero quería leer para sí misma.

Luego, se la leyó a los demás, en voz alta, y a todos les emocionaron las palabras de Archibald Winter.

Queridísimo amigo:

Desconozco tu identidad, pero si de algo estoy convencido en esta felicitación, es que no eres uno de mis tres hijos, ya que has demostrado inteligencia, carácter e ingenio para hacerte con mi tesoro.

Y que eres un excelente ajedrecista.

¡Enhorabuena! Aquí tienes mi preciado ajedrez: último desaire a los tres inútiles de mis hijos, que siempre se han negado a jugar al juego de reyes. Se lo he encargado a los joyeros más célebres de París y me ha costado toda mi fortuna. No sé, cuando lo encuentres, cuál será el precio de las piedras preciosas que lo componen, pero ¿no se dice que los diamantes son para la eternidad? Por cierto, muy buen título para una novela de aventuras. ¿Quizá de mi querido Maurice Leblanc?

Me lo he pasado en grande durante mis últimos meses de vida organizando esta caza del tesoro. Espero haberte entretenido a lo largo de la búsqueda.

He vivido una vida verdaderamente apasionante. Espero no aburrirme mucho cuando muera.

Jaque mate. Has ganado.

Un cordial saludo,

Archibald H. Winter

Todos los asistentes bajaron a continuación a la planta baja, al gran salón, donde estuvieron conversando hasta bien entrada la noche.

La reina y Cendrine Gluck estuvieron departiendo sobre el tesoro. Estaba amaneciendo, y las jóvenes de la casa habían preparado té, café y bollería para que todos recuperaran fuerzas después de una noche eterna.

Elizabeth Winter le preguntó a su anfitriona si conocía a algún joyero discreto y de confianza que pudiera tasar las piedras y certificar su autenticidad.

—Busca un joyero de emergencia, por así decirlo, ¿verdad? —comentó la encargada.

Para ella, el descubrimiento, una vez revelado, sería como un regalo caído del cielo: algo más que añadir a la leyenda de Rosa Bonheur, que la haría brillar aún más.

Jeffery, un joyero de Fontainebleau, un tipo fornido y de escasa estatura, que tenía los ojos tan verdes como esmeraldas y la nariz tan roja como un rubí, llegó pasadas las seis. Se encerró en una estancia de la planta baja para observar muy de cerca el ajedrez. La reina no pudo evitar permanecer frente a la puerta. Desde que habían abierto la caja, le costaba separarse del tesoro legado por su antepasado.

Cuando salió el experto, treinta minutos después, rechazó bruscamente el café que le ofrecía Cendrine.

—Señora Gluck —dijo con una vocecita aflautada—, sabe usted que mi tiempo es oro, ¿verdad? Lamento decirle que todas las piedras son falsas. Buenas falsificaciones, desde luego, pero no valen nada. Me ha importunado usted por mera bisutería.

CAPÍTULO 49

Elizabeth Winter hizo acopio de fuerzas para no flaquear, mientras que Assane y Benjamin encajaban el golpe en silencio.

—No es posible —dijo la reina—. No lo creo. Mi tatarabuelo era incapaz de dejar una falsificación. ¡Imposible! Es verdad que era un poco bromista y se sabía de él que era un excéntrico, pero nunca nos habría engañado sobre la recompensa. Tienen que ser piedras auténticas, caballero.

—¡Lo que hay que oír! —siseó el joyero, encogiéndose de hombros—. Piedras auténticas paras fiestas infantiles, sí.

Jeffery se rascó la frente.

—Además, señora, está mencionando usted a su tatarabuelo. No pretendo ser descortés preguntándole su edad, pero yo diría que, si se trata de un regalo de esa persona, debió de dejarlo en herencia a principios del siglo xx, hace unos cien años.

—Correcto —dijo Benjamin.

—Pues eso es imposible —dijo doctamente el joyero, levantando el dedo índice derecho—. Las piedras no son de cristal, ni siquiera de cerámica. Son de plástico, recubierto con barniz de alta calidad. Sin querer entrar en más detalles, diría que la falsificación data de mediados de los cincuenta.

—¡Eso es imposible! —gritó la reina.

Assane se había abstenido de intervenir. Se había olido el problema y el joyero se lo acababa de confirmar.

—Si es así —dijo entonces—, solo veo una solución a este último enigma que rodea el tesoro de Archibald Winter: hace unos cincuenta años se sustituyó el original por una vulgar reproducción.

—Después de la guerra —balbuceó Cendrine Gluck.

Assane, Benjamin, Winter, Caïssa y Claire la rodearon. Su anfitriona tuvo que hablar, ya que parecía tener algo importante que decirles.

—Durante la Segunda Guerra Mundial —dijo—, el palacio había sufrido algunos daños. Primero fue un dispensario; luego lo ocuparon refugiados y soldados franceses y alemanes, antes de convertirse en un asilo de ancianos hasta 1941. En 1950, se llevaron a cabo obras para restaurar algunas habitaciones y…

—Y —agregó Assane— sin duda fue durante esas obras, al reforzar el palomar, por ejemplo, cuando unas mentes (y manos) maliciosas robaron el ajedrez auténtico para sustituirlo por una falsificación.

Nadie añadió más. La decepción era inmensa. Incluso el joyero, que acababa de darse cuenta de lo que había sucedido, fruncía los labios con desaprobación.

Elizabeth Winter volvió a la carga.

—¿Quién se ocupó de realizar las obras? ¿Cómo se llamaba? ¿Quién dejó una falsificación en vez de llevárselo todo, incluida la carta de Archibald Winter, y quemarla para que el cazatesoros creyese que había vuelto a fracasar? ¿Quién lo hizo? ¿Quién fue?

Inmediatamente, ordenó a Kilkenny que iniciara una investigación para encontrar el nombre de la empresa que había llevado a cabo las obras de reforma en el palomar.

—Analizaremos el tren de vida de los empresarios —prometió—. Vamos a revisar sus estados de cuenta y, aunque me cueste el precio del ajedrez auténtico o más, pienso llegar hasta el final de la cuestión.

—Pensamos llegar hasta el final —la corrigieron Benjamin y Assane al unísono.

Cuando se hubo marchado el joyero, los dos amigos decidieron dar un paseo por los jardines.

—Es prácticamente un fracaso —dijo Benjamin.

—No puedes estar hablando en serio, tío —respondió su amigo—. Es prácticamente un triunfo.

A la altura de un templete, circular como un pequeño molino sin aspas, sobre cuyo tejado cónico se erigía una bandera de hierro con dos corazones troquelados, los dos amigos se abrazaron. ¡Cuántas aventuras acababan de vivir los dos juntos!

¡Cuánta intensidad!

Dentro de poco, llegaría el momento de regresar a la rutina. Pero ¿serían capaces?

Más adelante, esa misma mañana, Benjamin llamó por teléfono a su madre. Por fin había buenas noticias, que compartió de inmediato con Caïssa, Assane y Claire.

Jules se había despertado y se estaba recuperando. Incluso pronunció algunas palabras, escasas, pero amables y tranquilizadoras, a sus dos hijos. Además, Benjamin tuvo la oportunidad de volver a hablar con su madre. Édith mostró admiración por lo que habían conseguido su hijo y Assane, y hasta se disculpó por su actitud.

—En la vida siempre hay tiempo para hacer las paces —concluyó, sin precisar si se refería a ella.

También le transmitió a su hijo su deseo, que esperaba que compartiera Jules, de dar un paso atrás y darle más libertad para administrar las tiendas.

Pero Benjamin prefirió no responder. No le cabía ninguna duda de que iba a rechazar la oferta, pero no era buen momento para decírselo a sus padres. Había llegado a su fin la colaboración forzada con ellos. Esos últimos días también le habían servido para emanciparse. Benjamin se iba a independizar y dejar el imperio Férel, al menos profesionalmente.

Quizá abriría su propia tienda, cerca del mercadillo de Saint-Ouen. Al fin y al cabo, aunque su búsqueda del tesoro no había arrojado los resultados económicos esperados, se le daban bien los negocios —y así estaría también más cerca de Claire—. Pero esta idea se la guardó para sí. Sin embargo, le comentó sus intenciones a Assane, que de inmediato se mostró entusiasmado.

—Estarás mucho mejor en tu propia tienda. Ya me la imagino.

Y, dado que Elizabeth Winter se había acercado hasta ellos, Assane agregó en inglés:

—*Downstairs, the shop, upstairs, the adventure!*

Todos cuantos estaban en torno a la mesa sonrieron. Caïssa se ofreció a ayudarlo en cualquiera de los dos pisos, preferiblemente el superior, durante las siguientes vacaciones de verano.

Entonces, la reina anunció que regresaba a Estados Unidos.

—Tengo asuntos que atender. Ray permanecerá en Francia el tiempo que sea necesario para continuar con nuestra investigación.

Benjamin y Assane agradecieron ese «nuestra».

Insistieron en acompañarla hasta la reja del palacio. La líder de Chorus tenía la intención de despegar de Orly a media mañana.

Una berlina con cristales tintados estaba esperándola en el patio con el motor en marcha. La puerta estaba abierta de par en par.

—Voy a cumplir con todo lo que he prometido —dijo Winter, antes incluso de subirse a la parte trasera del vehículo—. Todo. También lo que le he prometido a usted, señora —le dijo a Cendrine Gluck—. La directora del servicio jurídico de mi empresa no tardará en ponerse en contacto con usted para llevar a cabo un acuerdo de patrocinio.

La encargada le dio las gracias.

—He dejado la figura de Rosa y Anna en mi mesita de noche —continuó la reina—. Me gustaría que la tuviera Jules Férel.

Miró a Benjamin a los ojos.

—Creo que tu padre se lo merece. En recuerdo de una historia de lo más especial. Le pediré disculpas en persona, cuando llegue el momento, por lo inapropiado de mi comportamiento.

Si solo hubiese sido inapropiado…

—También quería deciros que estoy muy agradecida de que hayamos colaborado. Aunque los inicios fueron algo caóticos, hemos llegado a conocernos bien, ¿no os parece?

Los dos amigos se mostraron de acuerdo, ya que, al menos en parte, era cierto.

—Me comprometo a facilitaros, a voluntad y de por vida, de acuerdo con vuestros deseos y solicitudes, materiales de alta tecnología y alta gama. Incluso prototipos, si queréis. Actualmente, estamos trabajando en el DigiPhone, que ya habéis probado, pero también en un ordenador de bolsillo con pantalla táctil y en un dron para uso personal que podría revolucionar el mundo del ocio. Que no os quepa duda.

Benjamin y Assane aceptaron la oferta. Llegado el momento, podría ser interesante, incluso «productiva». Además, a nadie le viene mal contar con una mujer tan poderosa entre sus conocidos, *isn't it?*

En ese momento, oyeron un breve timbre procedente de uno de los bolsillos de los vaqueros de la reina.

Esta sacó el DigiPhone y encendió la pantalla con un simple gesto. Leyó el breve mensaje recibido y asintió.

—Se ve que Ray ha encontrado el nombre del artesano que trabajó él solo en las obras del castillo, a principios de la década de los cincuenta. Solo ha tenido que consultar unos pocos archivos en el ayuntamiento. Mi ejército de abogados se encargará de determinar qué se puede hacer contra él o, probablemente, contra sus descendientes.

Volvió a leer el mensaje, visiblemente satisfecha.

—Es un nombre bastante común.

Y giró el teléfono en dirección a los dos aventureros.

Para Assane, ese momento fue como si se encontrase en medio del jardín, bajo la tormenta, con los brazos extendidos hacia el cielo, y lo hubiese alcanzado un relámpago fulgurante.

CAPÍTULO 50

Pellegrini.

Assane había leído bien.

Antonio Pellegrini.

Un nombre con mucho significado para él.

Antonio, el padre de Hubert Pellegrini, el último jefe de su padre, Babakar; que lo había acusado de haberle robado y lo había metido en la cárcel, donde se había suicidado, poniendo su honor por encima de todo, incluso por encima del amor a su hijo.

Assane recordó haber leído en alguna parte que los Pellegrini debían su fortuna al arduo trabajo del padre, Antonio, empresario de la construcción. Pero ¿solamente había emprendido, que era una noble labor, o sobre todo había robado, lo que era una vil acción?

El gigante se estremeció, y Benjamin, que había notado —y, sobre todo, comprendido— su conmoción, se apresuró a apoyarlo.

¡Así que el padre de Hubert era el ladrón! Había construido su imperio sobre un robo.

—¿El bajón del cansancio? —preguntó Elizabeth Winter, sentándose en el asiento trasero.

Assane, conmocionado por la revelación, notó cómo crecía la ira en su interior. Pellegrini había acusado de robo a su padre cuando toda su fortuna provenía del robo del tesoro de Winter, del ajedrez de piedras preciosas y valor infinito. ¡Del tesoro que les pertenecía a ellos!

En todos los momentos importantes de su vida, parecía cernirse la sombra de Pellegrini.

Assane juró que encontraría el tesoro; aunque tuviera que esperar un año, cinco o incluso diez, esperaría para dar el golpe en el momento adecuado.

«No —pensó Assane—. No es el bajón del cansancio, querida reina, sino más bien el próximo movimiento».

Siempre había estado convencido de la inocencia de su padre, como lo estaba ahora de que los Pellegrini habían construido su fortuna gracias a un robo. Lo demostraría y lo denunciaría. Se veía capaz.

Tal y como su héroe favorito.

—Una última cosita solo para ti, Assane.

Elizabeth Winter le entregó un sobre blanco normal.

—¿Puedo llamarte Assane?

El gigante no respondió.

—En este sobre vas a encontrar una especie de invitación a un viaje: el nombre de un aeropuerto, ubicado en el norte de Canadá, cerca del cual tengo una finca. Es un sitio magnífico, muy salvaje, perfecto para encontrar la calma y la paz. Tú también estás invitado, Benjamin. No abráis el sobre hasta que me haya ido.

Se despidieron con más cariño que solemnidad.

Y, mientras el coche dejaba atrás el patio de la finca de Rosa Bonheur entre un diluvio de gravilla, Assane abrió el sobre y sacó un pequeño rectángulo de papel del tamaño de una tarjeta de visita.

No pudo evitar sonreír y de inmediato le reveló a Benjamin la única palabra que aparecía escrita.

Era el aeropuerto canadiense de…

CAPÍTULO 51

Lupin

AGRADECIMIENTOS

Escribir esta novela ha sido toda una aventura. Muchas gracias a Cécile Térouanne y a Isabel Vitorino, mis editoras, por su confianza.

A George Kay, el guionista de la serie *Lupin,* por haberme «prestado» a sus personajes para la novela.

A Joe Lawson y a Cindy Chang de Netflix Publishing.

Y a Leïla, que conoce muy bien a Rosa Bonheur y habla con cariño de ella.